凡人修仙之仙界篇

7

忘语 著

时代出版
时代出版传媒股份有限公司
安徽文艺出版社

图书在版编目（CIP）数据

凡人修仙之仙界篇. 7 / 忘语著. — 合肥：安徽文艺出版社，2021.6

ISBN 978-7-5396-7204-5

Ⅰ. ①凡… Ⅱ. ①忘… Ⅲ. ①长篇小说–中国–当代 Ⅳ. ①I247.5

中国版本图书馆CIP数据核字(2021)第093289号

FANREN XIUXIAN ZHI XIANJIE PIAN 7

凡人修仙之仙界篇7

忘语 著

出 版 人：段晓静
责任编辑：宋潇婧　曾柱柱
装帧设计：周艳芳

出版发行：时代出版传媒股份有限公司 www.press-mart.com
安徽文艺出版社 www.awpub.com
地　　址：合肥市翡翠路1118号 邮政编码：230071
营 销 部：(0551)63533889
印　　制：湖南天闻新华印务有限公司 电话：(0731)88387856

开本：710mm×1000mm 1/16　印张：18　字数：247千字
版次：2021年6月第1版　2021年6月第1次印刷
定价：34.80元

目　录

CONTENTS

目　录

CONTENTS

第166章

轮回殿要犯

“欧阳奎山，还不动手，更待何时？”萧晋寒突然说道，声音不大，却充满一种不容置疑的威严。

欧阳奎山等人没有应声，暗暗掐起法诀来。

一股强烈的波动从这十名金仙身上冲天而起，蔓延至方圆百里，波动所过之处，空中泛起肉眼可见的波纹，景色变得有些模糊。

金色囚笼位于波动之中，表面金光狂闪，浮现丝丝缕缕的金色细线，如同无数密集的触手，刺向百里炎。

就在此时，站在西南方位的一名控制着金色锁链的灰袍老者身后突然亮起一片雪白光芒，形成一朵巨大的雪莲花影。

欧阳奎山眼角余光瞥到这一幕，顿时大惊，大声疾呼：“云霓，不可……”

他话音未落，只见雪莲花影之中光芒频闪，一道晶莹如玉的雪白掌印从中骤然探出，打向了那名灰袍老者的后背。

雪白掌印中心凝聚着一颗晶莹圆珠，在即将触到灰袍老者背部的瞬间，圆珠骤然炸裂，卷起狂风，绽放出一团刺目的光芒。

灰袍老者控制大阵锁链，耗费了极大的心神，而金发男子和黑纱女子防备的主要是呼言道人，根本没想到云霓会有此举动。

猝不及防之下，灰袍老者只来得及释放出护体灵光，根本没时间唤出任何法宝，后背便中了一掌。

“砰！”

灰袍老者身上灵光骤散，口中喷出一口鲜血，朝着前方扑了过去，猛然撞在困着百里炎的金色囚笼上。

灰袍老者的一只手仍紧紧抓着那根金色锁链，但掐诀的那只手已经松开了。

下一刻，金色囚笼表面光芒一闪，身处其中的百里炎发出一声狂笑，双目怒睁，射出两道宛如实质的红光。同时，他身上的气息也一下大涨！

高空中，萧晋寒发出一声冷哼，大手猛然朝下一挥，宽大的衣袖无风自鼓。一道金光灿灿的篆文符箓从衣袖中疾飞而出，带着阵阵法则波动，如同一支箭射向金色囚笼。

呼言道人见此，二话不说，一扬手打出一个符文密布的青色圆球，同时咬破舌尖朝圆球喷了一口血。

几乎同一时间，挡在呼言道人身前的金发男子双手一招，背后顿时浮现一个金轮，金轮滴溜溜飞快转动，直奔圆球而去。

至于那黑纱女子则身形一闪，化为一道黑影，朝云霓冲了过去。

呼言道人双目圆睁，须发皆张，双手掐诀，口中喝一声“疾”。

只见青色圆球上面浮现密集的金纹，金纹骤然大亮。下一秒，青色圆球就消失不见了，金发青年祭出的那个金轮根本无法追上。

下一瞬，青色圆球突然出现在那道金色符箓附近，其上的金纹瞬间大亮，直接炸开。

圆球炸裂处升起一团巨大的青色云雾，云雾化作汹涌的气浪，袭向四面八方。

不等青色云雾散开，其下方忽然有一道金光划过。

只见金色符箓上光芒频闪，丝毫无损，继续朝着金色囚笼飞射而去。

眼看金色符箓就要落在金色囚笼上，空中忽然出现一道透明的剑光，一闪而过，不偏不倚地打在金色符箓上。

“噗——”

在所有人都没有注意到时，那道透明的剑光已经消散了。而被其击中的金色符箓的飞行路径已经发生了偏移，虽然仍在向下落，但根本再无可能落到囚笼上了。

这一切都发生在一瞬间而已。

现场一片安静。

广场上的低阶修士吓得不敢作声，就连台阶上的千余名烛龙道真仙境修士，也被眼前的交锋惊得面色大变，噤若寒蝉。

以韩立的目力，他自然将刚才发生的事看得清清楚楚。

北寒仙宫宫主萧晋寒放出的那道金色符箓十分玄妙，丝毫不受呼言道人那一击的影响，却被苍流宫宫主洛青海发出的一道透明剑光给化解了。

仙宫虽是名义上执掌北寒仙域的最大势力，但与苍流宫之间的关系显然有些微妙，至少洛青海并不怎么买萧晋寒这位仙宫宫主的账。

高空中，萧晋寒淡淡地扫了洛青海一眼，神色丝毫未变，身形一闪，从云头飞落，直奔白玉高台而去。

洛青海眼神微动，笼在袖中的右手缓缓一收，一甩衣袖，转身坐回那张金色龙椅上。他所在的那朵水蓝色巨花仍旧一动不动地悬在半空，上面站着的十余名蓝袍修士也处变不惊。

“嗷！”

没等萧晋寒落下，一阵龙吟声骤然响起。

困在笼中的百里炎眼中喷出火焰，单手屈指呈爪状，猛然抬起，朝着身前的金色囚笼抓了过去。

他握爪的手掌上腾起熊熊赤金烈焰，伴随着风声，凝聚成一个古怪的龙首，龙口大张，龙息喷涌，猛然砸在了金色囚笼上。

“轰！”

金色囚笼当中的一根金柱一下被烈焰龙口吞没了，上面的金色符文在熊熊烈焰中不断飞出，变形扭曲，直至彻底崩碎。

一根金柱崩碎之后，紧接着数根金柱连连崩碎，金色囚笼也随之坍塌。

白玉高台之上，一团耀眼的金色光芒轰然炸裂，数十道龙首虚影朝着四面八方冲击而去。

龙首虚影所过之处，泛起阵阵金光。

紧接着，伴随一声巨响，笼罩整个山峰上空的禁制光幕彻底被震碎。

白玉高台也轰然碎裂，八名操控禁制的金仙道主心神巨震，连忙唤出护体法宝挡在身前。在这狂暴的冲击之下，他们仍不受控制地倒飞了出去。

其中几人正好被龙首虚影击中，身前的法宝护罩直接碎裂，几人皆口吐鲜血，朝着下方跌去。

呼言道人身形一晃，来到云霓身旁，周身亮起红光，挡住了数道龙首虚影，然后拉着云霓飞下了白玉高台。

其余的三十余名副道主，虽有前方十余名金仙道主作为缓冲，一个个仍被余波冲得东倒西歪，朝四面飞遁而去。

如此一来，台阶上的千余名真仙境修士也一哄而散，各施手段，化为一道道颜色各异的遁光四散奔逃。先前出于对上方仙宫之人的忌惮，谁也不敢第一个跑，以免成为众矢之的，所有人都在等待这个机会。

韩立与祁良混在人群之中，选了一个方向疾飞而去。

无数冰晶碎石四散纷飞，惊得四周广场上数以十万计的低阶修士神色大变，反应稍快一些的修士早已祭出法宝等物，其余人反应过来后也开始逃跑。

一时间，白玉峰上成千上万的各色流光四处飞射。

白玉峰旁的高空中，洛青海单手掐诀，一层蓝色水幕浮现，将那朵蓝色巨花笼罩，使其免受冲击。

另一边，仙宫副宫主雪莺衣袖一扬，在银白辇车外布置了一层半透明护罩，随后目光落在了不远处的洛青海身上。

洛青海眼观鼻鼻观心，一副老神在在的模样。

萧晋寒对冲击而来的气浪视若无睹，速度丝毫不减，继续朝下方俯冲而去。

"轰隆——"

又是一声爆鸣，萧晋寒周身冒出森森寒气，空中白雾升腾，凝聚成一座巨大的白色冰峰，重重地砸在了白玉高台之上。

原本就塌了大半的白玉高台，哪里受得住这一砸？瞬间彻底崩塌，就连白玉峰也随之剧烈地震荡起来。

白玉峰外，韩立一边随着人流向山峰外飞去，一边遥望山峰中央。只见那里冰晶与碎石堆砌成山，一片狼藉。

就在此时，只见冰晶下方，忽然有赤红光芒亮起。

紧接着，伴随着“铮”的一声，一道赤焰长柱从冰晶下方冲天而起，纵划而过，将小山似的冰晶和碎石从中间剖开了。

一声暴喝响起，百里炎的身影从破开的冰山之中飞掠而出，周身赤焰环绕，朝着呼言道人的方向飞掠而去。

萧晋寒手腕一抖，手中浮现一柄晶莹长剑，剑上面缠绕着一团雪亮的白色蛇形雾气，朝着下方劈去。

只见高空之中顿时云海翻腾，数百条由寒气凝聚而成的巨型白蟒扭曲翻滚，朝着百里炎而去。

“萧晋寒，想要抓我，那就来试试吧！”

百里炎暴喝一声，手中握着一柄赤焰缭绕的长剑，手掐剑诀，横剑一扫。

一股炽烈的气息自空中蔓延开来，数百道火焰巨柱突然在他身前出现，径直插入白蟒寒气之中。

“轰隆隆！”

一阵滚雷声轰然响起，高空之中赤焰熊熊燃烧，与万丈冰晶对峙，各自占据了半边天空。

广场上早已经乱成一片。

“洛大宫主，莫非你真要蹚这浑水，与我北寒仙宫过不去？”半空中，雪莺突然开口道。

“雪仙子在说什么？洛某人怎么有些听不懂啊。我此次只是带着几名弟子来此观摩，你们之间有什么矛盾，和我苍流宫可没什么关系。”洛青海望了雪莺一眼，缓缓说道。

“卢越、董桀，你们几个去看着呼言道人。”雪莺闻言，望向身旁一名身材修长的御剑男子和一名虬髯大汉，吩咐道。

“是。”

卢越应了一声，当即与身旁几人离开了银白辇车，朝下方某处飞去。

“洛大宫主，妾身就先走一步了。”雪莺说着，收起座下的银白辇车，化为一道白光，朝萧晋寒和百里炎那边追了过去。

白玉峰周围的广场此刻早已满目疮痍。

呼言道人悬在半空中，朝着高空中百里炎与萧晋寒交锋的地方望去，云霓站在他旁边。

就在此时，一道巨大的黑色斧影从天而降，引得周围空间一阵扭曲。

呼言道人像是早有所料一般，飞速踏出一步，一把拉过云霓，周身红光一闪，躲开了。

巨大斧影轰然砸地，顿时引得大地一阵“轰隆”巨震。

广场上直接出现了一道长逾千丈、深不见底的巨大沟壑，不少来不及逃走的低阶修士跌入其中，连惨叫都未及发出，便当场殒命。

紧接着，那位名叫董桀的虬髯大汉双手抡起一柄巨大的开山斧，从天而降。

与此同时，以御剑男子卢越为首的七名仙宫修士突然出现在广场四周，将呼言道人和云霓团团围住。

这八人先前不知道用了什么手段掩盖了修为，此刻全都散发出金仙境的灵压，其中卢越与董桀的气息远超其他人，达到了金仙境中期。

这些人丝毫不顾及广场上还有其他弟子，纷纷催动法宝，放出一道道灵光，朝呼言道人和云霓攻去。

一时间，轰鸣声、哀号声不断从四面八方传来。

不远处，欧阳奎山扫视了一眼广场上的混乱状况，面上闪过一丝复杂的神色，对身旁的几名金仙道主说道：“你们先去疏散宗门弟子，尽量让他们避免受到波及。”

这几名金仙道主虽然在百里炎破困而出时受到了波及，但他们毕竟修为高深，并无大碍。几人闻言，二话不说，迅速散开，各自施展手段召集了一些还没走远的副道主及真仙长老，一起运转法力神通，分批将广场上的低阶弟子转移出去。

第167章

地底异动

广场正中，云霓召唤出的雪莲花影变至数百丈高，将她与呼言道人护在中央。

不断有风刃、电光、火球、剑光打在雪莲花影上，引得花瓣不断颤动，雪莲花影表面灵光飞快消耗，逐渐黯淡。

呼言道人单手擎着一座黑色宝塔，另一只手并指往塔身上一点，一道塔影浮现，并瞬间变大，将他们两人连同雪莲花影笼罩在其中。

所有的攻击顿时落在了塔影之上，发出阵阵“锵锵”声。

“我有必须追随百里道主的理由，才会出手帮他。你明明什么都不知道，完全可以置身事外，为何要插手？”呼言道人看向身旁的云霓，眼中闪过一丝不忍之色，问道。

“轮回殿吗？我的确不清楚是怎么回事。不过这些都不重要，只要和你在一起，那就足够了。好在素媛那孩子和奉义在一起，我也少了一些顾虑。”云霓闻言，莞尔一笑，轻声说道。

“哈哈，好！既然如此，那我俩就一起来会会这些仙宫的杂碎！”呼言道人听完，狂笑道。

呼言道人话音刚落，就听头顶上方传来一阵轰鸣声。

只见一道金光剑影从高空中直坠而下，砸在塔影之上，打得塔影光芒狂颤，塔尖之上的宝顶轰然碎裂，化为一片黑色光芒消散。

与此同时，呼言道人手中的黑色宝塔顶部也裂开了一道缝隙。

呼言道人朝高空望去，只见卢越悬在高空，周身金光缭绕，身前悬浮着数道巨大的剑影，不断朝黑色塔影斩来。

董桀则带着另外几名仙宫修士，在黑塔四周不断攻击。除此之外，还有十余名仙宫修士正朝这里俯冲而来。为首的一名身着粉色宫装的女子，俨然是一名金仙境中期的修士。

呼言道人冷哼一声，抬起手掌拍向了自己腰间。

只见他腰间那只银色葫芦光芒一闪，顿时从雪莲花影之中冲出，在半空中不断变大，很快就化作房屋般大小，悬浮在高空之中。

接着，呼言道人口中传出晦涩难明的吟诵声，悬在他头顶的那只巨大银色葫芦表面灵纹狂闪，葫芦嘴亮起一团模糊的白光。

“哧哧”声大作，一颗颗形如蚕豆的黑色豆子不断从白光之中涌出。

顷刻间，密密麻麻的豆子犹如雨滴般洒落。豆子尚未落地就扭曲拉长，化为一个个丈许高的黑衣豆兵。豆兵皆手握黑色巨斧，犹如力士一般。

眨眼间，成千上万个黑衣豆兵挥舞着手中的巨斧，如潮水一般涌向四周攻来的仙宫之人。

整个白玉峰广场，在烛龙道大半弟子退去后，再次变得拥挤。

董桀见此情形，二话不说，挥舞着巨斧第一个杀入黑衣豆兵之中。数人紧随其后，与这些豆兵厮杀起来。

“呼言老道，果然难缠！我来设法牵制他，你们想办法去助卢长老一臂之力。”

粉色宫装女金仙吩咐了一句后，腰肢一扭，双腿一盘，悬坐在半空之中，一张通体晶莹的白色古琴出现在她身前。

只见她皓腕轻抬，十根纤细玉指在琴弦之上飞快拨动，一阵琴声响起。古琴所对方向数百丈外的一批黑衣豆兵，当即左右摇晃，战力全失。

紧接着，她身体微微一侧，再次拨动琴弦，又有不少黑衣豆兵倒地。

这仿若渺渺仙音的琴声貌似清脆悦耳，实则能令听到之人气血翻腾，法力紊乱，就连看似坚不可摧的黑衣豆兵都无法抵挡。

其余十余名仙宫修士则趁机朝中间冲去。

数百里外，韩立与祁良等数十名真仙站在一座山峰峰顶，韩立双目蓝光闪动，遥望着白玉峰下不断催动银色葫芦的呼言道人，不由得摇了摇头。

他加入烛龙道至今不过数百年，其间他与这老头交往最多，对方算是一个半师半友的存在，并且在道兵炼制等事情上给了他不小的帮助。

眼下看见老头身陷如此局面，他心中并不好受，但若让他冒死去相助，自然是不可能的。

一来，以他如今的实力，面对这么多金仙境修士，他根本扭转不了局面，去了恐怕也是白白送死；二来，之前发现的那名华服青年，让他产生了一种很不好的感觉。那种感觉具体是什么，他一时半会儿也想不清楚。

就在这时，广场上空又响起了剧烈的轰鸣声。

只见呼言道人两人上方银光乍泄，那只巨大的银色葫芦竟突然裂开了。

葫芦里面的黑豆全都掉了出来，化作黑衣豆兵。破碎的葫芦内流出大片青色灵液，落在了密密麻麻的豆兵身上。

黑衣豆兵在被青色灵液淋过之后，个个身上乌光大作，身形再次变大，灵力也得到了补充，悍不畏死地冲向董桀等人。

这些豆兵虽强，但在数十名金仙及真仙的合力围剿下，很快便成片成片地倒下了。

好在豆兵的数量非常多，还是缠住了董桀等人。不过，在粉色宫装女金仙古琴攻击的配合下，仍有三名金仙杀入了中心区域，与卢越一起围攻呼言道人与云霓。

突然，韩立的瞳孔微微一缩，他发现这三名金仙之中就包括那名令他很不舒服的华服青年。

不过，此人的举止有些奇怪，虽然他参与了围攻呼言道人和云霓，但似乎不怎么上心，只在外围游走，极少使出手段攻击，颇有些出工不出力的意味。以至于韩立想从他的招数看出其功法路数和修为深浅，都无从下手。

欧阳奎山在吩咐其余金仙道主撤走烛龙道低阶弟子后，自己并未就此离去，而是站在距离白玉峰不远的半空中，朝着被仙宫众人围攻的呼言道人和云霓望去。

“轰隆——”

高空中，卢越双手掐诀，一道巨大的金色剑光浮现，泰山压顶一般砸向下方的黑色塔影。

黑色塔影碎裂，化为点点黑光，散射开来。

金色剑光的力道似乎也用尽了，尚未接触下方的雪莲花影，便直接消散。

卢越面色一白，身体在半空中微晃。他连忙翻手取出一颗丹药服下，显然其刺出的这一剑损耗不小。

参与围攻的两名仙宫修士见此，当即停止攻击，身形一晃，挡在了卢越身前。那华服青年却仍在外围游走，不过，他开始出手攻击那雪莲花影。

呼言道人手中的黑色宝塔之上浮现道道醒目的裂纹，虽未彻底碎裂，但也是灵光大损，威能大失了。

“仙宫走狗，欺人太甚！”

呼言道人口中发出一声怒斥，他将黑塔一收，伸手摘下腰间悬挂的赤红葫芦，一手抓住葫芦上系着的绳子，一手掐了一个古怪的法诀，在葫芦口处轻轻一拍，继而做出抓取之状，向外一抽。

只听“哐啷”一阵响，一柄三指宽的赤色长剑被他从葫芦口缓缓地抽了出来。

“没想到，我这柄赤鸾还有再次出鞘之日！既然如此，今日我就痛痛快快地屠鸡宰狗一遭！”呼言道人仰头灌下一口酒，朗声笑道。

说完，他转过头看向云霓，好似在征求她的意见。

云霓温和一笑，轻轻地点了点头。

呼言道人双目一凝，脸上神色变得无比庄重，身上气息骤然变得锐利。

下一刻，他口中发出一声长啸，身形一闪，飞出雪莲花影，直奔卢越而去。

他周身浮现一层光芒，手中长剑上亮起火红符文，身上的道袍被劲风吹得猎猎作响，整个人气势暴涨。

握剑在手的他和没有持剑的他，简直判若两人。

那两名挡在卢越身前的仙宫真仙境后期修士还没反应过来，便被一道红光了结了性命。两人的元婴刚刚逃出，便熊熊燃烧起来，眨眼间化为乌有。

悬浮在高空中的粉色宫装女金仙见状，猛地拨动手中琴弦，一股强劲无比的无形波动顿时直奔呼言道人而去。

云霓见状，双手一舞，一片巨大花瓣从雪莲花影上脱落，直冲高空而去，与那股无形波动撞在了一起，两两相抵，迸散开来。

“你的对手是我。”云霓望向粉色宫装女金仙，淡淡说道。

粉色宫装女金仙冲着云霓嫣然一笑，再次拨动琴弦。

半空中琴声不断，如同江涛叠浪一般朝云霓扑过来。

高空中，呼言道人将手中长剑一抖，剑身之上亮起赤红色光芒，一道巨大的火鸾虚影随即一闪，浮现在他身后。

接着，他口中发出一声轻吟，抬手猛然一挥。

嘹亮的凤鸣声响起，他身后的火鸾虚影顿时向前飞去。

“呼啦”一声，一团赤红火焰从剑身上喷涌而出，瞬间追上火鸾虚影，化作一片火海，直扑卢越。

卢越见状，目光微闪，抬手一按剑身，猛然朝前一挥。

一道耀眼金光从剑身之上飞射而出，在半空中骤然变大，化作一面金色城墙，挡住了汹涌而来的火海。

火海虽被挡住，但并未消散，反而掀起滔天火浪，不断拍打在金色城墙上。

金色城墙摇晃不止，很快就变得黯淡，直至被火浪烧穿，四散开来。

“痛快！”

呼言道人狂笑一声，单手提剑，双足直接踩在火海中前行，潇洒至极。

卢越冷哼一声，抬手一挥，一面金色圆盾一闪而出，旋转着飞入了火海之中。

接着，他身形一跃，便稳稳地站在了圆盾之上，踩着圆盾在火海中飞快滑行，迎向了呼言道人。

两人撞在一起，响声大作，掀起无数火光剑影。

就在呼言道人与卢越斗得不可开交之时，云霓这一边却不怎么顺利。

笼罩在她周围的雪莲花影，大半花瓣已经凋零，显得有些残破。

她手中不知何时多了一根嫩绿色的纤细柳枝，每次挥出，便有成百上千道柳叶状光刃飞射而出，在半空中交织成一张密集的网，令那宫装女金仙一时半会儿近不了身。

突然，云霓的头顶上方出现一道青光，青光化作一道巨大的剑刃，径直朝着她的头顶刺过来。

云霓神色骤变，立即操纵周围的雪莲花瓣合拢，护住自己。

只听“砰”的一声，数片雪莲花瓣碎裂，激起一阵气浪，气浪之中有一道人影倒掠而回，悬在了云霓身前百丈外的空中。

“呵呵，云道主，可还记得古某？”那人看向云霓，冷笑着问道。

云霓闷哼一声，强力压下方才那一击带来的震荡，面色苍白地朝来人望去。

只见那人身着古朴青甲，甲身之上绣着金色纹路，不是别人，正是古杰。此人为了报当年之仇，先前一直没有出现，直到此刻才突然现身，出手偷袭云霓。

呼言道人发觉下方的变故，手中法诀不停变换，操纵身下火海不断卷起巨浪扑向卢越，自己则飞速下落，回到了云霓身旁。

“你没事吧？”他眉头紧蹙，开口问道。

云霓轻轻摇了摇头，取出一颗丹药服了下去，没有答话。

呼言道人转头望向古杰，眼神中充满杀意。

古杰见状，忍不住咽了一口唾沫。

“你找死！”

呼言道人一字一顿地说道，抬手在剑身上一抹，掌心立即破开一道口子，鲜血滴落，渗入赤鸾剑中。

长剑之上红光大作，剑身上一些原本不太明显的符文也亮了起来。

随后他单手一扬，赤色长剑顿时脱手而出，红光一闪，便不见了踪影。

古杰心中咯噔一下，身上亮起护体宝光，连忙身形一闪，朝着远处疾遁而去。

然而他才飞出数百丈，便有一道红光骤然浮现在他身后，红光刺破了他的护体宝光和青色古甲，直接刺入他的身体。

嘹亮的凤鸣声响起！

从古杰身后刺入的是赤色长剑的剑尖，从他身前露出的却是一只熊熊燃烧的火鸾。

古杰全身上下都燃起了火焰，他发出一声惨叫。

赤色长剑所化的火鸾穿过古杰的胸口后，并未罢休，它在半空中猛然一转身，俯冲而下，再度朝着古杰的胸口扎去。

古杰双手在身前一合，口中暴喝一声。

只见他身上的青甲顿时亮起了绿光，将赤红火焰包裹住。

火鸾刺在了古杰体外的绿光之上，却如同刺在棉花上一般陷了进去，又很快反弹，跌落在一旁。

呼言道人挥手一招，火鸾重新化为一柄长剑，飞回他手中。

紧接着，一连串“噗噗”声响起。

古杰体表冒出一股股白烟，飞速将赤焰扑灭。但他已被烧得面目全非，身上到处都是伤口。

正在与豆兵厮杀的仙宫众人看到这一幕，顿时一惊，望向呼言道人的目光中流露出一丝忌惮。

然而古杰却嘴巴一咧，露出一口白牙，怪笑起来。

诡异的一幕出现了！

那层笼罩在他体外的绿光缓缓收紧，如同一件贴身衣物一般将他整个人紧紧裹住，最后绿光一闪，融入了他的体内。

更神奇的是，他身上的所有伤口竟然在以肉眼可见的速度飞快愈合。

呼言道人见状，只是冷哼了一声，倒不怎么惊讶。他深知修炼到古杰这个层次的金仙，无论是神魂还是肉身，都没那么容易被毁。

“欧阳道主，尽早结束，你们烛龙道也能少受一些牵连。”卢越收回目光，转头望向欧阳奎山，冷声道。

欧阳奎山闻言，略一沉吟，脚下灵光一闪，整个人化为一道银光腾空而起，几个闪动后就出现在广场之上。

在欧阳奎山加入以后，黑衣豆兵以更快的速度减少。

四名仙宫金仙修士腾出手来，联手在火海之外布置了一座唤雷法阵，从中召出数十道水缸般粗的青紫雷光，雷光所落之处，大片豆兵被炸飞。

随着豆兵的快速减少，呼言道人和云霓的处境越来越危险。

看到这一幕，并未走远的烛龙道修士脸上不禁浮现出复杂之色，其中包括一些金仙道主和副道主。

在他们看来，百里炎这位第一道主虽然不常出现，但他八次出关讲道，令一大批修士受益，并且正是因为他，如今烛龙道才能屹立于北寒仙域，成为与苍流宫比肩的存在。

如今北寒仙宫以天庭之名，趁这位第一道主讲道之机突然发难，可谓用心险恶。现场有这么多修士，百里炎起初显然有所顾忌，仙宫众人却根本没有顾及烛龙道低阶弟子的性命。

可悲的是，其余十二金仙之中，只有呼言道人与云霓两人敢站出来与北寒仙宫对抗，局面已然岌岌可危。一旦两人战败，百里炎将孤立无援，势必不是仙宫的对手。

韩立想到此，忍不住叹息一声。

呼言道人今日所展现的实力着实让他震惊，虽然他早就觉得这老头不简单，但没想到老头竟能以一己之力拖住北寒仙宫十几名金仙。

可惜烛龙道内部产生了分歧，若所有金仙道主都能和百里炎一条心，纵然仙宫实力强劲，也未必能掀起大风浪。

苍流宫宫主之所以没有出手，恐怕也是想到了这一点，否则烛龙道和苍流宫两大势力联手，萧晋寒恐怕只得立刻转身走人。

就在这时，韩立的眼睛忽然一闪，他发现围在呼言道人与云霓周围的那名华服青年竟然不见了。

他飞快扫视一圈，又在广场上搜寻了一番，都不见其踪影。

见此情形，韩立心中不由得闪过一丝不安。

苍穹深处，百里炎浑身被赤炎缭绕，彻底化为火焰之躯。

在赤炎之外，还亮着一圈圈七彩光芒，散发出惊人的炽烈高温。

萧晋寒与百里炎遥遥相对，单手握着一柄满是冰刺的长剑，背后悬浮着一个直径数丈的冰轮，直冒寒气。

此外，包括雪莺在内的十几名仙宫修士分散在四周，都与萧晋寒保持着一定的距离，似乎是受不住冰轮传出的寒气。

"百里炎，事到如今，你还要负隅顽抗？不如束手就擒，或许天庭尚可给你一个归顺和戴罪立功的机会。"萧晋寒淡淡地开口道。

"归顺……简直是笑话！天庭对付轮回殿之人，何曾有归顺一说？不抽炼生魂就算是优待了。少废话，放手来战吧。"百里炎大笑道。

说罢，百里炎猛地一挥手中的火焰长剑，操纵漫天火浪朝着萧晋寒袭去，同时双目红光大盛，口中念起某种咒语。

"咚——"

钟鸣山脉之下，顿时传出震耳欲聋的巨响。

紧接着，白玉峰方圆万里内的山峰和大地同时剧烈震颤，无数兽禽啸鸣不已、四散逃出。

“咚——”

又一道奇异的声音传来，比上一声更加洪亮。

分散在各处的烛龙道修士见此情形，震惊不已，不知出了何事。

就在此时，大地突然向上拱起、裂开，河断流绝，树木倾倒折断。

远处的数座山峰以肉眼可见的速度同时上升，短短数息时间就“长”高了近百丈，山体断裂，无数巨石滚落，掀起大片烟尘。

第168章

困龙之斗

广场之上，卢越等人见此，纷纷将目光投向欧阳奎山。

“欧阳道主，这是怎么回事？”卢越沉声问道。

欧阳奎山闻言，一言不发地摇了摇头，显然他也不知情。

倒是被他们围在中央的呼言道人，嘴角微微勾起，眼神中浮现一抹笑意。

“不能等了，快布紫阳阵！”卢越见此情形，当机立断高声喝道。

随着他一声令下，周围那四名催动雷阵的金仙修士立即身形一闪，分别落在呼言道人和云霓的四周，各自取出一张描着金纹的紫色符箓，朝身前的地面一扔。

只听“噗”的一声轻响，四张符箓同时落地燃烧，化作四条火线延伸开来，彼此相连，形成一个正方形火阵。

紧跟着，这四人同时开口，吟诵起咒语来。

地面上的正方形火阵顿时光芒大作，化作四道紫色光幕冲天而起，将呼言道人和云霓围在了中央。

紫色光幕之上虽然没有火焰升腾，但传出的温度炽热得可怕，比呼言道人的赤鸾火焰的温度还要高。

四人口中同时传出咒语声，四道紫色光幕同时朝着中央挤压而来。

“跟我走！”

呼言道人见状，一把挽住云霓的手，身上骤然腾起火光，欲冲天而去。

然而卢越等人早已有所准备，一道银光流转的雷柱和一道巨大的金色剑光同时以迅雷不及掩耳之势斩落，将呼言道人和云霓直接逼回了紫阳阵中。

此时，四周的紫色光幕已经收拢了很多，呼言道人与云霓两人只有紧靠在一起，才能避免被光幕灼伤。

呼言道人手腕忽然一翻，取出一件晶莹雪袍，抖开披在了云霓身上，随后又翻手取出一个翡翠小钟，往头上一抛。

顿时，一道翠绿色大钟虚影浮现，笼罩在他们周围，将四周的紫色光幕抵挡住。

大地的震动和轰鸣越发剧烈，翠绿色大钟虚影上燃烧着团团紫焰，也随之剧烈晃动起来，一副随时都会崩塌的样子。

“快！”卢越大声喝道。

布阵的四人闻言，立即咬破舌尖，朝着紫色光幕上各吐了一口血。

紫阳阵顿时光芒大放，快速收缩起来，将翠绿色大钟虚影压缩得更小。

其余众人也不断从上方朝呼言道人和云霓发动攻击。

呼言道人十指飞快掐动，将体内的仙灵力疯狂传入翡翠小钟之中，却仍然无法阻止紫色光幕的收拢，他的额头开始渗出汗珠。

眼看翠绿色大钟虚影就要崩溃，异变突生！

“嗷——”

地面之下突然传来一声巨响！

这一声不像是钟鸣之声，而像是某种洪荒异兽的嘶吼声，透着暴戾和狂野。

大地轰然一震，白玉峰周围烟尘四起，整座山峰随之一矮，在一阵“隆隆”声中，坍塌了。

无数巨石砸落，声如雷鸣，宛如末日降临。

留在广场上的人猝不及防，跟着山体朝下坠了数十丈，好不容易才稳住身形，纷纷施展身手，飞掠而起。

呼言道人与云霓两人并未向上逃，而是在漫天巨石扬尘的掩护下直坠而下，落入了白玉峰底，彻底被烟尘土石掩埋。

“不能放呼言道人走！”卢越对众人高声喝道。

说罢，他单手握剑，另一只手掐动剑诀，倒飞而下，身上金光大作，直冲烟尘未散的白玉峰下疾射而去。

其余仙宫修士二话不说，立即紧随其后，俯冲而下。

欧阳奎山略一迟疑，没有跟着冲下去，而是身形一晃，远远地悬在高空之中。

就在这时，与白玉峰相距不远的十几座山峰同时巨震，然后一座接一座轰然倒塌。方圆数千里之内，山崩地裂，尘土飞扬。

卢越等人刚冲入烟尘之中，就感到下方有一股灼热的气浪迎面扑来，散发出一种令人窒息的恐怖威压。

“此处不对劲，先撤！”卢越御剑急停，对众人大声喝道。

董桀等人闻声，立即停了下来，随即向上飞去。

“轰隆隆——”

一阵滚雷之声响起，下方的烟尘之中突然有红光闪现。

紧接着就是“轰”的一声响，一股粗逾百丈的赤红岩浆如同一条赤炎蛟龙般从地底喷涌而出，直冲千丈高空。随后，岩浆化作一片赤焰火雨，洒落满天。

苍流宫宫主洛青海见状，抬手一挥，他座下的蓝色巨花便带着所有苍流宫门人，朝着北方飞掠而去。

白玉峰往西数千里的高空中，包括熊山在内的十几位副道主面色难看地聚集在一起。之前他们受欧阳奎山之命，将部分低阶弟子转移到了安全区域，同时也将那些前来参会的外宗之人带离了白玉峰。此次变故，不论怎么说都算不上光彩之事，他们也不愿意被这些外人全程围观，日后再广为传播。

在安顿好一切之后，为了避免不必要的麻烦，他们就留在了安全区域，没有返回白玉峰。此刻，他们感受到地面的巨震，纷纷眉头微蹙，望向了白玉峰的方向。

与此同时，白玉峰以东万里外的望元峰峰顶。

韩立与数十名真仙境长老齐聚于此，所有人的目光朝白玉峰方向望去。

“怎么引起了这般大的动静？也不知百里道主那里如何了……”一名须发花白的宽额长老面露担忧之色，说道。

“不管百里道主是否能够渡过这一劫，烛龙道都不再是过去的烛龙道了。”另一名长老忍不住说道。

“哼，北寒仙宫平日里道貌岸然，今日的所作所为简直连强盗都不如。与其这样，还不如……”一名身材滚圆的长老愤愤不平地说道。

他的话还没说完，就被身旁另一名长老出声打断：“祝长老，休得胡言……”

祝长老闻言，沉默良久，发出一声长长的叹息，不再出声。

韩立本打算悄然离开，可飞到此处后，他并未立即离去，而是默不作声地站在峰顶广场边缘，双目蓝光闪动，朝着白玉峰的方向望去。

只见那边的天空已经被映得火红，岩浆落入附近的山林，顿时燃起熊熊火焰。

大火借着风势迅速蔓延，顿时升起滚滚浓烟，几乎将整片天空都遮蔽了，方圆数百里之内的山林化为一片火海。

天地之间仿佛只剩下赤、黑两色，那景象看起来，简直犹如末日。

正当所有人惊疑不定之时，在浓烟火海之中，忽然有一道巨大的黑色阴影升了起来。

“那是什么？”祁良见状，忍不住叫道。

其余人循声望去，俱是一惊。

只见火海之中，有一座巨大的黑色“拱桥”升了起来，“拱桥”跨过数座山峰，桥上升腾起滚滚黑焰，看起来十分诡异。

韩立眼中蓝光更盛，瞳孔微缩。

他清晰地看到了那座黑色“拱桥”之上，布满一片片巨大的鳞片，看起来和龙无异。

未等他细想，又是“轰”的一声巨响传来！

众人觉得脚下的望元峰都随之剧烈一震，似乎要崩塌了一般，不少人甚至亮起遁光，腾空而起了。

好在巨震之后，望元峰便恢复了平静。倒是坍塌了的白玉峰，竟然再度爆炸，无数山石林木从中爆射而出，飞向四面八方。

更多的地底岩浆喷涌而出，化作数十道蜿蜒的赤红河流，四处流淌。岩浆所过之处，地面皆化作一片焦土。

在这种情形下，卢越等仙宫修士顾不得再管呼言道人与云霓，纷纷飞离白玉峰，停在数百里外，同时在身外撑起光罩，阻挡不时从高空中落下来的碎石和岩浆。

很快，白玉峰方圆数十里内就被赤红滚烫的岩浆填满，变成了一个巨大的岩浆湖，湖面不时冒出一个个巨大的红色气泡。

“这个岩浆湖有些古怪，呼言道人他们就藏在下方，我们不要贸然靠近，先将他们逼出来。”卢越放出神识在四周扫了一下，突然高声喊道。

“我来！”

董桀说着，手腕一抖，掌心之中多出一块闪着晶光的黑色石块，他抬手将石块抛向了空中。

伴随着他口中响起阵阵吟诵之声，那块黑石之上立即传来“嗡嗡”声，随之飞快变大，很快就变作一座千丈巨峰，朝着岩浆湖中心砸去。

“轰——”

千丈巨峰落入岩浆湖之中，瞬间就没到了半山腰，一下激起数百丈高的火浪，赤红的岩浆剧烈翻涌，溅起无数灼热的岩浆，落向四周。

岩浆湖很快就恢复了平静，那座千丈巨峰一点点地沉入了湖内。

“嗷——”

就在这时，一阵野兽的怒吼声从岩浆湖中传了出来，震得湖面泛起一圈圈涟漪。

下一刻，那座千丈巨峰忽然从岩浆湖中飞出，直入高空。在一阵黑光闪动之后，巨峰轰然碎裂开来。

接着，一颗比千丈巨峰还要大的黑色头颅从岩浆湖中猛然探了出来。

那黑色头颅猛地一扬，带动下方的躯体朝着高空扶摇而上。

待那黑色的庞然大物飞入苍穹之后，众人这才看清了其全貌，原来他们最先看到的那座“拱桥”，赫然是一条身长万丈、身绕黑焰的漆黑巨龙。

巨龙头上长着两根尖锐如棘的弯角，闪烁着黑光。巨龙庞大的身躯盘旋在高空中，周遭黑烟弥漫，令以白玉峰为中心的大片区域骤然间变得一片昏暗。

更诡异的是，那巨龙的面目异常古怪，竟然似一张放大了无数倍的人脸。

距离白玉峰数千里的高空中，熊山等十几名副道主看到这一幕，纷纷面色一变。

他们这些人中，在烛龙道待的时间最短的也有十万年了，何曾听说白玉峰下有这样一条举世难见的巨龙？

“莫非这便是……烛龙？”熊山双目圆睁，喃喃说道。

“难不成往日从山脉地底各处传出的异响，就是它弄出来的？”另一名副道主问道。

“应该没错了。多年前我深入地下火脉取赤炎火精时，就感受到一股若有若无的奇异气息，当时没有在意，现在回想起来，那气息与此兽身上散发出来的几乎一模一样。”一名瘦高老者恍然说道。

“可此兽的脸为何如此像……”

“这脸孔不是百里道主吗？”

望元峰上。

韩立遥望那条巨龙，脑海之中迅速闪过曾在古书中看到的关于蛮荒古兽烛龙的描述，的确与眼前这条巨龙的种种特征颇为吻合。只是在一些细微处有些差异。比如，古书中对烛龙脸的描述是“略似人面，上覆鳞甲”，可眼前这条巨龙的脸，与百里炎起码有七八分相似。

“莫非……此兽是百里道主的真身？”韩立心中一动，想到了一种可能。

但他转念之间又否定了这个想法。

眼前这条人面龙身的古怪巨龙，双目中并无瞳孔，只有深不可测的滚滚黑炎，显然不是拥有强大灵智的存在。这条巨龙即便与百里道主有关，也只可能是他的分身。

而且不知为何，这巨大烛龙现身之后，他神魂深处就生出了一种排斥的感觉，他发现此龙身上的黑焰之中似乎蕴含着浓重的煞气。那煞气的强烈程度，他前所未见。

与此同时，在白玉峰以北数千里之外的空中，悬浮着一朵蓝色巨花。

巨花的上方，洛青海以及苍流宫众人脸上满是震惊之色，一个个目瞪口呆，说不出话来。

洛青海从金色大椅上站了起来，死死地盯着远处那条遮天蔽日的黑色巨龙。

半晌后，他才缓缓开口道：“我原本以为你闭关是为了延缓五衰之劫，想不到你竟已另辟蹊径，渡过了第五衰。可惜，可惜……若再给你万载光阴，区区北寒仙宫，又能奈你何？”

“师尊，我们如今……”那名长相清秀、宛若少女的男子上前几步，说道。

“你们都好好看着，这可是千载难逢的机缘。此番仙宫即便得逞，恐怕也……”

洛青海嘿嘿一笑，坐回了金色大椅，仰头朝天幕的战场方向望去。

天空中，百里炎浑身闪着七彩光芒，一手握着赤红仙剑，一手抓着一面八角形镜，与数百丈之外的萧晋寒对峙着。

在百里炎周围笼罩着一个近乎透明的半球形禁制光幕，禁制之上白光流转，浮现着一道道雪片状的奇特符纹，不断冒着寒气。

以雪莺为首的十余名仙宫修士分散围在光幕外围，手中各握着一块白色玉玦，玉玦在仙灵力的催动之下，绽放出莹白的光芒。

这十余名仙宫修士中有过半是金仙境修士，余下的都是真仙境后期修士，他们虽看似将百里炎困在此处，但实际并未占上风。

“百里炎，难怪天庭会将你视作心腹大患，你的确不简单。”萧晋寒单手握剑，瞥了一眼横空出世的烛龙，对百里炎说道。

“修为能达到你我这个层次之人，又有谁是简单的？”百里炎冷笑道。

“不管怎么说，今日我们是来对了。否则万年以后，恐怕就是你百里炎去找我们北寒仙宫了，届时，我可不认为我们有能力对付一名太乙玉仙。”萧晋寒淡淡说道。

“那就试试吧。”百里炎不紧不慢地说道。

白玉峰上空。

伴随着一声震天嘶鸣，烛龙扭动着朝高空升腾而去，似要飞往百里炎所在的那片天空。

眼看着烛龙庞大的身躯就要钻进高空云层之中，下方早已经破碎不堪的大地轰然一震，浮现一道巨大的法阵虚影，发出一片耀眼的金光。

只见八根金色巨柱从烛龙四周升起，数息之间便升至万丈之高。金色巨柱上面金龙缠绕，符文密布，发出摄人心魄的金光。

每根金色巨柱的顶端各站着一名仙宫金仙。金仙手掐法诀，口诵咒语，催动着大阵。之前被呼言道人一剑穿透身体的古杰也位列其中，立在一根金色巨柱之上。

与此同时，烛龙头顶上方的高空中，那名身着粉色宫装的女子突然浮现，她身前仍旧悬浮着那张白色古琴。

“起！”

宫装女子猛地拨动琴弦，口中大喝一声。

八根金色巨柱之上顿时响起一阵奇异的梵音，缠绕在巨柱之上的八条巨大金龙忽然扭动了一下，“活”了过来。

“嗷——”

一阵龙吟声响起，八条金龙从巨柱上猛然蹿出，一头扎进黑色火焰之中，朝着烛龙身上咬去。

黑焰之中，八条金龙扭动身躯，顺着烛龙的身躯缠绕而上，巨口大张，咬了下去。

金龙的尖齿虽未能穿透烛龙的鳞甲，但死死地扎在了烛龙身上。

“嗷！”

烛龙猛然一震，发出震天咆哮，身躯剧烈扭动，疯狂挣扎起来。

烛龙一扭动，缠绕在它身上的金龙也剧烈地摇晃起来，不断撞击在金色巨柱上，发出震天轰响。

金色巨柱仿佛在大地生根了，岿然不动。巨柱上所蕴含的束缚之力，犹胜之前困住百里炎的金鳞锁龙阵，故而烛龙无法挣脱。

卢越立即冲天而起，化作一道耀眼金光射入高空。

他单手一挥，掌心之中立即浮现一把黑色的牛角大弓。

此弓造型简单，看似将一根乌木随意弯折制成，表面没有装饰图纹，甚至连符文都没有，弓上反射着幽幽黑光，看起来十分古朴。

卢越望向还在挣扎的烛龙，向前跨出一步，一手握弓，一手扣住弓弦，缓缓向后拉。

只见他的双臂肌肉鼓胀，震颤不已，显然有些吃力。而那弓身一点点向后弯曲，弧度越来越大。

待整根弓弦紧紧贴在他的脸上时，他握弓和拉弦的双手之间，亮起丝丝缕缕的银色光芒，这些光芒相互纠缠凝聚，化作一根银光熠熠的细长箭矢，瞄准了烛龙头部。

卢越的手指被弓弦割破，渗出丝丝鲜血，悉数被银光闪动的大弓吸收，而他收敛气息，纹丝不动，引而不发。

与此同时，箭尖之上浮现一点银光，初时若有若无，片刻之后银光变得越来越耀眼，从中传出阵阵奇异的法则波动。

烛龙的身躯被束缚，疯狂扭动却无法挣脱，它变得暴怒。烛龙猛然转头，巨口一张，黑色火焰汹涌而出，朝着身上的金龙而去。

滚滚黑焰瞬间就将那些金龙吞没了。

相比烛龙身上缭绕的黑焰，其口中喷出的烈焰温度更高，蕴含的煞气也更盛。

很快，那八条金龙就被烧灼得金光黯淡，身躯萎缩，看起来仿佛要熔化了一般。

站在金色巨柱上的八人，只觉得酷热难耐，浑身血液的流动仿佛加快了数倍，心头烦闷无比，仿佛身处炼狱。

“噗——”

一名金仙境初期修士终于承受不住，吐出一口鲜血。

紧接着，与其相邻的古杰，也身形一颤，口吐鲜血。

这两人持阵不稳，使得整个法阵都随之震动，摇摇欲坠。

眼看周围的巨柱就要支撑不住，虬髯大汉董桀突然身形一晃，出现在半空之中。

也不知他使了什么法诀，只见他身上黑光大作，身躯一下就变至千丈高。他手中握着一柄开天巨斧，飞至烛龙身前，朝着脖颈斩去。

斧刃上镌刻的一连串符纹乌光大作，从中传出阵阵强烈的撕扯力。

第169章

业火归身

就在巨斧要破开黑焰，砍在烛龙脖颈上时，异变突起。

烛龙头顶之上，一道赤红火光急速射出，在半空中飞快变大，瞬间就变作一柄数百丈长的赤红巨剑，一下斩在了巨斧的锋刃之上。

“轰——”

高空中顿时爆开一团刺目赤阳，一道道火红光线不断朝着巨斧的锋刃之上疾射而去。

看似势不可当的巨斧，竟然“咔”的一声直接断裂开来。

那柄赤红巨剑径直没入了董桀的胸腔，一穿而过。

董桀的身躯在高空中晃了几下，飞快缩小，然后朝着下方坠落。而那柄赤红巨剑在高空中一个折返，飞回了烛龙头顶。

巨剑尚未落定，便光芒一闪缩小了，呼言道人的身影从中闪现，他脸色苍白，大口大口地喘气。

方才他不惜调动体内所有的灵力，通过赤鸾剑施展身剑合一，才重创了那名虬髯大汉。

然而此刻，他顾不得服用丹药进行调息，而是立即仰头朝高空中那名粉色宫装女子望去。

只见那宫装女子身后浮现一道白光，云霓的身影从中闪现，她手中捏着一截嫩绿柳枝，朝着宫装女子后背击去。

柳枝之上青光萦绕，挥动之时发出风雷之声，无数柳叶光刃被裹挟其中，如同一根打神鞭般落在宫装女子身后。

那宫装女子为了稳固濒临崩溃的大阵，左支右绌，根本无法顾及身后。等她发觉之时，已经晚了一步，她身后的宫装飘带光芒大作，飞舞而起，迎向了那截柳枝。

与此同时，宫装女子身侧一道光闪过，却是欧阳奎山神色复杂地从远处急掠而来，他手里握着一柄金色长剑，朝着云霓的胸口刺去。

云霓见状，眼中闪过一抹决然之色，她不闪不避，仿佛拼着自己受伤，也要完成这一击。

“铮——”

密集的刀光从柳枝之上射出，瞬间就将飘带撕开一个口子，重重地打在宫装女子的背上。

宫装女子背后的护体灵光被柳叶刀光打散，她整个人向前扑倒，口中吐出一口鲜血，洒在古琴之上。

与此同时，欧阳奎山的剑锋也到了云霓胸前，刺入之前，他的手腕忽然一转，剑锋随之偏移了几分，刺入了云霓的肩头。

“为了他，你当真可以至此？”他眼中闪过一抹难过之色，喃喃问道。

云霓只是笑了笑，没有说什么，整个人化作无数白色花瓣，消散开来。

下一瞬，她的身影重新浮现，已经回到了呼言道人的身边。

“嗷——”

又是一声震天咆哮，黑色烛龙身上的黑焰暴涨了数倍，身躯在高空中猛一扭转，反将缠绕在它身上的金龙缠得更紧了。

不怎么稳固的金色巨柱被这股巨力一拉扯，顿时剧烈地震动起来，歪向了中央。

烛龙向上猛冲，爆破声不断响起，缠绕在其身上的金龙寸寸断裂，化为一片金光消散。

“轰——轰——轰——”

七根金色光柱轰然炸裂，化作一道道巨大的金色光弧，向四面八方冲击而去，包括粉色宫装女子在内的几名仙宫金仙受到大阵反噬，纷纷身受重伤，从高空坠落。

黑色烛龙一下子挣脱了束缚，再次扶摇直上，很快就冲出了层层云海，来到了另一个战场上。

只见那里的空中，白光萦绕，笼罩着一层巨大的白色光幕。

光幕之内，寒风呼啸，雪花飞舞，就连云层上都结了一层厚厚的坚冰，不少云团被冰雪覆盖，结成了形态各异的古怪冰雕，看起来恍如到了冥寒大陆。

“这是……萧晋寒的金仙灵域！”呼言道人定睛一看，开口叫道。

“百里道主……”云霓抬手遥指光幕，叫道。

她先前服了疗伤的丹药，此刻肩头的伤口已经愈合，仙灵力完全恢复，面色却仍煞白无比。

顺着云霓手指的方向可以看到，光幕中央悬浮着一座冰晶巨碑，上面蓝光流转，处处冒着寒气。

冰晶巨碑之内，禁锢着一名身着火红长袍、神态威严的中年红发男子，正是百里炎。他身上笼罩着一层七彩光芒，不断闪烁，看起来像是在全力抵御冰晶寒气的侵蚀。

看见黑色烛龙穿出云海朝这边疾飞而来，百里炎眼中闪过一丝复杂之色。

身穿一袭雪袍的萧晋寒站在冰晶巨碑顶端，双手拄剑。在他身后，悬着一个巨大的晶莹冰轮，上面银光大作，不断飞出一枚枚银色符文。

每枚符文飞落，都会顺着他手中的长剑落入冰晶巨碑。巨碑上便会响起“咔咔”之声，随之变得更加坚固，其内蕴含的寒气也会愈加浓郁。

眼见黑色烛龙冲至身前，萧晋寒的眼中顿时闪过一抹怒意。

只见他一手松开剑柄，单手掐诀，朝着前方猛然一挥。

他背后的冰轮银光大作，在他头顶上方凝聚出一条万丈长的冰晶巨龙，朝着黑色烛龙俯冲而去。

一白一黑，一冰一火，狭路相逢，轰然对撞。

"轰隆——"

冰晶巨龙从头部开始节节碎裂，化作一片冰碴。黑色烛龙则从冰晶巨龙体内一穿而过，直奔白色光幕而去。

"嗖——"

就在黑色烛龙的双角要刺破光幕之时，一道箭矢尾羽划破天空的声音顿时响彻整个天空。

卢越蓄力良久，终于射出了威势达到顶点的一箭。

只见一支带着长长的耀眼尾焰的银色箭矢，如同流星一般划过天幕。

箭尖处有一个凝成实体的银色旋涡，旋涡剧烈旋转，将四面八方的天地灵气悉数吸入。

银色箭矢在半空中急速变大，由初时的三尺长很快暴涨至千丈，瞬间将云海刺出了一个巨大的洞，从烛龙的下颌猛然射了进去。

"轰"的一声巨响，烛龙的下颌出现了一个巨大的洞，直通头顶。

洞口处出现一个巨大的银色旋涡，无数天地元气疯狂涌入。那处的灵压不断上升，很快就到了令人恐惧的程度。

呼言道人见状，一把拉过云霓的手，身上红光大亮，疾飞而去。

他刚飞出千余丈，身后就传出一声巨响。

"轰隆隆——"

那个银色旋涡轰然炸裂开来，狂暴的天地元气涌向四面八方，瞬间就将方圆千里笼罩了。

呼言道人和云霓只觉得身后有一股巨大的力量袭来，两人同时口吐鲜血，不由自主地朝着远处飘去。

银色旋涡在爆炸中不断变大，烛龙巨大的头颅在旋涡中一点点裂开，逐渐化作黑色浓雾，剧烈地翻滚。

下一刻，诡异的一幕出现了。

那些黑色浓雾非但没有就此消散，反而全都涌入了白色光幕，继而在漫天飞雪之中急速穿行，径直汇入了那座冰晶巨碑。

“轰——”

冰晶巨碑之内，一轮黑日骤然爆炸。

一股狂暴气浪裹挟着无数冰晶碎屑，朝着四面八方疾射而去。

萧晋寒身上白光一闪，直接从巨碑上瞬移下来，而围绕在巨碑四周的雪莺等人，尽管都亮着护体灵光，却仍被炸得四散纷飞。

紧接着，高空中的黑色雾气凝聚在一起，百里炎的身影从中浮现，缓缓地落在了坚冰之上。

百里炎周身黑雾缭绕，两边肩头各悬浮着一团黑焰，一头红发已经变成黑色，眉心正中多出了一枚拇指大小的黑色火焰灵纹，眼睛也变得更加深邃漆黑。整个人看起来，与之前判若两人！

他身上的气势暴涨，举手投足间带着猎猎风声，宛如一个旷世魔王。

“想不到本座这么多年来千辛万苦才将这一身业火剥离，今日却要被迫取回，真是天意弄人。”百里炎望向萧晋寒，面无表情地说道。

“很好，这才是被天庭通缉的煞仙百里炎！不过这样一来，这第五劫你终究是逃不掉了。”萧晋寒缓缓说道。他神色肃然，并没有贸然行动。

“罢了，既然事已至此，不如就让这业火烧得更旺盛一些吧！”百里炎目光阴沉，冷声说道。

说罢，他周身不断涌出黑雾，在他身后形成一堵巨大的黑色雾墙，朝着萧晋寒逼进，慢慢化作一片黑色灵域，一点点吞噬高空中的白色光幕。

与此同时，他目光阴冷，一步一步踩在云层坚冰之上，朝着萧晋寒走去。

高空云层如同冰裂一般发出“咔咔”声……

“业火归身……唉……走吧！”

云海下方的那朵蓝色巨花之中，洛青海挥了一下手，便带着苍流宫众人继续朝着北方飞掠而去，远离了此处。

数千里外，熊山望了一眼苍穹深处，而后一转身，毫不迟疑地朝着西方疾飞而去。其余副道主也纷纷摇头，如他一般飞走了。

望元峰上遁光四起，许多真仙长老纷纷飞离。

韩立双目之中蓝光一敛，不再看那边。

方才他的视线大多停留在呼言道人、云霓两人身上，发现两人远遁离去后，他便打算立即离开。

“祁兄，此处不宜多留，厉某先走一步了。”韩立转过头，对身旁的祁良说道。

“厉兄先行，祁某还想多留片刻。”祁良闻言，微微一愣，随即说道。

此等金仙巅峰之间的交锋，实在罕见，像祁良这般甘愿冒着危险观战，希冀从中获得修炼裨益乃至破境机缘的人，并不在少数。

“保重。”韩立对祁良点了点头，从人群中穿出，身上亮起遁光。

韩立悄无声息地化为一道青光，一闪便不见了踪影。

下一刻，他再次出现之时，已在千里之外，他方一现身，又再次一晃疾射而出。

距离稍远之后，他立刻加速飞遁，转眼间飞出数万里，在一座偏僻山峰上落下。

韩立身处峰顶，回首朝着白玉峰的方向望了一眼，轻叹了一口气。

不管烛龙道今日究竟能否渡过这一劫，他都无法再待下去，被北寒仙宫盯上，以后必将麻烦不断，而他平日里又与呼言道人交往甚密，谁知道有没有被什么人给盯上。

最关键的是，那华服青年给他一种非常不好的感觉，虽然说不清为什么，但他下意识就想尽可能远离此人。

韩立收回目光，两手掐诀，身上骤然浮现一道道金色雷电，瞬间凝聚成一个雷电法阵。

轰鸣声响起，雷电法阵电光大盛，他的身影消失在半空。

就在韩立的身影消失后不久，一道道或明或暗的遁光从白玉峰方向飞出，各自朝着远处而去。这些人都是烛龙道之人，其中不乏真仙长老。

钟鸣山脉一处山峰上空，一道模糊金线划破天空，以比寻常遁光快了不知多少倍的速度往前飞去。

金线隐现雷电形状，看起来诡异无比，所过之处空气微微波动，是雷遁之力和空间之力结合的一种遁法。

雷遁虽然看起来是一种近乎瞬移的遁速，但绝不是瞬移，只是将自身转化成雷电的形态，以雷电的速度迅疾移动的一种遁法而已。

金线忽地慢了下来，前方空中浮现一股无形之力，挡住了金线。

越往前去，这股无形之力越大，金线前进的速度也变得越慢，最后甚至只相当于寻常真仙遁光的速度。

空中一阵波动，道道金色雷光浮现，形成一个雷电法阵。

一声雷鸣巨响过后，韩立的身影在法阵中央浮现。

他朝前方扫了一眼，面色微微一沉，接着化为一道青光往前飞遁而去，转眼间就到了数百里外，停了下来。

只见前方地面腾起一面巨大的黄色雾墙，上通天际，左右延伸，望不见尽头。

雾墙之上黄雾翻滚，变出各种形状，时而像云霞，时而像猛兽，变化万分。

一道道黄光从里面透出，隐约能看到里面有无数黄色阵纹在闪烁，一股厚重如山的气息扑面而来，仿佛一座巨大的山峰耸立在前面。

韩立身体一晃，飞到雾墙附近，心念一动，将神识散发开来，朝着雾墙内蔓延而去。结果，他的神识才没入黄雾，立刻被一股无形之力毫不客气地弹了出来。

韩立眉头微皱，眼中蓝光闪烁，射出两道蓝光，射向雾墙。

片刻之后，韩立眼中的蓝光一闪消失，他喃喃道："好厉害的禁制！"

拦住他的，正是这面雾墙。

他的雷电传送阵能直接调用空间之力，寻常禁制是拦不住他的，除非是同样蕴含空间之力的禁制。

方才他全力施展灵目神通，总算看出了一些端倪，这雾墙深处赫然弥漫着一股空间之力，而且浑厚绵密，显然是一种极为强大的空间禁制。

除却空间禁制，雾墙内还有其他禁制，数种禁制彼此融合，手法极为高明，即便是他，若要破解也非一朝一夕之事。

韩立朝着周围望去，同时将神识全力散发开来。

片刻之后，他收回神识，脸色变得阴沉。

这雾墙禁制的范围竟然巨大无比，以他强大的神识，也无法探查清楚。

不过从他所了解的情况来看，这黄色雾墙禁制应该是一个呈球状的超级大阵，将以白玉峰为中心的一大片区域都笼罩在里面。

先前他来白玉峰的时候经过这里，此处绝没有这道巨大禁制。

“这禁制应该是烛龙道的金仙道主和北寒仙宫提前布置的吧。”韩立心中如此想。看来这些人为了今日之举，已经谋划许久并做了充足的准备，目的应该是防止百里炎使用类似的遁术逃跑。

韩立略一沉吟，手臂一挥。

十二道金光从他身上飞射而出，悬浮在他四周，赫然是十二根拘雷木，上面刻满了复杂的雷电符文和阵图，排列成一个法阵。

他两手掐诀，十二根拘雷木上面金光大放，一个巨大的雷电法阵浮现，无数复杂的雷电符文在里面闪烁。

伴随着一声雷电轰鸣，雷电法阵光芒大放，身处其中的韩立身影变得半透明。

下一刻，雷电法阵陡然剧烈波动起来，里面电光紊乱，渐渐失去控制。

“轰”的一声，整个雷电法阵轰然破碎，韩立踉跄而出，身影再次变得清晰。

韩立沉默了片刻，挥手将十二根拘雷木收了起来，看向前面的黄色雾墙，正准备出手。

就在此时，异变突生！

只见他头顶黑影一闪，一片黑云浮现，一道道黑色光芒从天而降，密密麻麻不知多少，朝着他当头射下。

韩立身上骤然青光大盛，身形一晃从原地消失，下一刻就出现在数千丈外的空中。

黑色光芒射在下面一座山峰上，将山峰打得千疮百孔，碎裂坍塌。

韩立抬头望向天空。

只见三道遁光从天而降，光芒一阵摇曳，显现出三个人影。

当先之人，正是之前那名华服青年。另外两人皆身着黑衣，恭谨地站在华服青年身后，看起来像是两个护卫。其中一个满脸肥肉，高大肥胖，另一个骨架瘦小，形如骷髅。

“阁下这是何意？你们的目标是百里炎，似乎和我这个烛龙道的小角色没什么关系吧。”韩立神色不变地说道。

说话之间，他暗暗用神识飞快扫过三人，心中不禁咯噔一下。那两个黑衣护卫都是真仙境后期修为，倒是不足为惧，但那华服青年的修为，他竟无法感应出来。也就是说，此人要么是修炼了什么极厉害的隐匿秘术，要么便是一名金仙境修士。

“啧啧！真是士别三日，当刮目相看。这才多少年，你不但没死，还成了一名真仙境后期修士，真是可喜可贺呀。”华服青年没有回答韩立的问话，缓缓开口道。

“这么说来，阁下以前见过我？”韩立眉头微皱，沉声问道。

华服青年一听，忍不住哈哈大笑起来，眼中流露出一抹得意之色。

韩立看着华服青年，脸色阴晴不定。

“少主，在您的灭魂真光之下，这小子哪里还会记得以前的事情？他没变成一个傻子，已经是天大的造化了。”黑衣胖子干笑一声，一脸谄媚地恭维道。

华服青年听完，哈哈大笑，他身旁的两人也跟着捧腹大笑。

“韩道友，我想起来了，这人就是当年重伤你，封印我和青竹蜂云剑的那人！”韩立的脑海中，突然响起了蟹道人的声音。

“你确信没有记错？”韩立心中一震，连忙传音问道。

“绝不会错。此人神通古怪，似乎有封印记忆的能力，我是在掌控了这具傀儡后，才恢复了一些记忆片段，看到此人后，便确信无疑了。”蟹道人断然道。

韩立没有说话，但看向华服青年的目光中流露出一丝寒光。

“看来你总算想起来了。这些年我找你可是找得好苦，没想到踏破铁鞋无觅处，今日竟在这里遇上了。”华服青年浅笑着说道。

“看来你我当真是有缘。”韩立神色平静，淡淡地说道。

“我也不想和你多说废话，只要你乖乖地将晶粒的秘密交出来，我可以放你一条生路。”华服青年悠然说道。

“但我并没打算放你一条生路。”韩立摇了摇头，道。

“死到临头还要逞口舌之快！记住，这一次你没那么好运了！”华服青年脸上笑容一收，蓦然一挥手，打出一道黑光。

黑光射出后，立刻耀眼无比，接着“嗖”的一声从原地消失无踪。

韩立目光一缩，身体一晃朝着左侧横掠而去，想也不想立即掐诀。

青光一闪，四道青色飞剑浮现，绕着他的身体迅疾旋转。

那道黑光突然出现在韩立身侧，瞬间袭向他，却被一柄飞剑拦住。

“铛”的一声巨响！韩立整个人倒飞了出去，飞出数十丈才站稳。

韩立此刻才看清那黑光是一柄黑色小锤，锤身上刻着一道道玄妙灵纹，散发出骇人的灵气波动。

青色飞剑虽然挡住了黑色小锤，却颤抖不已，发出嗡嗡震鸣，仿佛不堪重负。

韩立十指连弹，另外三柄飞剑飞射而出，接连击在了黑色小锤之上。

“铛——铛——铛——”

黑色小锤顿时被击飞了。

第170章

极山再现

接着，韩立一甩衣袖，数十柄青色飞剑射出，同时他想也不想倒射而回。

这些飞剑与此前的四柄飞剑聚集在他身前，青光缭绕，转眼间就化为七十二柄青竹蜂云剑，一晃便幻化出千百道一般无二的青色剑气，宛如一条剑气大河，铺天盖地地朝着三人疾射而去。

青色剑气所过之处，青光璀璨，空气震鸣，声势惊人！

两名黑衣护卫见韩立一出手便是如此迅猛的攻势，不由面色一变。华服青年却冷笑一声，单手一招，将黑色小锤收入衣袖之中，另一只手中不知何时多出了一只银色铃铛，微微一摇。

银色铃铛表面灵纹一亮，传出一阵脆响！

紧接着，一圈圈淡银色光波从铃铛向四周狂卷而出，顷刻间覆盖了前方大半个天空，形成了一片波海。

青色剑气贯入银色波海，被其中的光波一卷，犹如陷入泥沼般一阵扭曲变形，接着便无声无息地散开消失了，看似气势骇人的剑气，竟被轻描淡写地化解了。

就连七十二柄飞剑也在这银色波海中滴溜溜乱转，四散飞射，一副找不到方向的样子。

韩立见到这一幕，脸上毫无表情，两手法诀一变。

雷鸣声乍响！

四散纷飞的七十二柄飞剑表面亮起金色雷光，稳定了下来，接着每一柄飞剑下方的金色电光相互交织，形成一个古怪的纹路。

诡异的一幕出现了！

只见这些纹路金光一闪，所有飞剑顿时消失在银色波海之中。

紧接着，三人周围的空中霹雳之声大作，七十二柄飞剑浮现。

一道道粗大耀眼的金色电光浮现，彼此连接，瞬间凝聚成一个雷电法阵，将三人笼罩在里面。

这一番变故发生在电光石火之间，华服青年三人还没反应过来，便身陷雷阵之中。

一股强大禁锢之力从雷阵中散发而出，三人身体顿时如陷泥潭，体内仙灵力的运转也有些迟滞起来。

胖瘦两人面露惊色，身上纷纷撑起蓝黑两色光罩，想挣脱雷阵的束缚。

华服青年却是动也不动，目光从周围的青竹蜂云剑上一扫而过，不知在想些什么。

下一刻，七十二柄青竹蜂云剑光芒大放，一道道比刚才粗大数倍的剑气浮现，夹杂着漫天金色雷弧，朝着三人呼啸斩下。

“少主！”

胖瘦两人眼见无数剑气呼啸而至，却仍无法挣脱束缚，心中大急下，齐声喊道。

华服青年轻哼一声，似乎毫不受雷阵束缚一般，单手一挥，一道法诀一闪即逝没入手中的铃铛中，随即用力一摇，一圈圈比刚才密集了数倍的银色光波浮现，朝着周围席卷而开，撑起了一个数十丈大小的银波区域。

胖瘦两人顿觉一松，体内的仙灵力也随之恢复了运转，但漫天剑气已距离三人不到十丈。

就在此时，青年张口一吐，一团灰光飞射而出，在三人头顶滴溜溜一转。

大片灰光浮现，笼罩住了三人的身体。

下一刻，无数剑气夹杂着金色雷光呼啸而至，形成一个巨大无比的青色光团，顷刻间淹没了三人的身体。

光团中剑光疯狂切割，金色雷光闪动，下方的山峰、地面，一切被波及之处尽数成了齑粉。

就在此刻，“轰隆”一声巨响！

距离光团数百丈外的空中，韩立衣衫猎猎地悬浮在那里，单手握着一块仙元石，飞快汲取着其中的仙灵力。

突然，他眉头微微一挑。

就在青色光团某处，骤然传出一声细不可闻的轻响，接着一团灰光竟破开了肆虐的青色剑气，并无视周围的金色雷弧一般，从中一冲而出，然后在半空中一敛，露出了华服青年三人的身影。

一座灰色小山悬浮在华服青年三人头顶，轻轻旋转，散发出浓郁灰光，笼罩了三人。

除了那胖瘦两人看起来略有些狼狈外，华服青年全身上下丝毫无损，连衣衫也没有破一点，双目却死死地盯着韩立。

韩立目光一转，落在了那座灰色小山之上，眼神有些复杂。

虽然样子和以前有些不同，不过他还是一眼便认出，此物赫然正是他丢失的一件重宝，元合五极山。

“你的这件后天仙器不错，可惜炼制手法太拙劣，五座极山也不够精纯，花了本少爷不少心血，才重新祭炼到这个程度。说起来，今日我还是初次施展它，就让你这个原主人感受一下它的威力吧。”华服青年说完，单手一扬。

灰色小山滴溜溜一转后，瞬间长大，化为一座灰色巨峰，表面灰光笼罩，无数玄妙灵纹铭刻其上，光芒流转间，狠狠砸向了下方的青色光团。

巨峰未至，一股可怖威压已经轰然而来，青色光团为之波动起来。

韩立眉头微皱，手中掐诀。

青色光团光芒一闪，无数剑气立刻向内收敛而去，转眼间化为一朵青色剑莲，一道道碗口粗的金色电光在莲瓣表面攒动。

青色剑莲滴溜溜一转，如太阳般的耀眼青光绽放开来，无数清光朦朦的剑光狂卷而出，朝着灰色巨峰迎去。

然而就在此时，巨峰底部灰蒙蒙霞光一卷而下，迎向了青色剑莲。

剑莲表面的金色电光竟无声无息地在灰霞中消失不见，剑莲也随之寸寸碎裂，轰然崩溃，再次化作了七十二柄青竹蜂云剑，并在灰霞之中滴溜溜乱转，表面灵纹随之忽明忽暗起来。

韩立眼见此幕，眉头一皱。

元合五极山对于雷电之力有克制之效他自然清楚，但却没想到吸收了如此多灵剑剑元，并用斛纹精金等珍贵材料熔炼后威能大增的这七十二柄飞剑，竟会受到这灰霞影响而灵性紊乱。

看来此宝被对方重新祭炼过后，显然具备了某种不可思议的威能。

韩立心中念头飞快转动的同时，手上动作丝毫不停，猛地掐诀一挥。

陷入并不深的七十二柄飞剑表面青光再次大放，一道道青丝纵横交错地浮现，顷刻间将灰霞清出了一块区域，未及灰霞弥合，所有飞剑立刻往下一收地朝韩立所在倒飞而回。

“你这个从下界飞升上来的小子，身上的好东西倒是不少。这套飞剑也很不错，我之前就看上了，先给本少爷拿来吧。”华服青年见此，笑着说道，同时手中一掐诀。

“嗡！”

灰色山峰表面的灰色符文尽数绽放，一圈圈更为浓密的灰色光环顿时从中一卷而出，向下面荡漾而开，一下笼罩了未及飞远的七十二柄青竹蜂云剑。

所有飞剑灵光狂颤地弹跳不已，仿佛落入了网中的鱼儿。

韩立脸上顿时微微变色，手中掐诀急催。

然而这一次，任凭其如何催动，七十二柄飞剑仿佛被什么东西勒住了，根本无法抽离出来。

华服青年见此，张口喷出一团黑光，没入灰色山峰中。

山峰散发出的灰色光环中顿时浮现无数灰色符文，符文凝聚成一根根灰色细丝，朝着青竹蜂云剑缠绕而去，转眼就形成一个个灰色蚕蛹。

青竹蜂云剑的震颤慢慢减弱，灰色光环再次稳定下来。

华服青年再一张口，喷出了一个略显黏稠的黑色光团，光团里面闪烁着无数黑色符文，散发出一股诡异的法则波动。

光团一闪，分裂开来，化为七十二道黑光，每一道黑光分别没入一柄青竹蜂云剑内，瞬间融了进去。

青竹蜂云剑上的剑气电光竟然丝毫抵挡不住这黑光，表面灵光之中顿时透出一抹黑色。

韩立看出了对方手段的诡异，周身亮起青光，直奔华服青年扑了过去。

华服青年见此，正要再做些什么，他身旁的黑衣胖子飞快说道："少主，区区一个真仙境后期修士，何必您亲自出手。您专心收服那套飞剑就是，此人交给我们两个吧。"

方才他们一招未出便被韩立捆住了，实在太丢面子，若是不能挽回，两人以后的处境恐怕不妙。

旁边的干瘦黑衣人也立刻点头附和。

"那此人就先交给你们，莫要杀了他，我还有事要搞清楚。"华服青年眼神一转，点头道。

胖瘦两人大喜，立刻飞射而出，朝着韩立迎了上去。

黑衣胖子身上泛起耀眼星光，肚子一鼓，赫然胀大了三倍，看起来仿佛是一个大肚蛤蟆。

他随即张口一吐，一大片璀璨的星光飞射而出，铺天盖地朝着韩立打去。

星光之中是一粒粒闪烁着星辰光芒的沙粒，每一粒都发出"隆隆"的雷声，似乎随时都会爆裂开来。

干瘦黑衣人则飞快掐诀，体表浮现一团团漆黑火焰，火焰里面隐现骷髅虚影，发出刺耳的尖啸。

他法诀一催，身上的火焰立刻一阵翻滚，一团团黑焰脱体而出，化为无数黑面獠牙的鬼头，朝着韩立扑去，口中发出刺耳的怪笑。

怪笑声汇聚到一起，仿佛无数根钢针扎入人的脑海，撼人心魄。

韩立面对胖瘦两人的攻势，没有丝毫躲闪之意，身上骤然金光大放，径直朝着漫天星光鬼头扑去。

“来得正好！”

黑衣胖子见此，口中大喝一声，将衣袖一甩，漫天星光沙粒尽数朝着韩立包裹而去，并在半途纷纷爆裂开来，化为一团团房屋大小的雷光，淹没了半个天空。

“轰隆隆”的巨响炸裂，声势惊人。

几乎同一时间，干瘦黑衣人用干枯的手指朝着韩立隔空一点。

漫天鬼头陡然变大，同时张开嘴巴，喷出一道道漆黑的乌光，朝着韩立射去。

这乌光看似寻常，却散发出一股强烈的腐朽侵蚀气息，乌光所过之处泛起一圈圈涟漪，变得模糊不清。

韩立身上金光一闪，身形骤然变得模糊，前进速度陡然快了不知多少倍，一下飞入乌光之中。

他不仅速度奇快，而且左右腾挪变化，极尽巧妙，无论是遮天蔽日的雷光还是密集的漆黑乌光，他都躲过了。

正是匿轮于体后施展的“逆转真轮”神通！

胖瘦两人连忙放出神识，想要锁定韩立的位置，但前一刻他们勉强看清了韩立的动作，下一刻韩立就已经完成了数十个变化，游刃有余地在漫天攻击中穿行而过。

周围的星辰雷光爆裂，鬼头乌光呼啸，原本都是极快、极厉害的攻击，此刻却显得既迟缓又笨拙。

胖瘦两人看见此景，不禁目瞪口呆。

未等两人做出其他举动，韩立已经穿过漫天的星辰和鬼头乌光，如鬼魅一般出现在两人身前百丈处，他身上的耀眼金光不知何时已消散不见。

胖瘦两人这才反应过来，齐齐倒飞而出，眼中都闪过一丝惊骇之色。但他们能够修炼至真仙境后期，战斗经验丰富，立刻便做出了应对之策。

黑衣胖子张口喷出两块晶莹盾牌，围着他的身体滴溜溜一转后，化为一层厚厚的晶莹光幕。同时，漫天星光一闪，化为无数星光圆环，朝着韩立袭去。

干瘦黑衣人飞快诵念咒语，体内发出“咔咔”的声音。他的身体赫然飞快膨胀变大，体表皮肉迅速消失，转瞬间就化为一具十几丈高的黑色骸骨。

庞大的气息从黑色骸骨上爆发，几乎是先前的两倍。

黑色骸骨双目红光闪动，巨大的骨手一张，五指仿佛五柄黑色巨剑，燃起漆黑火焰，朝着韩立当头抓去。

这两人显然合作已久，故而一出手就异常默契，不给韩立丝毫喘息之机。

然而就在此时，韩立身上再次泛起耀眼金光，一个金色圆轮出现在他身后，飞快旋转起来。

“嗡！”

一层金色波纹从他身上散发开来，瞬间覆盖了方圆千丈，将胖瘦两人笼罩在其中。

胖瘦两人陡然一滞。

不仅是他们的身体，还有他们身上的灵光火焰，以及从半空坠落的星光圆环，都仿佛被冻结了一般，静止不动。

说是静止也不完全正确，其实是行动迟缓了，虽然还在缓缓移动，但看起来和静止几乎没有什么区别。

“这是……时间法则！”

站在远处的华服青年见此情形，脸色大变，当即顾不得再管韩立的青竹蜂云剑，任凭其被元合五极山捆缚，身形一晃，便朝着胖瘦两人飞射而去。

而此时的韩立，身形骤然狂涨，顷刻间化成了一只百丈高的金色巨猿，两只遍布银色纹路的硕大拳头狠狠地轰向了胖瘦两人。

面对巨猿的攻击，胖瘦两人浑然未觉一般，依旧保持着先前的模样。

“咔嚓！”

在一股无法言喻的庞然巨力之下，黑衣胖子体外的晶壁光幕一秒被击碎。巨拳丝毫未停，轰在他的身上。

同时，另一只巨拳砸在了干瘦黑衣人所化的黑色骸骨之上。

几乎在拳头碰到两人的下一秒，金色波纹一闪消失，所有的一切恢复了本来的速度。

“砰”的一声，黑衣胖子的身体骤然爆开。那具看似坚不可摧的黑色骸骨，也寸寸碎裂开来。

胖瘦两人的神魂也受到了真言宝轮的禁锢，根本没能做出任何反应，便连同身躯一起消失了。

这一切说来话长，由于真言宝轮的影响，其实发生在一息之间。华服青年才抵达巨猿上空，便见此情形，脸上闪过一丝惊怒之色。

他虽对韩立的实力有预估，但无论如何也想不到，两名真仙境后期修士在对方手中竟没能撑过片刻工夫。

思量间，华服青年单手一挥。

一道乌光飞射而出，是一柄漆黑怪剑，形如兽牙，剑身上铭刻着无数黑色符文，散发出一股法则气息。

黑剑剑光大放，一闪化为百丈长的黑色巨剑，剑身周围浮现一条黑色蛟龙虚影，径直斩向了金色巨猿。

金色巨猿眼中晶光一闪，身后的真言宝轮骤然逆转，接着一晃，没入其体内，消失不见。

金色巨猿身形陡然模糊，从原地消失无踪，让黑色巨剑斩了个空。

一道若隐若现的金色幻影浮现，朝着远处的元合五极山飞射而去，速度快得不可思议。

华服青年见状，面色一变，立刻往回飞去，但是比起金色巨猿的诡异遁速，他的速度还是慢了很多。

金色巨猿飞到元合五极山前，二话不说，大口一张，喷出了一口鲜血。

鲜血立刻燃烧起来，化为一团火焰，里面有无数符文在跳跃，火焰朝着青竹蜂云剑方向射去。

火焰飞至近前，突然一闪，便直接穿透了灰色光环和灰色蚕茧，没入青竹蜂云剑中。

原本被压制的青竹蜂云剑再次青光大放，将周围的灰色蚕茧一层层撕裂，但一时之间仍无法挣脱外面的灰色光环。

“休想！”

华服青年怒喝一声，就要掐诀施法。

金色巨猿蓦然转身，双拳金光大放，双臂一个模糊，幻化出无数幻影。

刹那间，呼啸声大作！

密密麻麻的金色拳影在空中浮现，朝着华服青年而去。

金色拳影尚未落下，一股无形巨力就已席卷开来，笼罩了华服青年方圆一里的空间，使其身形一滞。

华服青年避无可避，只得手臂一挥，祭出一面黑色盾牌，盾牌化为一层黑色光幕挡在身前。

轰隆声大作，金色拳影撞在黑色光幕上，化为一团团骄阳爆开消散。黑色光幕却只是微微颤动，毫无损伤。

金色巨猿全身金光闪烁，肋下金光一闪，赫然又长出两条手臂，在身前飞快掐诀。

七十二柄飞剑再次光芒大放，融为一体，化为一柄青色巨剑。巨剑表面缠绕着粗大的金色电光，发出可怕的雷鸣声。

“嗡嗡嗡！”

青色巨剑猛地震颤起来，随后一晃，化为一道百丈长的青色剑光，狠狠地斩在灰色光环之上。

凌厉无比的气息从青色剑光上散发开来，青色剑光所过之处空间扭曲震荡，发出颤鸣声。

灰色光环剧烈颤抖，终于“刺啦”一声，裂开了一道口子。

青色剑光立刻射出，飞回到金色巨猿身旁，重新化为一柄青色巨剑，在巨猿头顶盘旋飞舞。

金色巨猿见此，身形再次模糊，便带着青色巨剑从原地消失得无影无踪。

下一刻，千余丈外的半空中，韩立现身，周身电光缭绕，与之一起出现的还有那柄青色巨剑，只是此刻已不到十丈长。

韩立张口喷出一道本命元气，没入青色巨剑内。

青色巨剑再次大放光芒，整个剑身几乎变成了青色。剑身上残留的黑色立刻消失不见，巨剑发出一声欢快的剑鸣。

华服青年站在原地，阴沉地望着韩立，伸手一招。

元合五极山飞到华服青年的头顶，滴溜溜旋转起来。

两人隔空而立，彼此相望，都没有立刻动手。

“看来真是小看你了。”半晌后，华服青年率先发声。

韩立丝毫没有理会对方之意，十指飞快掐动。

只见他头顶的青色巨剑光芒一闪，再次化为七十二柄小剑，小剑在他周围略一盘旋后，就化为一座青色剑阵将他护在其中。

“本来还想慢慢和你玩玩，没想到你小子诡计多端！既然如此，还是先拿下你，再慢慢折磨你的神魂吧。”华服青年冷哼一声，淡淡开口道。

话音刚落，他衣袖一挥，射出一道黑光，化为一块方形的法宝，四四方方，俨然是一个黑色砚台。砚台上雕刻着山水鸟兽等图案，极为古朴。

黑色砚台一出现，便滴溜溜一转，当即释放出无数细密的金色符文，同时，一股无法言喻的法则波动向四面八方传去。

华服青年身上的气息也随之攀升，散发出庞大的灵压，掀起一股股风暴，朝着四面八方席卷而去。

韩立见状，瞳孔微微一缩。

对方终于毫不掩饰地展露出了所有修为，与他之前所料的一样，对方果然是一名金仙境修士。

不过，对方的气息比呼言道人和云霓等人差很多，而且气息隐隐有些不稳，似乎是刚刚突破金仙境界，还没彻底稳固的样子。即便如此，对方也是一名货真价实的金仙境修士，即便是真仙境后期修士，也无法与之抗衡。

第171章

诱敌

华服青年口中念念有词，密密麻麻的符文从他口中喷出，滴溜溜一转，朝着悬浮在他身前半空中的黑色砚台涌去，一闪就没入其中。

砚台当即飞速变大，化为一个十余丈长的巨砚，砚台表面的山水鸟兽图案犹如活过来了一般。

韩立的目光落在砚台表面的鸟兽图案上，不知为何，他心中涌现一股莫名的不安。

华服青年手上法诀一变，十指在胸膛处连弹。

黑色巨砚滴溜溜一转，释放出大量黑气，黑气在巨砚上方缓缓地旋转涌动，飞快形成一团直径百丈的黑云，将华服青年连同元合五极山一起罩住。同时，黑云仍在飞快扩张。

韩立看见这一幕，先是微微一怔，然后双目一眯，毫不犹豫地往后倒射而出，放出神识一扫。

他的神识没入黑云，发现其中混沌一片，什么也探察不到。

思量间，韩立连忙抬手，一指点出。

青竹蜂云剑剑光大放，在他身前凝聚出一朵青色剑莲，剑莲飞快转动，顿时成百上千道青色剑气狂斩而出，如疾风骤雨般斩向了黑云。

刹那间，“哧哧”声大作！

黑云之中，无数剑气纵横交织，一团团青光爆裂，黑云变得千疮百孔，支离破碎。

然而整团黑云仍在不断旋转扩散，表面那些孔洞只是略一翻滚，就无声无息地恢复了。

这一轮威力浩大的剑雨，似乎对其没有造成任何影响，里面的华服青年更是仿佛彻底消失了。

韩立眉头一皱，正要施展别的手段。

就在此时，黑云停止了继续扩大，并剧烈地翻滚起来，无数黑色符文浮现，朝着中间汇聚而去，转眼间凝聚成一个房屋大小的黑球。

韩立凝望着眼前的景象，略一沉吟后，单手一招，他身前的青色剑莲滴溜溜一转，片片莲瓣幻化成数层青色光幕，挡在了身前。

“刺啦！”

黑球颤动一下，表面忽地浮现一道红色竖痕，然后朝着两边裂开，露出一只竖立着的巨大眼睛。

眼球洁白，瞳孔漆黑，看着和寻常眼睛并无二致，却给人一种异常妖异之感，一道冰冷的幽光从眼球中射出。

巨大眼睛忽地一转，盯住了韩立。

韩立心中咯噔一下，心里的不安变得更加强烈了。

他下意识地身形一晃，朝着旁边横掠而去，不愿被那巨大眼睛直视。

那巨目却异常通灵，在韩立身形移动的同一时间，巨目的眼球也立刻一转，追着韩立的身形望了过来。

韩立心中暗惊，身上释放出青光，还夹杂着道道金色电光，迅疾无比地在附近盘旋飞舞。

但无论他如何变幻身形，那巨目始终紧追而至，给他一种无所遁形之感。并且，他发现巨目的瞳孔处，开始有白光聚集，似乎在积蓄能量。

“哼！”

韩立突然发出一声冷哼，将身前的青色剑莲收起，随后体表遁光一起，整个人蓦然化为一道青光，直接朝着巨目上方的黑云扑了过去。

“噗”的一声，韩立直接没入了黑云之中。

一进入黑云之中，韩立就感觉四周一暗，他猛地一抖衣袖，一大片黑色液体浮现，散发出沉重的气息，正是他这些年积攒的重水。

这些重水围绕着他的身体滴溜溜旋转，顷刻间化为一个巨大的黑色球形护罩，将以他为中心的十丈区域笼罩起来，隔绝了黑雾。

做完这些后，韩立双目蓝光闪动，朝着周围看去。

目光所及之处都是翻滚不休的黑云，层层叠叠，混混沌沌，他以明清灵目的神通也只能看到百丈的距离。

和之前一样，神识在这里被大大地限制，几乎无法蔓延出体外。

韩立眉头微皱，身形一动，在重水护罩的保护下往前慢慢飞去，凝神探查起周围的情况，想要竭力找到那华服青年的身影。

飞了好一会，他都只看到黑云翻滚，别的什么也没有。而且他发现，这个黑云从外面看并不大，进来之后却仿佛掉入了另一个空间，无边无际。

片刻后，韩立身形一停，朝着周围望去，轻喝一声，一只手掌蓦然往身前一划。

“噗”的一声轻响，一道百丈长的青色剑气应声浮现，狠狠地斩向了前方的黑云。

“刺啦！”

前方黑云顿时裂开，露出一条数百丈长的通道。

不过下一刻，周围的黑云就飞快地朝中间重新凝聚，转眼间便掩盖了这条通道。

韩立眉头皱起，猛地一抖衣袖。

“嗖嗖！”

七十二柄青色飞剑从袖口射出，青光闪动，再次融为一体，化为一柄数百丈长的青色巨剑。

剑身散发出炙热的青光，还有一道道粗大无比的金色电光，刺眼得让人无法直视。

附近的黑云被撕裂，露出了一大片区域。

韩立掐诀一点，巨剑光芒大放，朝着前方空处狠狠地斩去。

“轰隆隆！”

前方黑云剧烈翻滚，裂开了一道巨大的口子。

韩立这一剑威势惊人，几乎将整个黑云空间一分为二，连他身处的这个空间都开始剧烈地颤抖。

然而除此之外，并没有发生其他任何异变。片刻之后，一切恢复原状，就仿佛先前这一剑从来没有发生过一般。

韩立见此情形，面色有些阴沉，沉默不语。

就在此刻，一个声音突然响起。

“没想到你竟然会冲进来，着实让我有些惊讶。不过，你别以为这样，就可以避开我的灭魂真光。”

正是那华服青年的声音。

话音未落，前方混沌深处，骤然浮现一团耀眼的白色亮光，朝着韩立疾射而来。

韩立眼神微亮，身前的青色巨剑再次化成七十二柄小剑，组成青色剑莲，在头顶盘旋起来。

同时，护住他的重水护罩表面也开始浮现大片水光，哗哗流淌。

那团白色亮光眨眼间就飞到了韩立身前数百丈处，正是之前那个黑色砚台，不过此刻几乎变成半透明状。

华服青年站在砚台之后，冷笑连连。

“我还以为阁下做了缩头乌龟，不敢出来呢。”韩立看了巨砚一眼，冷笑道。

“既然你急着找死，那我就成全你！”华服青年眼睛微眯，掐诀一点。

巨砚滴溜溜一转，耀眼无比的光芒散发开来，每一道光芒都如有实质，让人无法直视。

无数白色符文浮现，并散发出强烈的法则波动。

一个巨目虚影在里面浮现，朝着韩立看了过来，和之前在外面的情况一模一样。

韩立眉头一皱，身形一晃朝着旁边躲闪。

就在此刻，韩立上方的黑云突然翻滚，骤然朝着两边裂开，一座巨大的灰色山峰毫无征兆地浮现，正是元合五极山。

无数灰色符文在山峰周围跳动，散发出耀眼的灰光。

一道粗大灰光骤然从天而降，形成一个巨大的灰色空间，闪电般罩住了韩立的身体。

七十二柄青竹蜂云剑在这灰光的笼罩下，表面灵光顿时变黯。

韩立只觉身体一紧，一股强大无比的禁锢之力从灰光中涌出，将他牢牢地禁锢在原地，动弹不得。

他低喝一声，全身骤然青光大放，奋力挣扎。

灰色光芒却稳如磐石，释放出一股莫名的法则之力，将他的身体牢牢地束缚住，令他丝毫不能动。

就在此刻，前方巨砚滴溜溜一转，巨目一闪，一道粗大的白色光柱飞射而出，朝着韩立射来。

白色光柱未至，韩立的神魂忽地一阵刺痛，他眼前陡然一片空白，甚至脑海中的记忆也像要被剥离一般。

韩立脑海中的庞大神识一跳，竟然自动运转，神魂立刻恢复了正常。

他心中大惊，轻喝一声，重水护罩立刻在身前凝聚，化为一面漆黑水墙，挡在白光之前。

但是这些白光照射在漆黑水墙上，轻易就将其穿透，漆黑水墙丝毫没有作用。

千钧一发之际，韩立猛地张口一吐，一个黑色圆轮飞射而出，正是重水真轮。

真轮急速旋转，飞快变大，化为一个黑色巨轮。

大片水光从巨轮中浮现，其中夹杂着无数黑色符文，一股法则之力散发开来，挡在他的身前。

耀眼白光照射在重水真轮上，顿时被挡住，一时间竟然没能穿过重水真轮。

只不过重水真轮凝聚成的水幕也被白光渗透，坚持了一会儿，终于还是被穿透而过。

但有了这些许的反应时间，韩立总算赢得一丝喘息之机。

他口中念念有词，身上金光大放，真言宝轮在他身后浮现，大片金色波纹从上面泛起，向四面八方传去，强大的时间法则波动弥漫开来。

或许是由于身处黑雾空间，金色波纹仅传开不足百丈，便停了下来。

下一刻，那一道白光就进入了金色波纹区域，突然一顿，仿佛凝固了一般。

然而若是细细观察，就可以发现，这白光仍在不断朝韩立逼近，只是速度变得奇慢无比。

华服青年脸色微沉，冷哼一声，口中念念有词，单手冲半空中的元合五极山打出了数道法诀。

元合五极山表面的无数符文顿时狂闪，灰光大放，无数灰色符文浮现，融入下面的灰色区域内。

灰色空间立刻变得紧实，韩立感觉浑身一紧，灰色空间的禁锢之力大增。

一圈圈灰色波纹浮现，散发出强烈的法则之力，挤压在韩立周围的金色波纹上。

两股法则之力狠狠地撞击在一起，金色波纹一阵狂颤，开始逐渐缩小。

本来几乎停滞不前的白光在一阵闪烁之下，前进速度突然大增，一点一点地逼近韩立的身体。

九十丈。

八十丈。

七十丈……

在元合五极山释放的灰光压迫之下，真言宝轮释放的金色波纹区域不断被压缩，那道白光的速度也不断攀升。

照此趋势下去，恐怕要不了多久，这道诡异的白光就要冲破时间的桎梏，射在韩立身上了。

韩立额头上开始渗出豆粒大的汗珠，他可以清晰地感受到，随着白光的临近，自己的神魂不断有刺痛感传来。

他面色阴沉，调动体内法力不断注入真言宝轮，但也仅仅是稍微减缓了金色波纹缩小的速度。

华服青年眼中忍不住露出一丝得意之色，张口喷出一团黑光，里面跳动着无数黑色符文。

他单手飞快掐诀，那团黑光一分为二，化为两团黑影，分别没入巨砚和元合五极山中。

巨砚和元合五极山同时光芒大放。

笼罩韩立的灰色空间几乎凝成实质，无数灰色波纹闪烁冲击，韩立周围的金色波纹区域再次飞快缩小，直径一下就到了五十丈以下。

白光更加明亮，无数白色符文在其中跳跃，似乎就要挣脱金色波纹的束缚，并将附近的金色波纹区域染成了白色，开始以肉眼可见的速度，缓缓朝着韩立逼近。

韩立面色变得苍白，但任凭他如何催动，笼罩他的金色波纹区域仍在灰光的压迫下不断缩小。

此刻，那道白光距离他已不到二十丈。

华服青年仿佛已经看到了胜利，他两手再次掐诀，身上再次亮起黑光。

就在此刻，异变突生！

华服青年身后骤然传出一声巨大轰鸣，黑雾缭绕，一道房屋大小的淡金色鳌钳虚影浮现，鳌钳上面缠绕着无数金色电光，散发出可怖的法则之力波动，狠狠地向华服青年剪去，速度快似闪电。

华服青年脸色大变，手中猛地掐诀。

只见他身上黑光翻滚，下一刻便多出了一件甲胄。

此甲呈紫黑色，头盔赫然是一个龙首，肩头膝盖处有数根尖刺，甲胄表面布满黑色花纹，散发出一股冲天煞气。

“砰——”

金色鳌钳狠狠地剪在了紫黑铠甲上，发出一声惊天动地的巨响。

华服青年整个人被击飞了出去，他身上的紫黑铠甲也出现了一道道浅浅的裂纹。

虽然有铠甲抵挡，但仍有一股可怖的巨力传到了华服青年的体内，让他的五脏六腑一阵翻涌。他“哇”的一声，吐出了一口鲜血。

华服青年被击飞后，巨砚失去操控，它射出的那道白色光柱在距离韩立十丈之时，消散开来。

元合五极山仍在韩立头顶上空盘旋，只是它投下的灰色光芒有些闪烁。

韩立周围的灰色空间一阵波动，暗淡了许多，禁锢之力大减。

他身上顿时光芒大放，飞出数个颜色各异的光团，这些光团化为天龙、青鸾、雷鹏等真灵虚影，围绕着他的身体滴溜溜旋转，尽数没入他的体内。

韩立体表骤然浮现冲天紫金光芒，身躯变大，化为一个三头六臂的紫金巨人。

巨人体表布满金色鳞片和银色灵纹，小腹上也浮现七个星辰图案，散发出刺目星光，和身上的紫金光芒交相辉映。

一股庞大的气息从巨人身上爆发开来，令周围的灰色空间一阵颤抖。

紫金巨人一只手掌在空中一抓，掌心青光大放，一柄青色巨剑浮现，狠狠斩下。

一道巨大的月牙状青色剑光飞射而出，周围缠绕着一道道粗大电光，让人望之心惊，劈斩在灰色光幕上。

“刺啦——”

这一次，灰色空间被劈开了一道裂缝，连通了外面的世界。

紫金巨人身体一扭，化为一道紫色影子，迅疾无比地从缝隙中飞射而出，眉心处一下裂开，浮现一只漆黑竖目。

“嗖！”

一道晶莹光柱从竖目中射出，并直接化为一柄模糊小剑，一闪之下，消失无踪。

下一刻，模糊小剑出现在华服青年脑后，猛地斩下。

这一连串动作如行云流水一般，快得不可思议。

华服青年虽然被击飞受伤了，但他的反应极快，急忙伸出手掌一挥，一个黑色光掌在头顶浮现，抓向模糊小剑。

“哧！”

在黑色光掌抓住模糊小剑的瞬间，剑影一闪，模糊小剑消失不见。

华服青年微微一怔，还没等他明白是怎么回事，他脑海中光芒一闪，那模糊小剑突然出现，狠狠地斩在他的神魂上。

“啊！”

华服青年两手抱头，口中发出凄厉的惨叫声。

就在此时，金色雷影一闪，蟹道人的身影出现在华服青年身后另一侧，两手一张。

“轰隆！”

两个巨大无比的金色雷球在蟹道人身前浮现，如小山般，粗大无比的金色电光在上面跳跃，嘶嘶作响，看起来骇人至极。

雷球表面浮现无数金色的雷电符文，每一个都有桌面大小，狂闪不已，散发出强烈的法则波动。

蟹道人两手一合，两个巨大的金色雷球顿时融合到一起，伴随着一声霹雳巨响，化为一柄雷电巨剑。

一圈金光交织的雷光顿时以巨剑为中心，飞快冲四面八方席卷而去，金光所过之处，所有黑雾被扫空。

附近数十里内的空间都为之嗡鸣，无数由天地灵气幻化而成的五色光球浮现，如潮水般朝着巨剑汇聚而去。

雷电巨剑表面五色光芒缭绕，绽放出摄人心魄的光芒，引得附近空间一阵波动。

刹那间，天地变色，风云狂涌，近百里内的天空骤然变暗。

没等华服青年做出任何反应，巨剑已经轰然落下，劈在了他的身上。

“轰！”

华服青年身上的紫黑铠甲瞬间浮现数道裂纹，然后“砰”的一声裂开，华服青年的身体随即被雷电淹没。

不远处的韩立早已变回了原本的模样，看见此景，轻呼了一口气。

就在此刻，一小团极为黯淡的黑光在漫天雷电中浮现，然后立刻没入空中，消失不见。

韩立见此，眼中蓝光闪烁，眉心竖眼一闪。

一道乌光疾射而出，打在空中一处地方，没入其中不见了踪影。

“噗”的一声轻响，那处地方立刻颤抖起来，然后喷出大片乌黑光芒，一个数寸高、周身黑光缭绕的小人跌了出来。

从小人的五官来看，赫然是那名华服青年的元婴。

青年元婴被破灭法目射出的光线击中显露了踪迹，却并未受什么伤，他满脸惊怒之色，两只小手连忙在身前掐诀，想要再做些什么。

就在此时，青年元婴附近的空间微一波动，一道晶莹锁链无声无息地飞出，闪电般捆在他的身上。

晶莹锁链通体散发出银色光芒，若隐若现，似乎并非实体，散发出神念气息。

青年元婴大惊，身上黑光大放，奋力挣扎起来。但无论他如何努力，晶莹锁链一丝也不松动。

人影一闪，韩立与蟹道人的身影一前一后出现在青年元婴附近，后者手中还抓着两件宝物，正是元合五极山和黑色砚台。

没有华服青年的催动，这两件宝物光芒暗淡，轻易就被蟹道人收服了。

青年元婴似乎明白自己无论如何也逃不掉，遂停止了挣扎，看了韩立一眼，目光落在蟹道人身上。

“想不到你还藏着这么一个杀手锏。还有这锁链，若我没有看错，应该是神念之链。能施展此神通，你是修炼了某种禁术吧？”青年元婴语气平静地问道。

韩立并没有理会对方，单手一挥，发出一片青色光芒，朝着下面飞去。片刻之后，青光托起两个储物法器，正是先前被击杀的胖瘦两人之物。

韩立随即又发出一团赤色火焰，笼罩了华服青年的尸体。

转眼间，火焰就将尸体焚烧殆尽，然后托着一枚黑色戒指倒卷而回。

韩立不紧不慢地将这些东西收了起来，这才转头看向青年的元婴，缓缓说道：“说吧，你究竟是谁？为何几次三番来找我。如果你的回答让我满意的话，我会让你死得痛快一些。”

“呵呵，要杀就杀，想要我回答你的问题，休想！”青年元婴冷笑道。

韩立没有再说话，单手一抬，一把抓住了青年元婴的脑袋。

一道黑光从他手中发出，罩住了青年的元婴。

元婴脸上一阵扭曲，露出痛苦之色，不过眼中却流露出嘲讽之色，咬牙切齿地说道：“区区真仙……也想对金仙搜魂，真是……不自量力！”

韩立仿佛没有听到似的，全力运转搜魂秘术。

一圈圈漆黑光波从他的掌心散发出来，罩住黑色元婴。然而正如对方所言，无论他如何催动，也无法到达元婴的神魂深处。

“韩道友，不用费力了，由真仙到金仙，神魂会发生蜕变。以你现在的修为境界，确实不可能对金仙进行搜魂。而我只是一具傀儡，也无法施展搜魂之术。”蟹道人说道。

韩立闻言，缓缓松开了手。

“实话告诉你，你若敢杀了我，萧晋寒必将对你展开无休止的追杀！若你放了我，我可以立下魂誓，你我之间的恩怨一笔勾销。除此之外，我还可以给你一些其他的好处。”青年元婴松了一口气，冷笑一声，说道。

第172章 离宗

“我好像说过，没打算放你一条生路。”韩立淡淡说道。

话音刚落，没等青年元婴再说什么，韩立便一张口，喷出一团银色火焰，正是精炎之火，一下裹住了青年元婴。

银色火焰熊熊燃烧，青年元婴发出凄厉的惨叫声。

然而元婴除了面目扭曲痛苦外，没有丝毫灰飞烟灭的迹象，甚至连气息都没减弱多少。这原本无往不利的精炎之火，似乎对青年元婴丝毫无效。

韩立观察了半晌，眉头微微一皱，心念一催。

银色火焰陡然一盛，围绕着青年元婴旋转起来，形成一个直径数尺的银色火焰旋涡，散发出炙热的高温。

“韩立……天庭绝不会放过你！”

青年元婴发出更加凄厉的惨叫声，在银色火焰的包裹下，身躯表面隐隐变得有一些透明。

到了这个地步，任凭他再怎么催动银焰，青年元婴也没有更多反应了。

韩立略一沉吟，屈指一弹，一道青色剑气浮现，斩在了青年元婴身上。

“砰！”

剑气碎裂开来，青年元婴从头至腰腹部浮现一道浅浅的伤痕，但很快就渐渐消弭，不见了踪影。

韩立见此情形，眼中闪过一丝诧异之色。

“韩道友，金仙境修士的元婴坚若金石，与真仙境修士的元婴有本质区别，像你这般炼化下去，恐怕最少也需要数年光景，才能将其彻底消灭。你与此人交锋虽然时间不长，但难保没引起白玉峰那边的注意。”蟹道人忽地说道。

“那依蟹道友之意，该当如何处置这元婴？若放任不理，日后必将惹来无尽祸端。”韩立眉头一皱，问道。

“其实，金仙元婴难以消灭，只是相对于真仙元婴而言，而若是同阶金仙修士，还是有办法的，只要你不吝惜仙元石。”蟹道人如此说道。

“蟹道友若有办法，仙元石尽管取用便是。”韩立双目一亮，说道。

蟹道人点点头，嘴巴一张。

“刺啦”一声！

一大片金色雷电从他口中喷出，在半空中交织后，化为一层密集的雷网，包裹住青年元婴。

雷网表面有一道道金色雷蛇在游走，散发出一股骇人的强大气息，与精炎之火交织成金银两色相间的光球。

“噼啪”之声不断响起！

光球之内，青年元婴开始抽搐，躯体以肉眼可见的速度飞快变得透明。

一盏茶工夫后，蟹道人掐诀一挥手，金色电光消散，露出了一个被银色火焰包裹的元婴。

韩立见此，先是微微蹙眉，接着便舒展开来。

虽然元婴的躯干仍在，但已变成透明状，表面隐隐泛着丝丝金光，且双目无神，神魂波动微弱无比，显然元婴内的神魂之力已经所剩无几，几乎只剩下一个空壳子了。

“蟹道友为何不干脆让此元婴彻底消失？方才两次出手，消耗的仙元石应该在五百块左右，仙元石还有剩余吧？”韩立有些疑惑地问了一句。

“我可没有为你节省仙元石的打算。只是突然想到，这金仙元婴并非凡物，是炼制金魂丹的主材料，就这么毁掉太可惜了。而且这元婴到此地步，体内即便有什么禁制也早已炼化了，至于那人，也算是彻底从世间消失了。”蟹道人缓缓开口说道。

“金魂丹，有何用途？”韩立问道。

“我也不知，最近我的脑海中经常出现一些零碎记忆，其中就有金魂丹。似乎是一种颇为稀罕的丹药，等以后我想起来的话，再告诉道友吧。”蟹道人如此说道。

“也好。”韩立点头，心念一动，收起了神念之链。

然后他取出一个玉盒，将面前的金仙元婴放在其中，又在盒子上贴了几道封印符，这才将其收了起来。

“恭喜道友收回一件宝物。至于这两件宝物，也非凡物。”蟹道人说着，将手中的元合五极山和黑色砚台递了过去。

韩立接过两件宝物，先看向黑色砚台，眼中泛起一丝异彩。

这个砚台绝对是一件品阶极高的后天仙器，其释放的“灭魂真光”，应该蕴含着某种可以影响神魂的法则之力，自己当年之所以会失去记忆，流落到灵寰界，恐怕多半与此物有关。

除此之外，此物催动后自带的那个黑云空间，也是不错的困敌手段。

不过他眼下可没时间研究此物，目光一转，他又看向了元合五极山。

此宝可是他当年花了不少心血，专门为了渡飞升之劫而打造的，之后被那华服青年抢去，此刻重获旧宝，他不禁有些感慨。

正如华服青年所说，如今的元合五极山跟当年相比已大不相同，内里根基虽然还是元磁神山等五座山峰，但每一座山峰之中似乎都添加了不少灵材，而且被他用某种更高明的手段重新炼制了一番。

单是方才华服青年催动此宝对自己造成的那种禁锢作用，就已经令他颇为惊讶了。

只是现在时间紧迫，来不及细看，他当即将这两件宝物收了起来。

“韩道友，此地不宜久留，我们还是赶在白玉峰那边完事之前离开这里为好。”蟹道人提醒道。

“我也想快点离开，只是此处的禁制非同一般，想要破解并不容易，你可有什么办法？”韩立看向黄雾禁制，苦笑道。

蟹道人闻言，身形一晃飞到黄雾禁制前，上下打量了两眼，忽地抬手按在了黄雾禁制上，他手上立即浮现一层浓郁的黄光。

韩立看见此景，略微一怔，眼中露出一丝惊讶之色。

蟹道人自从掌控了这具傀儡后，灵性大增，越来越像一个真正的修士了。

片刻之后，蟹道人收回了手掌。

“怎么样？”韩立问道。

“很玄妙的禁制，而且多层联结，环环相扣，看来布下禁制的人是个大师。”蟹道人说道。

“你可有办法破解？”韩立又追问道。

“应该没有问题。不过首先需要消耗不少仙元石，激发这具仙傀儡的某个神通，才有可能解开此禁制。”蟹道人沉默了一下，说道。

“还需要多少？”韩立问道。

“算上剩余的……差不多还需要三百块。”蟹道人想了一会儿，说道。

“没问题，道友尽管施法就是。”韩立闻言，心中微微一惊，继而苦笑了一声道。

他之前为了引诱那华服青年让蟹道人偷袭，已经在蟹道人体内放了六七百块仙元石，如今又要三百块，加起来几乎占了他身上仙元石总量的三分之一。

看来以后若非必要，绝不可如此频繁地唤出蟹道人了，自己还指望着用仙元石在无常盟内集齐剩余的道丹材料，这可是一笔不小的花销。

思量间，韩立翻手取出一只储物袋，抛给了蟹道人。

蟹道人也不客气，挥手从储物袋中将所有仙元石取出，直接吞了下去，随后说道：“我还需要借助你的道兵之力。”

“道兵之力……”韩立闻言一怔，不过还是取出盛放道兵的葫芦，递了过去。

蟹道人挥手打出一道法诀，葫芦口立即黄光大作，一粒粒暗黄色豆粒如同落雨一般飞射而出，悬浮在半空，足有数百粒。

他口中念念有词，两手不断打出一道道法诀。

暗黄色豆粒表面的纹路尽数亮起，散发出明亮的黄光，却没有化成道兵，只是变大了一些，缓缓拉长，化为一根根金黄色的木棍。

耀眼的黄光从这些豆兵木棍上散发出来，彼此连接，形成一个古怪的阵列，看似混杂，实则暗藏玄妙。

韩立看见此景，心中一动。

虽说以道兵布阵并非稀罕事，但蟹道人拿道兵当阵旗使用，倒也算是别出心裁，不知是否是他尘封的记忆开启后所记起来之事。

蟹道人口中诵念咒语，两手接连打出一道道法诀，每一道法诀都准确地落在一根木棍上。

数百根木棍一阵轻颤，同时光芒大放，无数黄色晶丝从木棍上升起，凝聚成一个黄色法阵。

他随即轻喝一声，两手在空中一按。

数百根木棍立刻尽数飞出，刺向了黄色雾墙。

黄色雾墙一阵翻滚，一层黄光从上面浮现，阻挡木棍。

蟹道人手中飞快掐诀，黄色法阵剧烈闪烁，无数黄光在里面飞快运转，赫然将雾墙上的黄光压了下去，木棍缓缓刺入了雾墙之中。

“轰隆隆！”

黄色法阵笼罩的范围内，雾墙光芒一暗，上面的黄色雾气飞快消散，露出一大片凹陷之地。

随着黄雾散尽，里面露出一层晶莹的光罩，各色光芒流转，看起来极为玄妙。

韩立看着黄雾上的法阵，微微点了点头。

蟹道人此刻却盘膝坐了下来，口中念念有词。

霹雳声响起，一道道粗大的金色电光在他身上浮现，散发出一股股强烈的法则波动，朝着周围扩散而去。

方圆万里之内的天地灵气立刻波动起来，凝聚成一个个紫色光团，朝着蟹道人汇聚而去。

半空中浮现一片片乌云，翻滚涌动，很快就遮蔽了大半个天空，一道道电光在翻滚的乌云中蹿动，时隐时现，传出阵阵震耳欲聋的雷鸣声。

大量雷电灵气汇聚而来，尽数融入了乌云之中。

蟹道人两手掐诀，口中念念有词，身上雷光闪烁。雷光朝着周围蔓延而去，形成一个数十亩大小的雷电法阵。

这个雷电法阵颇为怪异，呈瘦长形状，无数雷电符文在法阵中飘动。

蟹道人蓦然睁开双目，朝着天空打出一道法诀。

“轰隆隆！”

雷云之中射出一道道雷电，纷纷没入雷电法阵之中。雷电法阵光芒大放，急速运转起来，发出隆隆巨响，变得愈发耀眼夺目。

韩立站在空中，面色如常，心里却一点儿也不轻松。

方才与华服青年的交锋虽然时间不长，但引起的动静应该不小，如今蟹道人施展的这一击所散发出的波动更是非比寻常，根本不可能瞒过在数万里外白玉峰上的人。

只是那里也正在经历一场旷世大战，未必会有暇顾及这里。

就在此时，蟹道人一声低喝，雷电法阵骤然离地飞起，悬浮在半空中，并以肉眼可见的速度飞快缩小。

前后不过几息工夫，原本数十亩大小的雷电法阵缩小成直径二三十丈的雷球，表面散发出耀眼夺目的雷光，令人无法直视。

“去！”

蟹道人突然起身，单手掐诀。

雷球骤然化为一道白光，以迅雷不及掩耳之势狠狠地轰在了黄雾禁制上那处凹陷的地方，并滴溜溜疯狂滚动起来。

“轰隆隆！”

一声惊天动地的巨响传来，方圆千里内的大地裂开一道道缝隙，山峰更是剧烈晃动，稍小一些的更是直接崩塌，到处都是一幅天翻地覆的景象。

黄雾禁制也剧烈地翻滚，雾气翻腾，如同波涛般起伏。

一道道粗大的雷电从雷球中射出，朝黄雾禁制四周蔓延，将黄色雾气一层层撕裂，但四周的黄色雾气又源源不断地朝这里涌来。

两者陷入了僵持！

“韩道友，快助我一臂之力！”蟹道人蓦然开口道。

韩立闻言，毫不迟疑地腾空而起，一个闪身之后，就出现在距离黄雾禁制那处凹陷之地百丈的空中。

接着他衣袖一抖，七十二道金光狂射而出，在他身前盘旋一周后，瞬间凝聚成一柄数十丈长的金色巨剑，表面金色电光缠绕。

韩立手中剑诀一催，巨剑一晃，朝前挥去。

刹那间，一道金色电光缭绕的百丈长的剑光飞出，狠狠地斩在了黄雾凹陷处。

“轰！”

那处凹陷在蟹道人放出的雷球的撕扯下，虽勉强能自动恢复，但韩立这一剑犹如压倒骆驼的最后一根稻草，周围那些涌来的黄色雾气如纸屑般被倒卷撕裂后，恢复速度大减。

“给我爆！”

蟹道人大喝一声，手中法诀一催，那个雷球轰然爆裂。下一刻，一轮骄阳浮现，一阵阵肉眼可见的气波从中狂卷而出，终于在那处凹陷打出一个房屋大小的洞。

这一击过后，蟹道人身上雷光暗淡，神情有些疲惫。

“走！”

韩立低喝一声，挥手打出一道法诀，雾墙上黄光一闪，数百个豆兵飞射而回，落入了那只葫芦内。随后一道青光从他身上射出，将蟹道人连同葫芦一裹，便从大洞中穿过，飞到了外面。

他刚刚飞出，禁制上黄雾翻滚，那个大洞迅速弥合，转眼间恢复如初。大洞附近的黄色雾气一阵波动，很快恢复了平静，仿佛没有发生任何事情一般。

韩立望着外面的蓝天白云，长长地呼出一口气，有种劫后余生、恍如隔世之感，他看了一眼蟹道人，问道：“蟹道友，你怎么样？”

“这禁制远比我想象中要强大，所幸韩道友抓住了最佳的出手时机，这才没有功亏一篑。接下来，我要好好休息一段时间。”蟹道人说道。

韩立点点头，单手一挥，十二根拘雷木飞射而出，悬浮在他身旁，同时他口中念念有词。

金色雷电在十二根拘雷木上面浮现，很快形成一个雷电法阵，无数雷电符文翻滚闪动，使得附近空间也随之波动扭曲起来。

韩立闭目感应，再睁开，微微点了点头，将手中法诀一收。

雷电法阵立刻停止运转，耀眼雷光重新融入十二根拘雷木中。

传送雷阵运转正常，前方没有发现空间禁制。

“即便是仙宫，能布下这一层禁制已经不易，不可能还有范围更大的第二层禁制了。”蟹道人说道。

“话虽如此，但白玉峰那里随时可能生变。我们先离开这里再说。”韩立转头看了黄雾禁制一眼，两手掐诀，无数金色雷电浮现，在他四周形成一个小的雷电法阵。

蟹道人见状，赶忙化为一团金光，飞入韩立手中。

耀眼金色电光大放，韩立的身影消失无踪。

一个时辰后。

赤霞峰上方光芒闪烁，数道金色雷电浮现，凝聚成一个雷电法阵。

人影一闪，韩立在里面浮现，面色有些苍白。

他不惜耗费仙元石，接连不断施展雷电传送，总算在最短的时间内，一路狂奔到了这里，此时他体内的仙灵力已经见底。

韩立深吸了一口气，飞射而下。

半空的雷电轰鸣声早已引起了洞府仆从们的注意，他们急忙迎了上来。

讲道大会召开，各大山峰的仆从们有很多前去听讲，赤霞峰也是如此，如今只有三人留在洞府，毕竟偌大的山峰不能无人看守。

三人正要躬身行礼，却被韩立挥手阻止道："不必多礼，你们都在这里等着，我一会儿有事和你们说。"

韩立说完，没有再多看几人，身形一闪飞入洞府之中，直接来到了洞府内的灵药圃。

他习惯将重要之物随身携带，唯独这些灵药不便如此处理，如今烛龙道遭逢变故，他冒险返回，也正是为了这些灵药。

毕竟这些年来，他不惜血本收集了不少炼制丹药和道丹的灵药，他可舍不得就这么丢弃。

韩立挥手发出一道青光，顷刻间笼罩了整个灵药圃。

下一刻，一株株灵草灵药连同周围的灵土一起拔地而起，纷纷朝韩立手中飞去。他熟稔地一一接过，装入合适的容器，并小心翼翼地收入储物镯中。

片刻后，整座赤霞峰洞府发出"轰隆隆"巨响，洞府附近布下的禁制尽数解开，一套套布阵的器具从各处飞起，没入了洞府之中。

洞府外面，包括梦雄在内的三名仆从看到眼前的情景，不禁面面相觑。

"发生了什么事情？厉长老这是要……"一名看起来二十多岁的方脸青年，喃喃说道。

“不知道，看厉长老的脸色，应该是发生了什么大事，可能和不久前的那一番巨震有关……”梦雄摇了摇头道。

就在此刻，三人身前青光一闪，韩立无声无息地出现。

未等三人行礼，韩立已开口道：“时间紧迫，多余的话我就不说了。宗门遭逢内乱，甚至牵扯到了北寒仙宫，恐怕宗内即将有一场不小的动荡。本座打算就此离开这个是非之地。现在你们有两个选择，一个是随我离开，另一个是留下来，自生自灭。毕竟相识一场，留下的人，我同样会给一些好处。”

三人闻言，脸色大变。

显然韩立这些话对他们来说太突然，他们一时不知道该如何是好。

“我给你们十息时间，你们自己考虑清楚。”韩立负手而立，缓缓地说道。

他的话音刚落，一个有些宽厚的身影上前一步，正是那圆脸胖子梦雄。

“厉长老，弟子资质普通，若没有长老看顾，绝不能修炼到如今境界，更别说日后更进一步了。我愿意继续追随您。”他一拱手，恭声说道。

韩立点了点头，示意他站在自己身旁。

接着，那名方脸青年也走了出来，表示自己也愿意跟随。此人名叫梦光，平素少言寡语。

最后那人低头站在原地，没有说话，不过意思已经很明显了。

韩立没有多说什么，翻手取出一个储物袋，扔给了那人。

“多谢厉长老。”那人接住储物袋，连忙躬身行了一礼。

“走吧。”韩立说完，一挥手，将梦雄和梦光一带，朝外面飞去。

不多时，距离赤霞峰不远处的另一座山峰峰顶，十几根拘雷木将韩立三人围成了一圈。

韩立手中法诀一催，耀眼的金色电光浮现，凝聚成一个大型雷阵，笼罩了三人。

金色电光蹿动，空间也随之波动起来，泛起一圈圈水波般的涟漪，朝着周围扩散而去。

这一幕，让身处阵内的梦雄、梦光两人脸上都露出大惊之色，不禁闭上了双目。

“轰隆”一声霹雳巨响，三人在雷光中消失无踪。

第173章

收获

古云大陆西部某片海域。

此处临近雷暴海洋，半空中乌云密布，一道道雷电在云中穿梭。

只是比起雷暴海洋深处，这些雷电的声势要小得多，虽然偶尔会有一两道雷电劈下，但对于一般修士而言，只要稍加注意，并不会有生命之虞。

这里的海水异常混浊，看起来仿佛泥浆一般，海面上弥漫着浓郁的灰色雾气，铺天盖地，颇有连天接地的感觉。雾气之中夹杂着呜呜怪风，仿佛人在呜咽哭泣一般。

此处海域名为呜咽雾海，在古云大陆西部区域很有名，不过并不是什么好名声。

这片海域底下是一条巨大的灰岩晶矿脉，被开采完后，海水便变成了现在的混浊模样，而且海面还腾起了这种灰雾。

混浊的海水和雾气对人类修士来说，并没有什么危害，但是海中的妖兽似乎非常不喜欢，原本生活在这里的妖兽陆续迁走了大半，导致来此海域的修士也逐年减少，此地也越发荒芜。

雾海深处，坐落着一座黑色岛屿。

岛屿并不大，直径只有十几里，中心区域是一座数百丈高的黑色山峰，山上怪石嶙峋，几乎看不到草木，极为荒凉。

就在此刻，黑色山峰山脚处的一个隐秘洞窟之中忽地一亮，露出一道微弱的金色雷电光芒，整个山峰也随之晃动了一下。

金色雷光闪烁了两下，陡然大亮，将周围的黑色岩石也映成了金黄色，一股庞大的气息从洞窟之中涌出。

就在此刻，洞窟附近的空中一闪，一层青色光幕浮现，光幕上有无数青色符文在闪烁，将这股爆发的气息拦了下来。

气息虽然被拦截住，但是整个岛屿剧烈地晃动了一下，附近的海雾也一阵翻滚。

就在此刻，一声清脆的鸣叫声从远处传来，一道青影从洞窟中飞射而出，落在黑色岛屿附近，正是一只青色怪鸟。

此鸟体型巨大，双翅展开有二三十丈宽，头大颈细，浑身上下长满了一根根如同箭矢般的青色翎羽，胸前还垂着一个硕大的囊袋，看起来颇为丑陋。

怪鸟背上站着一名白袍女子，容貌清秀，身形婀娜，正是梦浅浅，青色怪鸟自然是念羽。

梦浅浅看着洞窟内的金色雷光，眼中露出惊喜的神色。

“轰隆隆！”

洞窟之中的金色雷光再次闪烁，比之前明亮十倍，并且有一道道粗大的金色电光浮现。

金色电光波及之处，黑色岩石如豆腐般碎裂开来，很快整个黑色山峰轰然坍塌，露出一个直径数十丈的圆形金色雷电光团，光团之中隐约能看到一个巨大雷阵的影子。

一道道金色电光轰击在周围的青色光幕上，引得光幕一阵剧烈颤动，仿佛沸水般翻滚，但是仍然没有碎裂。

突然，金色雷电光团再次闪烁，一道粗大的金色光柱撕裂了青色光幕，赫然冲天而起。

方圆数百里内的天地灵气剧烈波动，附近海面剧烈翻滚起来，隐约以雷电光柱为中心，形成一个巨大的旋涡。

金色雷电光柱持续了数息，缓缓消散开来，岛屿上的金色雷电光团也随之消失。

金光敛去后，原本雷阵位置多出了三个人影，正是韩立，以及梦雄、梦光两人。

梦浅浅见此，立刻欣喜地从念羽背上飞了下来，想要开口说话。

“此刻不是说话的时候，先跟我走！”韩立说完，一挥手。

青光一闪，一艘青色飞舟浮现，瞬间变成十几丈长。飞舟两边浮现两排青色灵羽，并非实物，而是由灵力幻化而成。

这艘青鸾飞舟，是韩立前些年执行任务时从一名真仙手中所得，品阶并不高，但胜在速度颇快。

韩立飞身落在舟上，梦雄与梦光两人急忙跟了上去。

梦浅浅略微一怔，也立刻落在了飞舟上，然后挥手打出一道法诀，将念羽收入了身上的灵兽袋中。

韩立屈指一点，十几道粗大的青色剑气飞射而出，狠狠地轰击在下方的黑色岛屿上。

“轰隆隆！”

残存的黑色岛屿顿时崩溃，彻底沉入海中，一点痕迹也没有留下。

与此同时，韩立另一只手催动法诀。

青色飞舟顿时青光大放，化为一道青色幻影，迅疾无比地朝着远处飞遁而去，转眼间消失无踪。

几人离开后不久，两道遁光从远处飞射而来，现出了两个身影。

其中一名是头戴黑冠的中年道人，方面黑脸。另一人是个灰袍老者，双眼细长，眼眸深处不时有光芒闪烁。

“应该就是这里了，灵气波动还没有完全散去。”黑冠道人带着一丝兴奋之色说道。

“好强烈的灵气波动，刚刚我用万里通目术看了一眼，隐约看到此处有一道巨大的金色光柱冲天而起，难道是有什么宝物即将出世？”灰袍老者也有些欣喜，点了点头道。

说话之间，他已无声无息地将神识扩散开来，朝着周围探查。

“有可能，这片海域一直都神秘莫测得很，出现什么都不奇怪。”黑冠道人不置可否地答了一句，挥手祭出一个黄色圆盘，上面铭刻着密密麻麻的符文。

一道道水波般的黄光从圆盘上飞射而出，笼罩了附近数里。

“万道友，可有发现什么？”灰袍老者探查了一阵，没有发现什么，开口问道。

黑冠道人沉默不语，继续变换手中法诀催动圆盘，使之不断放出一圈圈的黄色光波。

片刻之后，他才掐诀一点，停止了施法。

“怎么样？”灰袍老者早已等得不耐烦，见黑冠道人停手，连忙问道。

“那道光柱并不是什么法宝出世，而是有人在此施展神通所致。”黑冠道人叹一了口气，缓缓说道。

“你确定？”灰袍老者脸色一沉，有些不死心地追问道。

“我将珍寰盘的九层禁制都激发了，难道还会有错？”黑冠道人翻了一个白眼，不客气地说道。

“看来我俩是空欢喜一场了。对了，关于那人的修为，道友可探查到了什么？”灰袍老者见此，摇头苦笑一声，但接着又话锋一转问道。

“从此地残留的灵气波动的情况看，应该是合体期以上。”黑冠道人略一沉吟后，如此说道。

“合体期！那幸亏我们来迟了，若是早到一步，惹怒了那位前辈，就大大不妙了。”灰袍老者脸色微变，随即心有余悸地说道。

“此地不宜久留，免得有其他人过来看到误会咱们，那可就不妙了。”黑冠道人目光闪动，冷静地说道。

“万道友所言极是。”灰袍老者立刻点了点头道。

不多时，两道遁光从岛屿上冲天而起，以比来时更快的速度朝着远处飞去。

此时，韩立等人已经身处数十万里外了。

韩立在海上绕了一圈，来到古云大陆西部区域的另一座滨海大城。

此城名为天云城，是天云国的国都，占地面积颇广，紧邻一条灵气浓郁的灵脉，是人杰地灵之地。

此城不仅与雷暴海洋距离颇近，而且地处交通要塞，不少修士路过此地，都会选择在此稍事休憩，顺便补给。从雷暴海洋探险出来的高阶修士，也会将所得之物拿到此城中售卖和交换。

如此一来，天云城日渐繁华，已成为方圆数万里内有名的大城。

韩立带着几人悄然进城，来到城内一家偏僻的中等规模的客栈，暂时安顿下来。

以他如今的神通，自然不会被城中人发现，毕竟城中驻守的修为最高之人，也不过是一名合体期修士。

深夜，客栈客厅内。

韩立坐在主座之上，梦雄与梦光两人束手立于一侧，梦浅浅则站在另一边。

韩立在周围撑起一层隔音禁制后，便将烛龙道发生的事情和梦浅浅三人述说了一番。

虽然梦浅浅如今修为不低，但毕竟经历稍浅，哪里能想到宗门竟然遭遇如此剧变，一时间竟呆住了。

梦雄与梦光虽然选择跟随韩立，但对于烛龙道当日讲道大会上究竟发生了什么，也只是略知一二，如今听韩立娓娓道来，也是惊得面色大变。

“浅浅，我给你两个选择，条件也和梦雄他们一样，你做决定吧。”韩立对梦浅浅说道。

梦浅浅似乎还没有回过神来，一时没有说话。

“若你需要和云归商议后再做决定……”韩立见此，又说道。

“不用，我刚刚只是有些惊讶，并不是犹豫。厉长老，不管家兄如何选择，浅浅都愿意继续追随您。”梦浅浅没有丝毫犹豫，开口说道。

“我如今已不是烛龙道长老，以后不用再称呼我为长老，你们可明白？”韩立点点头，又说道。

“是，厉前辈。”三人闻言，立刻改口道。

韩立没有再说什么，站了起来，转身走到窗边，朝远处雷暴海洋的方向望去，目光闪动，不知在想什么。

“厉前辈，接下来您有何打算？”过了好一会儿，韩立都没有说话，梦浅浅略一迟疑后，怯生生地问道。

韩立没有回答她，仍然望着远处，似乎在思考。

梦浅浅三人互望一眼，自然不敢打扰，只得静静地站在一旁。

“我打算先离开古云大陆一段时间。”不知过了多久，韩立才缓缓开口道。

“厉长老，大哥和孙大哥还没赶来，能否多等些时日……他们对您忠心耿耿，必定会选择追随您的。”梦浅浅一怔，急忙说道。

“你们修为尚浅，这次就不用跟着我了，留在这天云城吧。此城附近的灵脉不错，正适合你们修炼。”韩立淡淡说道。

“是。”

梦浅浅虽然有些不甘心，但看到韩立神情平静，知道他已经拿定主意，只得点头答应。

“随我来。”韩立说完，便提步朝着外面走去。

片刻之后，四人来到了城西一片占地颇广且十分幽静的园林之中。此地名为观月园。

这里距离灵脉最近，故而此处的天地灵气比别处更加浓郁，园林内是一座座独立的院落建筑，彼此之间被竹林假山隔开，而且每一座建筑都被禁制笼罩。

这里是为外来的高阶修士所修建的临时洞府，毕竟一些高阶修士喜静，不愿意住客栈那种地方。

韩立四人在一名身穿白袍的青年修士的引领下，在园内漫步。

“几位道友，咱们这里的洞府都是请高人设计的，园内分为甲乙丙丁四个区域，甲字区域的洞府灵气最为浓郁，丁字区域的洞府灵气最弱。我们此刻所在的地方便是丁字区域，不过即便是这里，天地灵气也比城内其他地方浓郁得多，能够加快四分之一的修炼速度。如果在甲字区域的洞府，能加快一半的修炼速度。”白袍修士热情地介绍道。

“带我们去甲字区域。”韩立面无表情地说道。

“是，几位道友这边请。”白袍修士看出了韩立是为首之人，闻言心中一喜，立刻带着几人朝园内深处走去。

片刻后，一行人跨过一个拱门，来到了一片翠绿竹林，几座洞府在竹林中若隐若现。

韩立眉梢微挑，此处的天地灵气明显比外面浓郁了很多，几乎不比烛龙道内部的一些山峰差了。梦雄和梦光脸上都露出喜色，梦浅浅沉默地跟在后面，神情有些复杂。

“这里便是甲字区域，几位道友感觉如何？”白衣修士客气地问道。

“此处可还有空的洞府？”韩立不置可否地问道。

“有，还有三处空置洞府。”白衣修士面露喜气，立刻答道。

“若是长期租赁，价钱几何？”韩立又问道。

白衣修士看了韩立一眼，报出价格。

韩立朝着周围看去，一时没有说话。

“我们这里的洞府是天云城最好的，所以价钱贵了一些，但是绝对物超所值……”白衣修士游说道。

韩立摆了摆手，打断了他的话，取出一个储物袋扔了过去，道：“不用说了，剩下的三座洞府我全部租下了，先租个三百年吧。”

白衣修士接过储物袋，放出神识一扫，脸上立刻露出大喜之色。

“是！这是三座洞府的禁制令牌，在下带您过去？”白衣修士立即取出三个青色牌子递了过来。

“不必了，我们自行过去就好，你下去吧。”韩立接过令牌，说道。

“是。”白衣修士识趣地退了下去。

韩立又取出一个储物袋，和三块令牌一起递给三人，道：“储物袋里有一些修炼资源，你们在此安心修炼，我已经传信让梦云归和孙不正前来这里与你们会合。”

梦雄和梦光点头答应。

“厉大人，您这次出去何时才会回来？”梦浅浅突然开口问道。

“短则数十年，长则百年以上。在此期间，你们若是改变主意，可自行离去。”韩立平静地说道。

说完此话，他身形一晃，便直接从原地消失不见了。

梦浅浅往前疾走两步，但是周围哪里还有韩立的影子，她不由得叹了一口气，眼中神色更加坚定。

数月之后。

雷暴海洋某处，一艘巨大的乌黑巨船正乘风破浪向前行去。

巨船周围海水翻滚，不时掀起数十丈高的巨浪，天空中黑云密布，无数粗大的电光在云中穿梭，不时落下一道道雷电。

乌黑巨船丝毫没有被怒涛雷电阻拦，仿佛一只浮在海中的巨兽飞快前进。

这乌黑巨船正是一艘跨海雷舟，从古云大陆出发，前往荒澜大陆雷鸣城。

外面乌云压顶，电闪雷鸣，巨船之内却是岁月静好。船内走廊上不时有人走动，欢声笑语不断，位于顶层的酒楼、茶室等地方更是热闹不凡。还有一些修士聚集在一起，召开小型的交换会，交流修炼经验。

雷舟中层的一个房间内，整个舱室被一层青色光幕覆盖，将外面的声音隔绝开来。

房间的床上，一名黑面大汉盘膝而坐，七个蓝色圆环悬浮在他四周，忽上忽下，发出“嗡嗡”的声音。

大汉双目微闭，手中不断掐诀。

七个圆环散发出的光芒越来越明亮，夹杂着一股颇为强大的法则之力。

黑面大汉脸上露出一丝笑容，掐诀一点，七个圆环顿时落在了他手中。

这黑面大汉正是幻化了容貌的韩立。

这七个圆环名为七曜星环，是他从那个黑衣胖子的储物法器中找到的罕见的成套仙器，主要神通是用来困敌，其中蕴含的法则之力也是偏向禁锢方面。

这几日他已经实地尝试过，这七曜星环威力相当大，尤其是在晴朗的夜晚施展，此环和天上的星光之力呼应，威能会大大提升，是一件不可多得的宝物。

或许是当日他的动作实在太快，那黑衣胖子几乎没有反应过来，就被他以迅雷不及掩耳之势击杀，根本来不及祭出此宝吧。

韩立张口喷出一道青光，将七曜星环收入了体内。

如今他虽然夺回了元合五极山，但这种带有禁锢威能的宝物，自然是多多益善。经过这些时日的炼化，此宝已被炼化了小半，再过一段时间，他便能彻底掌握了。

此外，那名干瘦黑衣人的储物法器中有一件仙器，名叫修罗天鬼幡，威力也颇大。不过，修罗天鬼幡是阴属性的鬼道仙器，与他所修的功法不怎么相容，他只是略微查看了一下，便将之扔在了储物镯中。

倒是那华服青年，身为金仙境修士，身份背景都不简单，身上宝物之多，自然远非胖瘦两名真仙可比，光是仙器便有四件。

除了重新祭炼过的元合五极山以及那个黑色砚台外，还有一个银色铃铛和一柄黑色獠牙怪剑。

韩立嘴巴一张，喷出一座灰色小山。小山在他身前轻轻旋转，发出大片灰光，其中夹杂着灰色符文，一股强烈法则之力从中散发开来。

这元合五极山他仔细检查过，外型没有什么变化，内里却是已经大变，五座极山都被添加了不少灵材。

他当初虽然炼制出了五座极山，但元磁神山、北极元晶等材料实在珍稀，他只是勉强收集到了最低标准的材料，远远没有达到元合五极山的容纳极限。

华服青年不知从哪里找来了大量的材料，几乎令五座极山的威能都增加了一倍。而且他不知施展了什么祭炼之法，将五座极山彻底融为一体，所以才使得此宝威能大增。特别是其中蕴含的法则之力，与之前相比，强大了不少。

韩立感应着灰色小山散发出来的法则波动，心中无数念头在翻滚。

当年在灵界时，他修为太低，对于法则之力也没什么领悟，所以对元合五极山这座异宝蕴含的那一丝法则之力，并没有在意。

但是现在和以前不同了，他已渡劫飞升来到真仙界，并且修炼到真仙境后期，一路走来，历经强敌，见识了不少法则之力，其中不乏五行之属。

此刻他再次感受到元合五极山散发出来的这种法则波动，自然有了更多的感悟。

这股法则之力极为玄妙，似乎是类似禁锢的法则，不过和七曜星环中的禁锢法则又截然不同。只是究竟有什么不同，且如何才能真正掌握其中的那一丝奥义，自然还是没什么头绪。

韩立摇了摇头，很快将此事放下。

即便是直接吞服蕴含时间法则之力的掌天瓶灵液都无法让他更进一步，对于这种蕴含在仙器中的法则之力，自然更难掌握了。既然想不通，也不必多想，反正此宝如今在他手里，威能大增对他是好事。

想到这里，他一张口，再次将元合五极山吞了下去。此宝由他亲手炼制，所以让其在他体内慢慢炼化一段时日即可。

说起来，除了元合五极山外，他还有一个意外之喜，便是从华服青年的储物法器中找到的另一件宝物，风雷翅。

此宝的威能虽然远远不如元合五极山，但在人界时它便一直陪伴着自己，用起来十分顺手，再次拿回此宝，韩立心中自然高兴。

或许是那华服青年根本看不上风雷翅，并没有祭炼，只是随意封印后便放在了储物法器底层。

如此一来，韩立只是稍使手段破解了封印，便轻易重新掌控了风雷翅，倒是省了祭炼的工夫。

现如今，韩立收入体内的祭炼之物，除了元合五极山和七曜星环，还有那个银色铃铛。

银色铃铛是一种蕴含某种声波法则之力的仙器，能一击打散青竹蜂云剑，足见其威力，故而也被他留了下来。

至于那柄黑色獠牙怪剑和修罗天鬼幡有些相似，同属阴属性，他便没有理会。

他如今的神识之力虽然远超同阶真仙境后期修士，甚至与金仙初期修士相比也不遑多让，但同时祭炼三件仙器已是极限。

至于那个可以施展灭魂真光的黑色砚台，其蕴含的法则之力远远超过元合五极山和银色铃铛等物。

对于此等宝物，韩立自然想握在手中，但是此宝之中似乎蕴含着某种禁制，无论韩立如何祭炼都无法破除，更谈不上催动了。

这让韩立有些郁闷，不过如今他手中倒是不缺仙器，加上没那么多时间祭炼，自然就将此事放在一边了。

第 174 章

悬赏追杀

华服青年等三人的储物法器中除了这些仙器外，还有不少其他宝物，各种珍稀材料、丹药等更是不胜枚举，单单是蕴含法则之力的材料就有十几样之多。

此外，华服青年等三人身上的仙元石加起来竟然有一万多块，有了这些，在往后相当长的一段时间里，韩立不用再为仙元石发愁了。

不过最让韩立惊喜的是，他竟然在华服青年的储物法器中找到了大量炼制道丹所需的材料。

他那张道丹丹方上缺少的九种材料，华服青年的储物袋里竟然有七种之多，而且数量都不少。

韩立对此本有些诧异，但当他又在储物袋里找到一张和自己一模一样的道丹丹方后，心中瞬间明了。看来华服青年也有炼制道丹的想法，以他的身份和北寒仙宫的庞大势力，搜集这些材料自然不难，如今却便宜了韩立。

现如今，道丹丹方还差两种材料，天造参和露凝草，韩立相信只要他多关注一下无常盟内的信息，花些时日总有办法凑齐。

韩立如此想着，突然神色一动，手腕一翻，取出了一块巴掌大小的金色令牌。

此令牌是由某种特殊的金属制成，这么小一块却重逾千斤。令牌一面是金龙图案，金龙仰天咆哮，给人一种高高在上的威严之感。

另一面却刻着一个名字——陶羽。名字的上面，还有一个羽冠形状的花纹。

看着这金色令牌，韩立眼中闪过阴郁之色。

就在此刻，他眉梢忽地一挑，打开了房间的窗户，看着外面狂雷呼啸的海面。不过跨海雷舟四周都有禁制，倒是没有多少雷声传进来。

一道微不可察的金光在远处天际浮现，一闪消失，下一刻韩立的房中浮现一道道金色雷电，凝聚成一个雷电法阵，随即蟹道人的身影在阵中出现。

蟹道人身上金色电光流转，很快敛入体内，周围的金色雷阵也随之消散。

“看来蟹道友已经恢复过来了。”韩立打量了蟹道人两眼，缓缓说道。

“没想到此处的雷电之力竟然如此浓郁，对我大有助益。”蟹道人点了点头。

韩立没有多说什么，侧身让蟹道人进入房间，然后转身重新盘膝坐下。

蟹道人在先前的战斗中，以及强行破开禁制时受伤不轻，来到雷暴海洋后，立刻便遁入其中吸收这里丰富的雷电之力来疗伤。没想到区区数月，他的伤便恢复了，这让韩立心中一松。

毕竟有一名金仙级别的帮手随行，做事方便不少。

“看来韩道友还在担心那个陶羽。”蟹道人看到韩立手中的金色令牌，说道。

“担心说不上，杀都杀了，现在多想也没用，我只是在想仙宫此刻是否已经查到是我杀了此人。”韩立轻叹了一口气，摇了摇头，说道。

这些时日，他在无常盟内花了不少仙元石调查这块金色令牌，总算是打听到了不少信息。

这块令牌是仙宫的长老令牌，而陶羽是华服青年的姓名，正是北寒仙宫新晋的长老。这陶羽原本并非北寒仙域之人，而是千年前被其他仙域派过来，打算在此历练一番的，可见他的身份背景绝不简单。只是没想到，历练不成，却死在了韩立手中。

如此一来，北寒仙宫肯定不会放过自己。

韩立乘坐跨海雷舟离开古云大陆，是想返回黑风海域，一方面是去看一下地祇化身的情况，另一方面则是避一下风头。

黑风海域地处偏僻，消息闭塞，几乎与世隔绝，他想躲避仙宫的追杀，黑风海域倒是一个合适的地方。

“以北寒仙宫的实力，彻查此事应该不难。不过你这次走得及时，又有那个远距离的传送雷阵，仙宫此刻就是想抓，也有些迟了。”蟹道人想了想后，如此说道。

“但愿如此吧。话说回来，想不到你这么快就掌握了雷光法阵，倒是让我颇为意外。”韩立苦笑一声，话锋一转。

“此阵极为玄妙，能将雷遁之术和空间之力结合使用，还好我原本便善于操控雷电之力，否则也无法在这么短的时间内掌握此阵。”蟹道人说道。

“蟹道友，你这些日子在雷暴海洋中修炼，可发现了什么特别的事情？”韩立突然想到了什么，开口问道。

“特别的事情？倒是没有碰到，你是指何事？”蟹道人认真地想了想后，问道。

韩立犹豫片刻，将当年在雷云旋涡中看到巨眼之事说了出来。

“竟有此事！”蟹道人惊讶地说道，眼中闪过一丝凝重之色。

“你的记忆里可否找到这方面的线索？”韩立又问道。

“没有，这片雷暴海洋我是第一次来。不过，那巨目一个眼神便能让你身受重伤，就算是太乙玉仙也未必能做到。”蟹道人摇摇头，说道。

“那萧晋寒和百里道主都是金仙巅峰，距离太乙境界只有一步之遥，不过我觉得他们即便进阶到太乙境界，恐怕也比不上那巨眼的威势。”韩立点头赞同。

“此处已经接近雷暴海洋的中心区域，当年我便是在这里遇到了那巨目。有此可怕的存在，你既然已经恢复了，接下去还是不要再随意进入雷海的好，不怕一万，就怕万一。”韩立沉声说道。

这些时日，韩立一步也没有离开过跨海雷舟。

“好吧。”蟹道人微一沉吟，说道。

与此同时。

烛龙道宗门大殿之内，欧阳奎山等十位金仙道主齐齐站在下面，一个个气息不匀，重伤未愈的样子。欧阳奎山等人对面站了七八个金仙，都是北寒仙宫之人。

大殿主座之上，赫然坐着一人，正是萧晋寒。

看着萧晋寒坐在主座上，欧阳奎山等人的脸色看起来有些不太自然，有几人甚至直接面带怒色。

萧晋寒对这些视若无睹，缓缓说道：“事情办得怎么样了？”

“启禀宫主，已经找到呼言道人和云霓的踪迹，他们两人重伤之后逃往了上阿大陆，卢越长老已经率人前去捉拿，相信很快就会有结果。不过，百里炎不知施展的是何种秘术，至今仍没有发现丝毫踪迹……”一名仙宫长老说道。

“很好。百里炎此番虽然没有彻底伏诛，但经此一役之后，他身受重伤，修为大损，且业火归身，数百万年修为毁于一旦，近期内难以掀起什么风浪，恐怕即将降临的第五劫，他未必过得了。”萧晋寒点了点头，说道。

这话看似是说给仙宫众人听的，但欧阳奎山等人闻言，眼中纷纷闪过一丝复杂之色。

“欧阳道主，呼言道人和云霓出手助轮回殿反叛，是大罪，按照天庭的规定，这两人的亲眷弟子必须尽数捉拿，交于天庭处置，此事可否麻烦你去办了？”萧晋寒转头看向欧阳奎山说道。虽然说着商量的话，却完全是一副命令的口气。

“是。”欧阳奎山脸上的肌肉抽动了一下，低声答道。

“很好。都下去吧。”萧晋寒满意地点了点头，挥手说道。

仙宫诸人答应一声，退了出去。

烛龙道诸位金仙道主互望一眼，欧阳奎山使了个眼色，所有人这才走出了大殿。

片刻之后，众人在一座大殿前落下。

“欧阳道主，北寒仙宫这是什么意思？抓捕百里炎之事既已告一段落，他们还赖在我们烛龙道不走，难道真的想趁此机会掌控我们烛龙道？”两名异族道主之一的金毛壮汉愤愤不平地说道。

“早知道是这个样子，当初就不帮这些人对付百里道主了。倘若有百里道主在，萧晋寒投鼠忌器，绝不敢如此嚣张。”另一名异族道主银肤女子冷声说道。

听到这里，其他人都面露复杂之色，纷纷摇头叹气。

欧阳奎山面露苦笑，没有说话。

仙宫的意图昭然若揭，只要是明眼人，一眼就能看穿。只是烛龙道经历了这场大战，实力受损严重，还有不少人直接叛逃，人数大减，已经不是北寒仙宫的对手。

别的不说，单是一个萧晋寒，烛龙道根本无人可以与之对抗。

就在欧阳奎山等人扼腕叹息之时，身处烛龙道宗门大殿的萧晋寒，脸色同样很难看。

他从主座上站起，眉头紧皱地来回走动。

半晌后，他身上忽地腾起一道白光，在他身前化为一层白色光幕。

一个白色人影出现在光幕上，人影全身散发出耀眼白光，使其看起来有些模糊，只能勉强判断出是一名中年男子。

“陶长老。”萧晋寒脚步一顿，脸上挤出一丝笑容，说道。

“萧晋寒，已经过去几个月，杀害我儿的凶手你们查清了吗？”白色人影沉声说道。

“禀长老，杀害令公子的是烛龙道一名外门长老，名叫厉飞雨。此人在当时便已叛变，逃出了烛龙道。我已派人四处寻找捉拿此人。”萧晋寒立刻说道。

“外门长老？区区一个外门长老，竟然能杀了我的羽儿？！”白色人影冷笑一声，不相信地质问道。

“此人并非寻常长老。经查，此人加入烛龙道不到千年，当年入门时还是真仙初期，但是如今，他的修为已经达到真仙境后期，而且他修炼的是烛龙道的《真言化轮经》。另外，此人和百里炎似乎也有联系，我觉得此人恐怕和轮回殿也脱不开干系。”萧晋寒急忙说道。

“我不管他是什么人，当初我将儿子好好地交给你，如今他却被人杀害。萧晋寒，此事你最好给我一个妥善的交代，否则……”白色人影怒道，说到最后言辞已十分不善。

“请陶长老放心，此事我一定会给你一个满意的答复。”萧晋寒面色一僵，深吸一口气，低头保证道。

白色人影哼了一声，光芒一闪消失无踪。

萧晋寒抬起头，脸色有些铁青。

“来人！”他忽地大喝一声。

一道人影从外面飞射而来，落在大殿之中。

一个金袍青年恭敬地行礼：“参见宫主。”

时光流逝，转眼间两年时间过去。

雷鸣城外，一艘巨舟缓缓靠岸。片刻之后，一道道人影从巨舟中飞出，落在了码头上。

韩立所化的黑面大汉混在人群中登岸，看着眼前的雷鸣城，眼神深处闪过些许追忆之色。

此刻他全身气息内敛，散发出的气息只是初入大乘期的程度，在诸多修士之中并不起眼。

韩立不着痕迹地扫视一圈，在码头上并未发现异常情况，他心中微微一松，快步朝着城内走去。

雷鸣城内的情况和当年没有什么变化，天空上方亟雷树遮天蔽日，街道上修士如云，热闹无比。

韩立朝着一个方向走去。没过多久，他来到一座金色建筑前方，正是雷鸣城的仙栈。

韩立轻吸了一口气，迈步走了进去。

雷鸣城的仙栈与过去一样，颇为热闹，来往此处的修士不少，立在大殿之中的石壁上，各种任务轮番浮现，殿内大半之人都簇拥在石壁周围。

韩立混在人群中，来到石壁前，抬眼看去。

他目光一扫，心中便微微一沉。

在任务栏极其靠前的位置，赫然有一排显眼的金色大字：悬赏捉拿烛龙道叛逃长老厉飞雨，擒获之人可获仙宫和烛龙道联合奖励两万块仙元石，提供准确消息者，亦可获两千块仙元石！

任务后面，还附上了韩立的影像。

“看来事情确实很麻烦，仙栈遍及各个大陆，这里既然出现了追杀令，其他大陆恐怕也是一样。”蟹道人的声音在韩立脑海中响起。

“悬赏两万块仙元石！仙宫还真是看得起我。”韩立面色不变，心中冷笑连连。

“厉飞雨，这人什么来头，竟然被仙宫悬赏两万块仙元石？”

“你不知道吗？数年前烛龙道发生叛乱，据说是第一道主勾结邪恶组织，试图对整个仙域不利，多亏仙宫萧宫主及时发现，才挫败了这个阴谋。这个厉飞雨，恐怕也是烛龙道第一道主的同党。”

“原来如此，此等败类助纣为虐，着实可恶。”

“是啊！奖励如此大一笔仙元石，看来此人分量不轻，应该是犯了什么大事！”

石壁前的修士议论纷纷。

韩立混在人群中看了一会儿，又在仙栈内转了一圈，才不紧不慢地转身走了出去。

虽然他觉得仙宫的人不可能找到自己，但现在各个仙栈都有他的悬赏通缉令，他丝毫不能大意，他可不认为自己有对抗整个北寒仙宫的实力。

出了仙栈，韩立在雷鸣城内的各个材料商铺走了一圈。

雷鸣城是连接荒澜大陆和古云大陆的重要城池，各种物质很多，比古云大陆的一些大城都要丰富。

他如果返回黑风海域，到时候再购买一些东西就不太方便了，总不能都通过无常盟，所以他决定在这里先采购一批，以备不时之需。

采购完，他便离开了雷鸣城。

此刻的韩立，已经通过面具变成了新的模样，是一个衣衫翩翩的白面书生，修为也降低到合体期的程度。

他在城外略一停顿后，便化为一道不起眼的青色遁光，不紧不慢地朝着远处飞去。

“雷鸣城不是有传送阵吗？你为何不用传送阵离开，那样会方便很多。”蟹道人的声音在韩立脑海中响起。

“雷鸣城是荒澜大陆上的著名城池，仙宫的人若是要查找我的下落，这里肯定会被他们重点关注，难保不会有探查真实面目的禁制灵宝。以防万一，我还是小心一点的好。”韩立缓缓说道。

他早已暗暗下定決心，不仅是雷鸣城，以后没有特殊情况，他都不会乘坐传送阵。以他现在的遁速，飞越荒澜大陆，也花不了几年时间。

“你倒是够小心的，在城内买个东西，也变化了几次容貌。”

“小心一些总没有错。”

两人谈话间，韩立已飞出了很远，确认无人追踪后，他立刻加快了遁速，化为一道青光，加速朝着远处飞去。

韩立不知道的是，他此番的谨慎举动，确实让他躲过了一次暴露的危险。

北寒仙宫为了找到他，花了大力气，除了在各地加大力度搜寻他外，还在各大城池的传送殿内添加了特殊的感应禁制。

这禁制是用仙宫收集到的韩立大战后残留的气息，由高人专门设计的，能够和韩立的气息产生共鸣。

虽然并无十成把握，毕竟真仙级别的修士都有改变气息的手段，但这已经是仙宫能做到的最大努力了。

为了制作这些感应禁制，不仅北寒仙宫花费了大量仙元石，甚至连萧晋寒都把家底拿了出来。

至于将这些禁制设在传送大殿内，而不是他处，萧晋寒是经过慎重考虑的，一般人被传送阵传送走的瞬间，都会下意识地运功护住全身，这一刹那正是感应禁制发现对方的最佳时机。

雷鸣城附近人口密集，韩立没有全速飞行，只将遁速提到和寻常真仙差不多的程度，而且尽可能走人烟稀少的蛮荒区域。

等离开人口密集区域后，他才慢慢提高了遁速。

荒澜大陆虽然很危险，但以韩立的实力，自然不需要太在意。

一路紧赶慢赶，花了三年左右的时间，他终于来到了临海城。

韩立没有进城，而是悬浮在半空中，俯瞰下面的小城。

半晌后，他转身朝着一个方向望去，那里就是通往黑风海域的传送阵所在地。

“总算回来了。”韩立长出了一口气。

下一刻，他身形一晃，化为一道模糊的青影，朝着传送阵所在的方向飞去。

虽然已经过去了多年，但传送阵所在之地他自然不会忘记。片刻之后，他便飞到了附近。

“咦！”

当他遁光一敛，现出身形时，不由得眉头微微一蹙。

当年那个海边洞窟不见了踪影，出现在眼前的是一座临海城池。

此城面积不大，方圆只有十几里，城墙用一种洁白的巨砖砌成，有二三十丈高。整座城池被一个厚厚的白色光罩笼罩着，散发出柔和的白色光芒。

透过光罩可以看到城内的一幢幢建筑，都是些商铺。城池中央耸立着一座白色高塔，比城墙高出许多，看起来十分雄伟。

此城只有一个城门，城门上写着“观澜城”三个大字。

韩立放出神识一扫，便飞身落在了城门外。

此刻城门口排着长队，不少修士都在等待入城。

韩立此刻变成了一个黄脸青年的模样，修为也表现出合体期的境界，并不起眼，默默地排在了队伍最后面。

“这位道友，我看你很面生啊，是第一次来观澜城吗？”韩立刚刚落下，前面一个身材微胖、圆脸黑肤的青年转过身来笑呵呵地搭腔，一副自来熟的样子。

“正是。”韩立点了点头，淡淡回道。

“哦，道友是哪里人士？来观澜城，也是想出海猎杀妖兽吗？”圆脸青年似乎没有察觉到韩立的冷淡，笑容丝毫不减，继续问道。

韩立没有回答，扫了此人一眼，发现此人是合体后期修为。

圆脸青年被韩立看了一眼，笑容一僵，干笑了几声道：“哈哈，是在下唐突了。在下秦重，在这观澜城还算有几分名气，道友若是想在此地组队猎杀妖兽，可以随时找我。”

“原来是秦道友，在下姓柳。”韩立脸上神情稍缓，点头说道。

“原来是柳道友，幸会。”圆脸青年笑着道。

这名叫秦重的青年异常健谈，两人闲聊了几句，气氛很快缓和下来。

“秦道友，你可知这座观澜城是何时所建？在下数百年前来过此地，那时并没有这座城池啊。”韩立看似随意地问道。

“柳道友有所不知，这座观澜城是百余年前新建的，城内有通往黑风海域的传送阵，时常有黑风海域的产物出现，这些年越发出名，吸引了不少人来此，所以这里近年来很兴旺。”秦重解释道。

第175章

旁敲侧击

“原来如此。”韩立点头，心中却微沉。

如此看来，黑风海域和外界的联系比以前加强了很多，这对于黑风海域来说，应该是利大于弊，毕竟与北寒仙域的其他区域相比，黑风海域原本的修炼资源是比较贫乏的，如今有了更多的资源，即便是地仙，修炼速度也将大增。但对想要避风头的他来说，可不是什么好事。

两人谈话之际，队伍在不断往前挪，很快就轮到了两人。

缴纳入城费用后，韩立很快进入了城内。

观澜城内各处透着一股新颖，地面、街道几乎一尘不染，果然是刚刚建立的新城池。

韩立目光四下一扫，抬头望向了城内的白塔。

这白塔分为上下五层，塔顶悬浮着五根蓝色玉柱，每一根都有数丈高，水桶粗细，上面铭刻着无数符文。

五根玉柱发出蔚蓝光芒，彼此呼应，散发出阵阵强大的星光之力波动。

“柳道友来观澜城，是想去黑风海域吧？”秦重并没有走开，看到韩立望向白塔，压低声音问道。

“观澜城去黑风海域的传送阵是不是也是百年开启一次？”韩立闻言，缓缓点了点头，问道。

来观澜城的人，至少有一半是去黑风海域的，他倒是没有必要隐瞒。

“是这样没错，而且道友来得巧，距离下一次传送阵开启只有两年时间。只不过现在想去黑风海域的人很多，名额争夺非常激烈，柳道友若是想赶上这一趟，恐怕不容易。”秦重意有所指地说道。

“哦，听秦道友此话，莫非有途径能拿到传送名额？还请赐教。”韩立不动声色地说道。

从城内人流如织的情况来看，这传送名额八成比较抢手。

当然，韩立若是展现真正的实力，想拿到名额自然轻而易举，但这可能暴露自己的身份，若是能从秦重这里拿到一个名额，就算是多花些仙元石，他也愿意。

“赐教不敢当，在下手中确实有一个传送名额，柳道友若是有兴趣，我们可以详细谈一谈。”秦重神秘一笑，看了看不远处的一家酒楼。

“当然。”韩立点头道。

两人走进酒楼，要了一间雅间，点了一些酒菜。

“这个酒楼的清灵酒味道非常不错，柳道友可以尝尝。”秦重给韩立斟了一杯酒，笑呵呵地说道。

酒水呈现碧青色，隐隐有一股灵雾在上面飘荡，散发出沁人心脾的酒香。

韩立看了一眼，并没有动。

秦重却似颇为好酒，一连自斟自饮了两杯。

“秦道友，酒可以慢慢喝，先说说传送名额之事吧。”韩立看秦重又倒第三杯，赶忙开口道。

“柳道友见笑了，在下虽早已辟谷，但对于这美酒，总是割舍不下。那就言归正传吧，看得出柳兄是爽快之人，我就有话直说了。”秦重干笑一声，放下了酒壶，神情严肃了几分。

“但说无妨。”韩立说道。

“柳道友首次来观澜城，对这里的情况恐怕不了解。现在想去黑风海域的人很多，而且不知为何，这些年黑风海域对传送名额的管理比以前严格了很多，并非有仙元石就能获得，还需要有本地势力作保，故而一般的外来修士想要进入黑风海域，难度大增。”秦重如此说道。

“我素闻黑风海域与仙域其他地方不同，相对封闭且自成一界，修士大多以地仙为主，为了避免风险，黑风海域加强管理倒也无可厚非。秦道友先说说你的那个名额吧。”韩立若有所思地点点头，缓缓说道。

“在下这个名额，其实不是在下自己的，而是我一个好友的。他原本打算前往黑风海域做一笔生意，但最近他的修为恰好到了破关的关头，需要一些丹药辅助，所以才想将这个名额卖出去。”秦重没有从韩立脸上看到丝毫急切之色，只得继续说道。

“原来如此。不过，既然传送名额如此紧俏，你那位朋友想卖掉名额应该早就卖掉了吧，也不会留到今日了。秦道友还有什么话，就请直说吧。”韩立缓缓说道。

“不瞒道友，我那朋友手头有些拮据，所以这个名额自然要价贵了一些。”秦重哈哈一笑，不好意思地说道。

“贵友要价多少？”韩立听完，心中一松，问道。

“十五块仙元石。”秦重略一犹豫，答道。

“十五块？若我没记错的话，以前一个名额应该是五块仙元石吧？”韩立挑了挑眉，说道。

“呵呵，明面上的价钱倒是没涨，仍是五块仙元石，不过柳道友也知道现在传送名额紧俏，黑市中虽然偶尔有名额出现，但要价都在十块仙元石左右，而且他们不负责找人作保。十五块仙元石虽然贵了些，但我那朋友的家族在本地很有威望，可以免费为你担保。”秦重立刻说道。

“是吗？”韩立摸了摸下巴，似乎在犹豫。

“柳道友你有所不知，黑风岛现在对传送阵越来越重视，严查出入之人，若是传送到黑风海域的人惹出什么事情，那些作保的势力会被黑风岛处以很重的惩罚。所以现在观澜城一些有头有脸的势力，都不愿意随意为外人作保，即便花仙元石打点，也需要一笔巨款，五块仙元石未必能办到。”秦重连忙又说道。

“既然如此，秦道友为何这么肯定，贵友的家族愿意给在下作保？”韩立又问道。

“呵呵，关于此事，我那朋友自然早就考虑到了，故而在拜托秦某出售此名额时，也要我了解一下对方的身份。秦某和道友虽然接触时间不长，但从这一路上的交谈可以看出，阁下并非穷凶极恶之人。”秦重呵呵一笑道。

韩立闻言，点头道：“既然秦道友说到这个份上，那好吧，我答应了。”

“那我立刻通知我朋友过来交易。”秦重闻言，眼中闪过一丝喜色，连忙道。

“好，我就在这里等你，还望秦道友快去快回。”韩立点了点头。

秦重将杯中美酒一饮而尽，这才意犹未尽地站起身来，朝韩立一拱手，快步走了出去。

韩立待秦重离开后，眉头皱了起来，他站起身走到窗边，眺望远处的白塔。

看来这些年来，原本还算平静的黑风海域发生了不小的变化，自己这趟回来，不知是否正确。

转眼半个时辰过去了。

雅间的门“吱呀”一声被人推开，秦重笑容满面地走了进来。

他的身后跟着一个身穿白衣的女子，女子头戴斗笠，斗笠上垂下一道面纱，遮住了容貌。

韩立眉毛微挑。

白衣女子取下面纱，露出真容，长相秀美。女子脸色异常苍白，蒙了一层白色冰晶一般，全身上下散发出一股寒气。

韩立脸上露出些许诧异之色，很快便恢复了平静。

“让柳道友久等了。”秦重有些抱歉地说道。

“哪里，这点时间在下还是能等的。”韩立淡淡说道，随即将视线转向白衣女子，露出些许垂询之意。

“不错，传送名额正是我这位好友的。”秦重看了白衣女子一眼，眼中流露出深深的爱意，一副情根深种的模样。

白衣女子俏脸微红，略带羞涩地瞪了秦重一眼，那眼神似带着几分绵绵情意。

两人显然是修炼了数万年的修仙者，如今却完全是一副郎有情妾有意的小情侣状态，看得韩立不禁暗翻白眼。

“小女子雪洛，见过柳道友。”白衣女子随即朝着韩立略微点头，有些羞涩地说道。

“原来是雪仙子，柳某有礼了。不知能否让在下先看看传送信物？”韩立点了点头，说道。

白衣女子和秦重一样，都是合体期巅峰修为，而且看她身上的气息，确实是即将突破的征兆。

“自然。”雪洛取出一块巴掌大小的黑色令牌，令牌一面刻着“黑风”二字，另一面则刻着“挪移”二字，和当初韩立从黑风岛主那里得来的令牌一模一样。

韩立接过令牌，翻看过后，点了点头。然后他伸手在面前一挥，桌面上便多出了十块仙元石。

雪洛见状，秀眉轻蹙。

“柳道友，我们说好的可是十五块仙元石！”秦重面色微沉，说道。

“不瞒两位，在下同样囊中羞涩，仙元石只有这十块，剩下的五块用这些东西抵偿如何？”韩立说着，再次轻轻一拂衣袖，桌面上就多出了五块乳白色晶石，每一块都有拳头大小，散发出丝丝寒气。

他倒不是在乎区区五块仙元石，只是以他如今所展现的合体期修为，若是轻易拿出十五块仙元石，着实有些太显眼了。要知道，在黑风海域，即便是修为达到真仙境初期的地仙，全副家当也未必有十五块仙元石。

“寒魄晶！”雪洛的目光落在这些乳白色晶石上，顿时大喜，拿起一块晶石仔细端详起来。

一旁的秦重本还想说些什么，在看到雪洛的神色变化后，当即闭口不言了。

“用这五块寒魄晶抵偿五块仙元石，两位没有意见吧？”韩立缓缓地问道。

“没有问题。”雪洛立刻点头，飞快将五块乳白色晶石收了起来，似乎生怕韩立反悔一般。

韩立淡淡一笑，不慌不忙地将黑色令牌收了起来。

“关于担保之事，柳道友不用担心，只需随我去雪家一趟，很快就能办好。”雪洛随即又说道。

“好，此事便拜托雪仙子了。”韩立点了点头。

“柳道友，不知……这寒魄晶你身上还有吗？”雪洛犹豫了一下，眼巴巴地看着韩立，问道。

“怎么，雪仙子是想买吗？”韩立摸了摸鼻子，问道。

“此物对我非常有用，柳道友若是有的话，小女子愿意高价购买。”雪洛与秦重互望了一眼后，点头说道。

“还请柳道友帮忙，秦某感激不尽。道友若有需要在下之处，秦某绝不推辞。”秦重见状，也立刻恳求道。

“寒魄晶我确实还有两块。”韩立看了两人一眼，单手轻挥，桌子上便多出了两块乳白色晶石。

这两块寒魄晶每一块都有两个拳头大，个头品相远胜刚刚那五块。

雪洛见此，心中一喜，不过她并没有冒失地去碰这两块寒魄晶，而是深吸了一口气后，对韩立说道：“还请柳道友割爱，价钱方面不用担心。”

“这寒魄晶本是在下偶得之物，既然雪仙子需要，就送给你好了。”韩立将两块寒魄晶推到了雪洛身前。

“正所谓无功不受禄，小女子岂能无故收下如此大礼？还请道友说个价钱吧。”雪洛眼中闪过一丝惊讶之色，摇头道。

“既然雪仙子如此说，在下就不客气了。仙子既是观澜城的世家子弟，想必消息灵通，不知黑风海域近年来发生了什么大事？此外，黑风岛为何加强了对前往黑风海域之人的检查？只要道友能回答在下这两个问题，这两块寒魄晶我愿意无偿赠送给你。”韩立摆了摆手，如此说道。

“道友此话当真？”雪洛眼中闪过一丝喜色，追问道。

“柳某言出必践。”韩立毫不犹豫地说道。

“其实观澜城和黑风海域虽然只隔了一座传送阵，但彼此之间的消息非常闭塞，我们知道的东西也不多。若说黑风海域最近发生的大事，就是最大的两股势力黑风岛和青羽岛之间的争斗了，这些年双方的争斗已渐渐摆上明面，而且有愈演愈烈之势。”雪洛沉吟了一下后，认真说道。

“哦，偏远的海域是否也被牵扯其中？”韩立眼神微闪，立刻问道。

“这个倒是不清楚，不过听从那边过来的人说，战斗范围仍然限于中心区域，偏远的海域还算平静。柳道友，我知道的大致就这些了。”雪洛摇了摇头，说道。

韩立点了点头，乌蒙岛地处偏僻，应该还未被波及。

“对了，我十几年前倒是听一个从黑风海域过来的道友说起过一件事情，据说当时也引起了不小的轰动。”一旁的秦重忽然开口道。

“哦，什么事情？”韩立心中一动，立刻问道。

“具体情况我不太清楚，似乎是黑风海域外围某处的落魄惊风，不知为何突然朝着海域内部侵袭，一连毁掉了数座海岛。”秦重说道。

“落魄惊风……”韩立听完，微微一怔。

“此事我也略有耳闻，这落魄惊风作为一层让黑风海域与世隔绝的天然屏障，已存在不知多少万年，此前可是从未发生过异样。”雪洛也附和道。

“好，此事我知道了。那在下所提的第二个问题，不知两位可知道是什么原因？”韩立点点头，随即又问道。

雪洛和秦重对视一眼，摇了摇头，道：“关于这个问题，其实观澜城内很多人都想知道原因，可惜一直无从得知。”

“这样啊……不管如何，两位回答了在下的一个问题，可以拿走一块寒魄晶。”韩立皱了皱眉，随即说道。

“那就多谢柳道友了。”雪洛拿起一块晶石收了起来，随后又看向了另一块寒魄晶，问道，“至于这一块寒魄晶，小女子愿意出两块仙元石购买，不知道友能否割爱？”

韩立闻言，没有拒绝。

三人在酒楼坐了片刻，便起身离开。

韩立随着两人去了一趟雪家，那里是位于观澜城东的一个规模不小的商会。

雪洛言而有信，很快就完成了为韩立担保之事。至此，双方各取所需，交易算是完美完成了。

韩立谢绝了雪洛的挽留，很快告辞离开。

“此行倒是顺利得很。”蟹道人的声音在韩立耳中响起。

“是啊。”韩立喃喃自语，翻手取出一块白色令牌。

令牌的一面刻着白色禽鸟图案，那鸟扁头鹰嘴，颇为奇异，令牌的另一面则写着“雪家”二字。

这是雪家的令牌，雪洛赠给韩立的。韩立看着这令牌，眼中流露出思索之色。

“这令牌怎么了，有何不妥？”蟹道人问道。

“没什么，只是觉得这上面的飞禽图案有些特别。”韩立摇了摇头，说道。

这个图案他在黑风海域见过，若他没有记错，这个白色飞禽图案是乌蒙岛附近一个颇大的岛屿势力，雪鸢岛的标记。

据乌蒙岛的史料记载，数万年前，雪鸢岛上的所有人突然全部消失，这件事成了那一片海域的一个不解之谜。

不知道雪家和当年的雪鸢岛有没有关系。

韩立很快将令牌收起，不再想这些琐事，但他的眉宇间仍然有一丝愁意挥之不去。

“怎么，你还在担心黑风海域的变故？你不是说，那里最厉害的不过是黑风岛主，一名真仙后期的地仙，以你的实力还用得着如此担忧？”蟹道人说道。

“话是这么说，不过不知为何，我总觉得有些不安。”韩立说道。

“我看你是因为这些时日一直在躲避天庭的追捕，有些疑神疑鬼了。”蟹道人说道。

“希望是我多心了吧。”韩立自嘲地说道，神情却没有放松。

很快韩立来到了城东一条街道上。此刻正值中午，这里人流如川。

这些人修为都不低，达到炼虚期、合体期修为的大有人在，应该都是散修，来此狩猎寻宝的。

街道两旁的商铺大多数是材料铺子，里面的各种灵草、妖兽材料都非常新鲜，显然是刚刚收购而来。

韩立心事已了，正好闲来无事，索性在各家店铺内闲逛起来。

观澜城虽然规模不大，商铺不算多，店里面的东西也都杂七杂八，但其中不乏稀罕之物，让他颇有收获，越逛兴致越高了。

不多时，他在一家规模较大的材料商铺前停下脚步，从门外望去，里面的东西颇多，堆放在十几个架子上。

韩立脸上露出一丝笑容，迈步走了进去。

就在此刻，一个白衣青年恰好从里面走出来，两人擦肩而过。

韩立停下脚步，转身看了白衣青年的背影一眼，脸上露出些许惊讶之色。

那白衣青年表现出的修为是合体后期，但韩立一眼便看出了此人的真实修为，赫然达到了真仙境初期。而且此人隐匿气息的手段异常高明，若非他的神识强大无比，未必能发现。

白衣青年并未注意到身后韩立的目光，快步走进人群中，很快消失无踪。

韩立收回目光，摇了摇头，迈步走进了商铺。毕竟高阶修士隐匿真实的修为很正常，自己也是这样。

“这位客官，可是需要什么？”掌柜看到韩立进来，连忙热情地迎了上来。

大半日后，韩立已在城内逛了一圈，将所有店铺都逛了一遍，买到了几件不错的材料，还有两种罕见的灵草种子。

或许是观澜城刚刚建立，又地处偏僻，此处还没有出现仙栈。这一发现倒是让他心中轻松了几分。

此刻，韩立站在城池中心，望着前方不远处的那座白塔。

夜幕下，白塔通体散发出晶莹的光芒，与月光交相辉映，看起来颇有几分特别的意境。

只是此刻白塔大门紧闭，看不到里面的情况。他并没有用神识强行探查，在原地待了片刻后，便转身离开，在城西偏僻处找了一个客栈住下，开始闭关修炼。

第176章

封城

韩立在这间客栈的密室中一待就是近两年时间。

在此期间，他偶尔出关，每次都是改头换面在城内各个商铺转一圈，一边打听外界及仙宫的动态，一边看看是否有什么值得采购的灵材等物。

或许是黑风海域的确很偏僻，以至于观澜城这里至今没有北寒仙宫之人出没，不过烛龙道发生异变之事，还是传到了这里，成为近些年整个北寒仙域最轰动之事。

对于此事，韩立多加关注了几分，在得知呼言道人并未落入北寒仙宫手中后，心中隐隐一松，只是有些疑惑仙宫为何没在荒澜大陆的仙栈中对自己进行通缉。

除此之外，身为烛龙道十三金仙道主之一、半步太乙的百里道主，似乎也没有栽在萧晋寒之手。虽然此人与自己没有什么关系，但听到这个消息韩立还是很欣慰，毕竟他如今正被北寒仙宫通缉，有人分散仙宫的注意力，自然不是坏事。

这一日，观澜城中央。

五层白塔通体散发出耀眼光芒，塔顶腾起一道蓝色光柱，冲天而起，气势惊人。

城内不少修士围在白塔周围，看着一个个进入塔内的修士，丝毫不掩饰脸上的羡慕之色。

能够进入塔中之人，都是拿到了传送资格之人，据传近些年有不少修士从黑风海域捞到了好处，这也是观澜城这座新建不过百年的小城，如今能够如此兴盛的主要原因。

在人群之中，有一名手持折扇的白面书生，也望着白塔，面无表情，不知在想些什么。

忽然，他从人群中走出，将手中折扇一收，朝白塔走去。

此人不是别人，正是乔装后的韩立。

进入白塔后，穿过一段不长的走廊，眼前便豁然开朗，出现一个空旷的大厅，厅门口一左一右站着两名黑袍修士。

两人身上的长袍韩立倒也眼熟，正是黑风岛的服饰。

“请道友出示传送令牌和担保证明。”左手边的灰发男子朝韩立点了点头，客气地说道。

韩立也不说二话，直接翻手取出了两物，交给灰发男子。

灰发男子取出一块白色玉圭，微微一晃，一道白光从中射出，罩住了两件物品。玉圭上晶光一闪，浮现两个拳头大小的金色符文，一闪而逝。

“道友请进。”右手边的驼背老者见状，用沙哑的声音说道。

韩立点头，迈步走了进去。

大厅呈长方形，地面铺着洁白的玉石地砖，墙壁上刻着密密麻麻的符文，散发出乳白色光芒，将整个大厅照得通透明亮。

厅内除了数名身穿黑袍的黑风岛修士外，还有二十余名服饰各异的修士，在静静地等待着。

传送阵在大厅最深处，虽尚未启动，但散发出一阵阵微弱的空间波动。

韩立的到来，并没有引起多少人注意，除了有几人投来打量的目光外，其余人视若无睹。

韩立的目光看似随意地在厅内一扫，同时脚步不停走到一处无人的角落站定，盘膝坐了下来。

他神色如常，心中却微微一动，因为两年前在他刚进观澜城时偶遇的那名隐匿修为的白衣男子，正站在距他十余丈外的地方。

若仅仅碰到一个见过之人，他自然不会多想，毕竟一名真仙想进入黑风海域，也不算什么奇怪之事。

但此人周围还站着五六名修士，虽然服饰打扮不同，但无一例外都是隐匿了真仙境修为，以合体期示人。尤其是一名正闭目养神的中年人，剑眉方脸，气质超众，赫然是一名真仙境后期的修士，是在场众人中，除自己之外，修为最高之人。

这一群实力不俗的真仙集体前往黑风海域，可就有些耐人寻味了。

不过只要这些人不妨碍自己，韩立自然也懒得多管闲事，只是他心中对这些人多了几分警惕。

时间一点点过去，约莫一个时辰后，厅内又多出了十余名修士。

“呵呵，让诸位久等了，启动传送大阵的时辰就快到了。”一个清亮的声音响起，一名鹤发童颜的黑袍老者不知从哪里走了出来。

人群一阵骚动，不少原本闭目调息之人，纷纷站了起来。

韩立也随着众人起身，他发现自己与这名老者倒也算有过一面之缘，此人正是那名被称为“易老”的散仙。

“诸位想必知道，今时不同往日，在进入黑风海域前，还请诸位先依次通过这座感应法阵。”鹤发老者的目光从众人身上一一扫过，同时单手一抬，朝身前掐诀一点。

“嗡！”

在鹤发老者与众人中间的地面上，数块玉石地砖骤然金光一亮，从中飞出无数金色符文，符文交织缠绕，很快凝聚成一个金光闪闪的圆环。

圆环之中，隐约可见数个大大小小的金色光团在跳动，发出“嘶嘶”声。

韩立眼中蓝光一闪，发现这些光团都是由无数金篆文组成，看起来十分玄妙。他脸上神色未变，心中却是一沉。

在场的大多数修士对于眼前出现的这一幕，并不觉得稀奇，除了少数人面露诧异之色，并与周围之人小声议论了几句外，其余人已经开始依次从圆环之中穿过。

每当有人穿过圆环，圆环周围的金色光团便会微微一颤，出现些许变化。

鹤发老者从始至终一直盯着圆环，似乎在观察着什么。

不多时，便有十余人通过圆环，进入了传送阵之中，之前被韩立注意的那名白衣修士也安然通过了圆环，并没有出现丝毫异常。

“这位道友，在下乌蒙岛洛石，数百年前因族内之事离开黑风海域，那时似乎并没有这个环节，莫不是近些年黑风海域出了什么事？”韩立没有立刻上前，而是朝身旁一名合体期的紫发少妇小声询问道。

从此人的衣着打扮来看，应该是来自黑风海域楠礼岛的修士，他记得此岛属于黑风岛势力一方。

“道友离开黑风海域这么多年，不知情也正常。这是陆岛主在百年前新定下的规矩，具体为何我不是很清楚，似乎是和一名邪修有关。”紫发少妇正打算提步朝那圆环走去，闻言看了韩立一眼，解释道。

“原来如此，多谢道友解惑。”韩立笑着拱手道。

紫发少妇摆了摆手，当即起身，朝圆环走去。

“一名邪修……”韩立又打量了那金色圆环一眼，心中念头飞快转动。

听到紫发少妇提及“邪修”，他下意识想到的便是自己，毕竟自己以真仙境修为杀了陶羽这个颇有背景的金仙，真的很有可能被北寒仙宫定义为邪修。

但很快，他便否定了自己的这个想法。

先不说他从未听说过黑风岛与北寒仙宫有什么关联，仅从这一探查身份的禁制在百年前已存在便可知，此举与自己应该没什么关系。毕竟百年前，他还好好地待在烛龙道，并没有做出什么出格之事。

此外，那名隐匿修为的白衣修士并未在此阵中引起什么反应，看来设下此禁制之人，对于修士的真实修为并不关注。

韩立犹豫的这段时间，在场修士大多数通过了金色圆环，周围剩余之人已寥寥无几，其余几名隐匿修为的真仙也已身处传送阵之中。

他轻吸一口气，迈步向前，一脚踏入了金色圆环之中。

金色圆环周围的金色光团纷纷一颤，接着一股柔和之力顿时笼罩了他的身体，仿佛一股流水从他身上淌过。

韩立心中一凛，神色如常地继续前进。

一步！

两步！

三步！

鹤发老者双手背在身后，目光盯着金色圆环，神情凝重。

金色圆环的范围并不大，韩立走了四五步便跨了过去，没有出现任何异样。这让他不禁轻呼了一口气。

紧接着，剩下几名修士也很快通过了感应法阵，并无异样情况出现。

鹤发老者点了点头，单手一扬，撤去了金色圆环。只见他另一只衣袖一扬，一道道蓝光飞射而出，分别落在韩立等人身上，化为一枚枚蓝色符箓。

下一刻，韩立只觉脚下传送法阵光芒大盛，眼前被一片白光充斥。

良久之后，他身体忽地一沉，稳定下来，眼前也恢复了清明，他发现自己身处一个圆形大殿内。

韩立对这里还有些印象，正是黑风岛的天星塔内。

“诸位道友，欢迎来到黑风海域。”一名身穿黑袍的驼背老妪站在法阵前，含笑说道。

众人纷纷对驼背老妪拱手行礼，然后纷纷离开传送阵，朝不远处的圆形门洞走去。

韩立混在人群中，缓步前行。

突然，他似乎发现了什么，脚步稍稍迟滞了一下。

就在方才，他眼角余光一扫，发现那名白衣修士并没有随众人一起，而是在走出传送法阵后，留在了殿内。

与白衣修士一样留在殿内的，还有那几名同样隐匿修为的真仙境修士。

对此，那名驼背老妪并没有说什么。这让韩立心中又生出了一丝好奇。

离开天星塔后，韩立与其他修士一样，沿着白石广场朝附近的一条街道走去，很快汇入了人流之中。

黑风城是黑风海域最为繁华的城池，而此处算是黑风城最繁华的地方，他对街道两旁的商铺建筑还有些印象。

这里的模样和当年基本一样，只是多出了几家极为奢华大气的商铺，这些商铺生意极好，众多修士进进出出，一刻也停不下来的样子。

韩立随意走进了附近一条街道，这条街道的商铺大多是材料铺子，他回首朝着天星塔望了一眼，迈步走进一家商铺。

商铺面积不大，店内没有几个客人。一个伙计看到韩立进来，立刻热情地迎了上来。

“这位客官，请问您需要什么材料？”

韩立随意地和伙计攀谈起来，余光却始终朝着天星塔广场那里望去。

小半个时辰过去，天星塔广场那边仍然没有任何动静。

韩立眉头微皱。

就在此刻，天星塔广场上一个偏僻的角落遁光一闪，一群修士浮现。

其中一人正是那个驼背老妪，后面的几人是白衣修士那一伙人，那剑眉中年人赫然在列，只是走在最后。

几人没有逗留，立刻遁光一起，朝着一个方向飞去，转眼间消失在天际。

韩立心中一动，暗道果然如此。若他没记错的话，那个方向是岛王府的位置。

他随意买了几样材料后，便离开了商铺，朝着一行人飞遁的方向望去，眼中流露出一丝犹豫之色。

然后他摇了摇头，转身朝着另一个方向走去。

不管这些人和黑风岛主是什么关系，在图谋何事，都和他无关，既然如此，他还是不要给自己惹麻烦的好。

韩立沿着街道往前走去，一连穿过好几条街道，当他从一条僻静的小巷走出来时，身形容貌再次发生了变化，化为了一个黄脸大汉。

无常盟的面具幻化外貌轻而易举，这一路上，基本每经过一个地方，他都会更换一个新的容貌打扮，以防被人认出来。

接下来的时间里，他在黑风城内四处闲逛，将缺少的东西尽数补齐。

或许是黑风海域与外界往来比以往频繁的缘故，城内确实比以前繁华了许多，以前颇为罕见的各种灵材、丹药也开始出现在各个商铺了。

小半日后，韩立才腾空而起，化为一道青光，朝远处飞去。

片刻后，他在岛王府门前的广场落下。

粗看之下，这里和以前没有多少变化，只是岛王府被层层禁制笼罩，各色光芒闪烁，更有修士在附近巡视，戒备比以前森严了许多。

韩立没有在原地多做停留，信步走进了旁边承接任务的符信殿。

殿内聚集了不少修士，比之前多了很多，发布任务的石壁仍然耸立在大殿中央，上面密密麻麻地写满了各种任务。

任务的内容和以前相比，也有所改变，现在多出了许多御敌、驻守的任务，都是为了对抗青羽岛。

甚至还有猎杀青羽岛修士的悬赏任务，每猎杀一名都有相应的奖励。

韩立飞快浏览，很快将石壁上面的所有任务都看了一遍。

石壁上没有出现任何和他有关的信息，甚至烛龙道的事情也没有提及。

韩立见此，仍旧不能完全放心。

他在大殿内转了两圈，找到几个正在看任务的修士旁敲侧击地打听了一番，确认最近确实没有任何仙宫追捕自己的迹象，这才松了一口气。

不过在离开前，为了不引人注意，他还是随意接下了一个收集某种妖兽身上材料的任务。

走出符信殿后，韩立又回头朝岛王府望了一眼，这才化为一道青光，朝着城门方向飞去。

岂料他刚刚飞至半途，异变突生！

一阵沉闷的轰鸣声突然从岛屿四面八方传来，其中夹杂着哗哗的巨响。

韩立面色微变，连忙停下了遁光，朝周围望去。

只见黑风城周围浮现数道蓝色光柱，冲天而起，仿佛栅栏一般将整个黑风城笼罩。强大的力量波动从这些光柱中散发出来，空气也随之波动起来。

一圈圈水光从蓝色光柱中散发开来，这些原本笔直的光柱迅速弯折，朝着中间汇聚而去，很快融合到一起，光柱与光柱之间也纷纷相连。

片刻之后，一个厚厚的蓝色光罩浮现，将整个城池笼罩。

光罩上光芒流转，层层叠加，一看便知是极为精妙的法阵。

韩立眉头微皱，思考片刻后，催动遁光继续往前飞去，很快到了城门口。这里聚集了不少人，各种声音交织在一起，喧闹异常。

韩立不动声色地在人群最外围落地，无声无息地汇入了人群之中。

此刻，站在人群最前方的几名修士，对身穿黑色长袍的守城护卫说道："怎么回事？为何突然开启护城大阵？""我们有要事急等着出城，几位道友能否行个方便？"

"诸位，陆岛主下令开启护城大阵，是因为得到消息，青羽岛的人意图偷袭我们黑风城。以防万一，这才启动了大阵。等到排除敌情，立刻便会撤销大阵。"护卫首领拱手冲众人扬声解释道。

韩立站在一旁，听见此话，心中有些惊讶。

他虽然得知黑风岛和青羽岛之间的矛盾日益激烈，但没想到竟已严重到要开启护城大阵的地步。而且看周围众人的反应，似乎对护卫首领此番的解释，并没有太惊讶。

“这位道友，此处的护城大阵莫非经常开启？”韩立略一思量，向身旁一个红袍老者询问道。

红袍老者闻言，有些诧异地看了韩立一眼，道：“阁下莫非不是黑风城的修士？”

“在下刚刚乘坐传送阵来到黑风岛，对这里的很多情况都不熟悉，还请阁下指教。”韩立面带微笑，十分客气地说道。

“哦，这就难怪了。黑风岛和青羽岛这些年的争斗越来越激烈，黑风城虽然是黑风岛的大本营，但是也说不上有多安全，这些年里，护城大阵确实开启了多次。”红袍老者点了点头，随即说道。

“哦，那不知双方战况如何，哪一方占据上风？”韩立略一停顿，继续问道。

“黑风岛的整体实力原本强于青羽岛，但是青羽岛这些年拉拢了很多外围岛屿，实力大增，已经能和黑风岛分庭抗礼。唉，不知这场争斗何时才能结束。”红袍老者叹息一声，说道。

韩立缓缓点头，眼神闪烁，不知在想些什么。

就在众人议论纷纷之际，一名修为达到大乘期的黑面中年人走了出来，朗声问道：“敢问阁下，何时才能撤销大阵？总不能让我们这么多人无休止地等下去吧。”

“原来是邰族长。在下也不太清楚具体的情况，或许两三日……也可能需要十天半个月吧。若是有特殊情况急需离开黑风城，可自行前往岛王府求见陆岛主，只要获得岛主授予的出城令，我等绝不阻拦。”护卫首领多看了此人一眼，说道。

黑面中年人闻言，眉头紧皱，没再说什么。

众人虽然还有些不情愿，但显然不敢得罪岛王府之人，至于前往岛王府申请出城令，自然没人真的急到如此地步。

又议论了一阵，聚集在城门口的众修士很快各自散去。

韩立眉头微皱，心中暗暗叹了一口气。

看来他运气不怎么好，若是早个一时半刻出发，此刻或许已经顺利出城了。

他朝半空的蓝色光罩打量了两眼，向身旁的红袍老者告辞一声，便转身折返而回。

护城大阵的开启在城内引起了一阵骚动，不过很快便平息了，毕竟这种情况已经多次出现，所有人虽有些腹诽，但在抱怨几句后，也就继续各行其是了。

不多时，韩立便在城内的偏僻之地找了一间客栈住下，闭门不出。

时间一点点过去，夜幕很快降临。

房间之中，原本盘膝而坐的韩立突然睁开眼睛，站了起来，单手一挥，十几道青光飞射而出，落在房间各处，结成了一个禁制。

随即，他手中掐诀，身旁浮现一道道金色雷电，朝着周围扩散而去，很快凝聚成一个金色雷阵。

“传送！”

他大喝一声，掐诀一挥，雷电法阵猛地一亮，他的身影一个模糊，当即从法阵中消失无踪。

金色雷电光芒在房间内波动了几下，很快彻底消失。

与此同时，岛王府地下深处，一间密室之内。

密室正中央摆放着一个硕大的蓝色玉台，上面悬浮着一杆杆蓝色阵旗，数量起码有一万。

耀眼的蓝光从这些阵旗上散发开来，凝聚成一个半球形蓝色光罩，笼罩了下面的蓝色玉台。而蓝色玉台上则是一座城池的浮雕，若细看之下不难发现，正是黑风城。

第177章

暴露身份

在蓝色玉台旁，一名身穿黑袍的老者正盘膝而坐，周身悬浮着数十个大大小小的蓝色玉盘，不时起伏着。

就在此刻，其中一个玉盘忽地一颤，表面闪过一道光芒。

老者立刻睁开眼睛，朝着那个玉盘望去，白眉跳动了一下。

“褚老，怎么了？”一个声音响起，密室黑暗中走出一人。这人身穿黑色锦袍，头戴羽冠，正是黑风岛岛主陆均。这么多年过去，他看起来没有什么变化，仍是一脸威严。

“禀岛主，刚刚有人穿过了护城大阵。”黑袍老者皱眉答道。

“穿过？是有人破解了护城大阵禁制吗？”陆均眉头微挑，问道。

“不是破解，而是用一种极为特别的遁术，直接穿了过去。”黑袍老者缓缓说道。

“穿了过去？”陆均听完，眉头一皱。

“那人施展的应该是一种能够驱使空间之力的秘术。你的护城大阵虽然能阻挡寻常遁法，但其中没有添加空间禁制，并不算完善，被穿过去也很正常。”另一个声音响起。黑暗中又走出来一个人影。

若是韩立在此，恐怕能一眼认出，此人正是白日里遇见的那名剑眉中年男子。

“此前倒是没听说过这种手段，或许是黑风海域地处偏僻，陆某孤陋寡闻了。”陆均面对来人，脸上的威严之意顿时退去了少许，神色间多了一丝恭敬。

“此等秘法在外面也不常见，想不到在这里竟然能遇到。”剑眉中年男子说道。

“会不会是青羽岛的人？”一旁的黑袍老者说道。

“应该不是，我和青羽真人明争暗斗了这么多年，他不可能会这种神通。否则的话，这些年此地就不会这么太平了。我估计，是今日从外面传送而来的某个修士所为吧。”陆均沉思了片刻，说道。

“希望此人和青羽岛没什么关系，只是来黑风海域猎奇而已。”黑袍老者听完，点了点头道。

“不管怎么说，此人不会是我方之人。有这么一个可以随意穿过护城禁制的人存在，总不是什么好事。”陆均眉头微蹙，说道。

“陆岛主不必多虑，我这里恰好有一个蕴含空间之力的禁制，褚道友添加到护城大阵中就是了。”剑眉中年人说着，翻手取出一套银光闪闪的阵旗阵盘，递给了黑袍老者。

黑袍老者感受到其中散发的淡淡的空间之力波动，眼睛一亮，急忙接过这套布阵器具，上下打量。

“如此，就多谢冯道友了。”陆均面色一喜，拱手道谢。

“这些都是小事，不用客气。关于那件事情，办得如何了？”冯姓中年人话锋一转，问道。

“自从接到传信，我立刻派人加强了防护，绝不让青羽岛那些人染指。”陆均沉声说道。

“青羽岛之人不足为虑，关键是轮回殿，若是青羽岛背后真有轮回殿介入，事情就麻烦了。我们丝毫不能大意！”冯姓中年人肃然说道。

“冯道友放心。”陆均点了点头，说道。

冯姓中年人嗯了一声，又叮嘱了几句，这才转身离开。

冯姓中年人一副居高临下的姿态，陆均和黑袍老者自始至终没有露出丝毫不满之色，似乎这一切都很正常。

“岛主，这里有我一人看守即可，您还是先回去休息一下吧。”黑袍老者说道。

陆均摇了摇头，看着蓝色玉台，露出些许担忧之色。

“您是在担心雨晴小姐？”黑袍老者眉头一挑，问道。

“唉，雨晴此次离岛，我总有些不放心。”陆均叹了一口气，说道。

“雨晴小姐是想为您分忧，而且流澜岛距离黑风岛不远，小姐这些年修为大增，不会出什么问题的。”黑袍老者笑道。

陆均听完，似乎安心了几分，点了点头。

黑风岛外十余万里的一处海域，天空骤然浮现一道道金色雷电，随即凝聚成一个金色雷阵。

雷阵中央，电光交织，韩立的身影从中浮现。他深深地吸了一口迎面扑来的海风，脸色轻松了几分。

韩立没有在此多待，略一定神后，便翻手取出一块玉简朝额头贴去，正是当年购买的黑风海域地图。

半晌后，他将玉简收起，然后身形一晃，朝着远处飞遁而去。

根据此前得到的消息来看，黑风岛附近这片区域并不怎么平静，虽然以韩立如今的修为，不用担心什么，但他还是尽可能地保持低调，小心翼翼地隐匿身形，飞得并不快。

一夜时间很快过去，东方天际逐渐明亮起来，一轮红日升起。海面浮现无数金鳞，异常美丽。

说起来，这黑风海域是韩立重返仙界后的第一个落脚点，他对这里怀有几分特殊的感情，仿佛这里是他在仙界的故乡一般。因此，看见这寻常的日出景色，他也觉得颇为特别。

但就在此时，他眉毛微微一挑，扭头朝着一侧望去，眼神深处闪过一丝诧异，当即停下了遁光。

因为在他的神识感应下，那个方向数千里外灵气波动剧烈，似乎有两股实力不弱的修士正在打斗。

他犹豫了一会儿，还是催动遁光朝那里疾飞而去。

不过在途中，他的身体慢慢变得透明起来，身上的青色光芒也消失无踪，整个人化为一道淡不可见的影子。

以韩立如今的遁速，数千里的距离转瞬即到，他已经到了两拨人附近。他身形一晃，直接隐匿在半空中的一朵白云中，朝着下面望去。

只见下方海面掀起滔天巨浪，各色灵光冲天而去，爆裂轰鸣声连绵不绝。

两拨修士中有一方身穿黑风岛服饰，共五人，分别是两名大乘期修士，三名合体期修士。

其中一名大乘期修士是一个二十岁上下的女子，眉目如画，驱动着一柄羽毛编织的青色羽扇，不时掀起一股股青色狂风。

另一名大乘期修士，则是一个有些面黄肌瘦的中年人，头顶悬浮着一面蓝色镜子，不时从中射出一道道粗大的蓝色光柱。

三名合体期修士则围在那女子身边，各自驱动法宝，护住女子。

与黑风岛之人对峙的，则是两名身穿青色羽袍的修士。

黑风岛一方虽然人数占优势，但此刻处于下风，因为青羽岛两人中有一名头生肉瘤的光头大汉，赫然是真仙境修士。

此刻光头大汉身前悬浮着一面漆黑大幡，幡面上是一个黑色神灵图案，看起来很像传说中的雷神。他双手掐动法诀，一道道黑色雷电从黑色大幡上浮现，朝着周围扩散开来，形成一片黑色雷海。

一道道粗大的黑色雷电从雷海中飞射而出，将黑风岛五人的攻击尽数击溃，逼得对方连连后退。

青羽岛一方的另一人白发苍苍，长着一簇山羊胡子，身上散发出大乘期的气息。

老者驱动两杆黄色长枪，化为两条黄色土龙，喷出一个个磨盘大小的土黄色光球，从旁辅助光头大汉。

韩立看向那个女子，眼中流露出些许异色。女子不是别人，正是跟他有过一面之缘的黑风岛岛主之女，陆雨晴。

“陆大小姐，想不到你身为黑风岛唯一的继承人，竟然敢离开黑风岛。我该说你胆大呢，还是不知死活？”光头大汉冷笑连连，两手掐诀一点。

“轰隆！”

光头大汉周围的雷海光芒大放，一道道粗大的雷电从中飞射而出，凝聚成五条数十丈长的巨大雷蛇，摇头摆尾地朝着黑风岛五人扑去。

陆雨晴脸色一变，娇喝一声，青色羽扇飞回她的手中，羽扇灵光大放，羽毛尽数张开，猛地一扇。

呼啸声大作，一股深青色飓风从羽扇中席卷而出，瞬间吞噬了五条巨大雷蛇。

雷蛇被青色飓风罩住，动作立刻迟钝了许多。

一旁的黄脸男子见状，手中飞快掐诀，身前的蓝色镜子陡然光芒大放，变大了数倍。

一道粗大的蓝色光柱射出，罩住了五条雷蛇，寒气从蓝色光柱中散发出来。

“咔咔！”

蓝光一闪，蓝色光柱化为一座巨大的蓝色冰山，将五条雷蛇冻在里面。

“雨晴小姐，你快走！我们拖住此人！”黄脸男子见此情形，对陆雨晴大喊道。同时他手中猛地掐诀，蓝色镜子光芒连闪，射出一道道粗大的蓝色光柱，轰向对面两人。

三名合体期修士也面露决然之色，疯狂催动法宝，朝着青羽岛两人攻去。

陆雨晴眼中流露出挣扎之色，随即一咬牙，身形一晃，化为一道青色遁光朝着远处飞射而去。

“哼！还想走！”光头大汉冷笑一声，手中法诀一变。

冰山中的五条雷蛇身上雷光一亮，化为一道道粗大雷电炸裂开来，将蓝色冰山炸裂。

冲出蓝色冰山后，黑色雷电丝毫不停，交织成一张雷电大网，迅疾无比地罩住黄脸男子等人。

“刺啦！”

几人被雷网罩住，一道道电光在他们身上流窜，全身立刻被烧得焦黑一片。

那山羊胡子老者则趁着光头大汉困住四人之际，立刻化为一道黄光，朝着陆雨晴追去。

在黑色雷电大网的笼罩下，黄脸男子等四名黑风岛修士奋力挣扎，他们的身子却仿佛被蜘蛛网罩住的小虫，牢牢地粘在电网上面，无法挣脱。

光头大汉狞笑一声，伸手在空中一点。他头顶的黑色大幡光芒大放，射出四道水桶粗细的雷电光柱，轰击在黑风岛四名修士身上。

“刺啦！”

三名合体期修士身上的护体法宝纷纷碎裂，他们连惨叫都没有发出一声，便化为了灰烬。

黄脸男子虽然修为比那三人要高，但也被雷电光柱击穿了身体。不过，他也借此从电网上挣脱，陡然化为一团红光，朝着另一个方向迅疾无比地飞遁而去。

光头大汉瞳孔一缩，法诀一变。

“呼——”

黑色大幡表面电光一亮，陡然迎风变大，朝着那团红光急追而去，几乎瞬间便拦在了红光前面。接着，大片刺目的黑色电光从幡上浮现，一下子裹住了红光。

伴随着惨叫声，那团红光化为了灰烬。

这一连串的过程看似复杂，实则前后不过几次呼吸的时间而已。

光头大汉单手一招，黑幡光芒一闪，恢复了先前的模样，再一闪就飞回了他身前。下一刻，他转身朝着陆雨晴逃遁的方向望去。

陆雨晴的遁速不慢，但也没有飞出多远，山羊胡子老者仍在追赶。

光头大汉见此，整个人蓦然化为一道黑色电光，朝着陆雨晴急追而去。前后不过十几次呼吸的工夫，黑色电光便追上了陆雨晴。

“哼！区区一名大乘期修士，真以为能逃出本尊的手心？笑话！”黑色电光中传出一声冷笑。

下一刻，一只黑色雷电巨掌从黑色电光中探出，朝着陆雨晴抓去。

巨掌未至，一股可怕的威压已经席卷而下，掀起一股狂风。陆雨晴在狂风中乱转，再也无法控制自己的身体。

她脸上露出惊慌之色，手中的青色羽扇光芒大放，变大了一倍，根根羽毛直立，散发出一股无与伦比的威势，狠狠地朝着头顶一扇。

“呼啦！”

一道粗大的青色风柱飞射而出，发出骇人的呼啸声，透出丝丝法则波动，一下挡住了黑色雷电巨掌。

“咦……玄天之宝！”光头大汉的身影浮现，面露惊讶之色，随即冷哼一声，一掌拍出。

“轰隆！”

黑色雷电巨掌陡然光芒大放，再次变大，光芒中浮现许多黑色雷电符文，也散发出一股法则之力波动。

“砰！”

青色风柱被压垮，黑色雷电巨掌继续向下抓去。

陆雨晴只觉四周空间一紧，想要挣扎，却丝毫动弹不得，面上不由得露出一丝绝望之色。

眼看黑色雷电巨掌即将落下，异变突生！

雷电巨掌一侧的空中突然传来一阵波动，接着一道青色影子鬼魅般一闪而逝。

诡异的一幕出现了！

雷电巨掌突然停在半空，然后爆裂开来，化为无数雷光消散开来。

陆雨晴恢复了自由，惊喜交加，立刻飞射而出，一闪飞到了数千丈外。她并没有趁机离开，而是朝着周围望去。

“什么人？竟敢坏我的好事！”光头大汉一声怒吼，眼睛朝着周围望去。

山羊胡子老者看到此前的一幕，面露惊色，急忙身形一晃，飞到光头大汉身旁，同样放出神识四下扫去。

周围风平浪静，没有丝毫动静。

“能破解我这一击的人，想必是一名真仙吧！怎么堂堂一名真仙竟如此偷偷摸摸，不敢见人？”光头大汉冷笑道。

“在下无意插足黑风岛和青羽岛的争斗，只是此女和我有些渊源，不知阁下能否放她一马？”一个淡淡的声音突然响起，在光头大汉两人周围回荡，却听不出是从何处传来的。

“让我放人？那得看阁下有几斤几两！”

光头大汉说着，骤然转身，看向远处空无一人的某处地方。只见黑色大幡上雷光大放，一道粗大无比的雷电光柱飞射而出，打在那处地方。

“轰！”

大片耀眼雷光轰然爆发，发出天崩地裂的巨响声。

雷光很快消散，那处地方仍然空无一人。

光头大汉一怔，脸上露出震惊之色。

就在此刻，他耳边突然响起一声叹息，随即又轻轻地吐出两个字：“风暴！”

话音刚落，光头大汉眼前的景色骤然大变，周围海域瞬间消失，他只觉自己突然出现在一片广袤的黄色沙漠中。四周狂风怒吼，入目之处都是黄沙，以及粗大的龙卷风柱。

光头大汉张口结舌，不过立刻便醒悟过来。

“幻术！”

就在此刻，“噗”的一声轻响，一道青光从他丹田中穿过，却是一柄青色飞剑，上面钉着一个元婴。

看着插在小腹上的飞剑，光头大汉双目圆睁，脸上全是不敢相信的表情。

青光一闪，周围呼啸的狂风一下消散，重新回到了海面之上。

光头大汉已经没有了气息，他身上的雷电光芒迅速消散，身体朝海中落去。

就在此刻，一道银色火焰突然出现，击中了光头大汉的尸体。

“轰隆！”

光头大汉的尸体立刻燃起银色火焰，顷刻间化为一团灰烬，飘散开来。

山羊胡子老者见状，脸色大变，眼中流露出恐惧之色。能够在瞬间将一名真仙境修士击杀，这意味着什么，他自然猜到了一些。

“前……前辈饶命……”山羊胡子老者浑身颤抖，“扑通”一声跪了下来。

就在此时，一道青色剑光浮现，以迅雷不及掩耳之势一闪而过，绕着老者的身体转了一圈。

山羊胡子老者脸上的神色瞬间凝固，没了呼吸，他的元婴也随之殒命，落入海中。

青色剑光再次一闪，消失不见。周围恢复了平静，只余下波涛的声音。

“黑风岛陆雨晴，多谢前辈救命之恩，还请前辈现身一见。”陆雨晴看着眼前这一幕，神色还算镇定，回过神后立刻冲着空中行了一礼。

白云之中，韩立翻手召回青竹蜂云剑，飞剑此刻呈透明状，上面吸附着两个储物法器和一面黑色小幡。他翻手将这些东西收了起来，丝毫没有现身的意思，正要飞遁离开。

“咦，柳大哥，是你？！”陆雨晴惊喜的声音忽地传来。

韩立心中一惊，动作停了下来，转头朝着陆雨晴看去，面色微变。

只见陆雨晴双目浮现一层波纹状的诡异黑光，仿佛一圈圈水波，朝着他看了过来。

韩立眉头一皱，被陆雨晴这一双有些诡异的眼睛盯着，他心中竟升起一种被看穿的感觉。

若是这种情况出现在一个同阶修士身上，他不会惊讶，但陆雨晴不过是一名大乘修士，竟然会这种诡异瞳术。

他心中瞬间转过无数念头，手中掐诀一挥，身形显现而出，落在了陆雨晴身前不远处。

陆雨晴看着韩立，面色一怔。

韩立看见陆雨晴的神情，心中有些奇怪，遂没有开口说话。

“柳大哥，你这个样子和当年可不一样，是此刻幻化了容貌，还是当年幻化了容貌？还是说你……从未显露过真容？”陆雨晴轻叹了一口气，语气中有些幽怨之意。

“你看不破我的幻化之术……那你是如何认出我的？”韩立眉梢一挑，缓缓说道。

陆雨晴犹豫了一下，随即笑着道：“不瞒柳大哥，我这双眼睛是天生的幻瞳鬼目，能直接看透他人的神魂，以此辨别。”

韩立闻言脸色如常，心中却是一惊，他显然没料到世上竟有如此神奇的天赋灵瞳。

无常盟面具的幻化之术虽然奇妙，但仅能改变外貌，并不能改变神魂，难怪她能认出自己。

一想到这里，他不由摸了摸鼻子，心中苦笑了一声。他曾经救过陆雨晴，算是旧识，原以为只是顺手为之，却暴露了身份。但如今人已经救了，总不能再杀人灭口吧？韩立毕竟不是铁石心肠之人，无法对一名无辜女子做出此种翻脸无情之事。

第178章

重返乌蒙

“柳大哥你放心，今日这里发生之事我不会告诉任何人，包括父亲大人。”陆雨晴似乎看出了韩立内心的不安，郑重地保证道。

“多谢。在下一介散修，实在不想卷入你们黑风岛和青羽岛的争斗之中。”韩立闻言一怔，点头道。

“柳大哥救了我的性命，若说谢也应该是我说。”陆雨晴轻笑一声，说道。

韩立淡淡一笑，没有说话。

他刚刚仔细想了一下，其实行踪泄露也没什么关系。对方最多知道一名叫作柳石的散修而已，他当年登上黑风岛的时候改变了容貌，对方未必能查到他就是乌蒙岛的柳石，毕竟黑风海域修士众多，同名同姓之人并不罕见。

想到这里，他心中坦然了几分。

“不过，我们黑风岛和青羽岛的争斗，恐怕范围还会继续变大，迟早会将整个黑风海域的人都卷入其中，你想要独善其身，只怕不易。柳大哥两度救我，雨晴感激万分，父亲大人当年对你很推崇，柳大哥若是……若是肯来我们黑风岛，肯定会得到重用，黑风岛对长老的待遇都是极好的。”陆雨晴斟酌词句，缓缓说道。

韩立闻言面色未变，不置可否地淡淡一笑。

陆雨晴见状，眼中闪过一丝失望之色，随即取出一块黑色令牌递了过去，道：“柳大哥既然主意已定，小女子也就不再多说了。这是我的贴身令牌，柳大哥以后若是要去黑风岛，凭借这块令牌便能自由出入。”

韩立闻言，伸手接过令牌，扫了一眼后翻手收了起来。

“我还有要事在身，就此告辞。陆道友你也赶快返回黑风岛吧，此处并不安全。”韩立说完，化为一道青光，朝着远处飞射而去，转眼间消失在远处。

陆雨晴目送韩立离开，神情有些怅然若失。她很快也转身朝着黑风岛飞去。

韩立往前飞了一段距离，眼神微闪，忽地改变方向，朝着另一个方向飞遁而去。

又飞了半日，终于离开了黑风岛和青羽岛的交战之地。韩立立刻提高遁速，仿佛一道青色闪电划过天际。

如此飞了十几日，渐渐到了黑风海域极为偏僻的区域，连岛屿也难得见到一个。

韩立停下遁光，目光四下一扫，当即将神识释放开来。

下一刻，他猛然一个俯冲，“扑哧”一声没入了海中。

在海底潜行片刻，一道幽深的海沟出现在韩立前面。他遁速不减，很快到了底部。

他找了一处平坦之地，翻手取出一套蓝色阵旗阵盘，一一布置在此地。

这套法阵颇为繁复，韩立整整布置了一个多时辰才完成。他口中念念有词，一个蓝色光罩浮现，瞬间笼罩了方圆数十丈。

只是这蓝色光罩的颜色极为暗淡，在海水中更是难以辨认，即便是近距离观察，不注意也看不到，而且丝毫没有散发出法力波动。

韩立略一感应后，眼中闪过一丝满意之色，随即单手一挥，祭出十几根金色拘雷木。每一根拘雷木上都刻满了符文，正是他的远距离传送雷阵。虽然陆雨晴承诺不将他的行迹外泄，他也不敢有丝毫大意。

花了一日一夜，他终于将传送雷阵布置完毕。

韩立挥手打出一道法诀，传送雷阵中顿时浮现一道金色雷光，噼啪作响。雷阵嗡嗡运转，周围的空气也随之波动起来。

不过，这些雷光震颤被外面的蓝色禁制隔绝，丝毫没有传递到外面。

看见此景，韩立急忙停止施法，点了点头。接着，他又仔细检查了一番，确认没有任何问题后，悄然离开了这片海域。

一个月之后。

一轮红日渐渐从水天交接处探出，整座乌蒙岛被雾气笼罩着。

海风吹拂，雾气慢慢散去，岛上的凡人城镇陆续升起袅袅炊烟，到处是一派祥和的景象。

岛屿某处上空青光一闪，韩立的身影浮现。

他再次施展隐身术，全身被一层淡淡的水光包裹着，仿佛一道影子，融入空气之中。

韩立感受着此处的安静平和，面上微微一松。现在的黑风海域，只有在乌蒙岛这种偏远的小岛上，还能享受几分宁静了。

韩立朝着下面望去，忽地一怔。

岛上其他地方基本没有什么变化，只有洛家原本那些村舍消失无踪，取而代之的是一片富丽堂皇的宫殿，琼楼玉台坐落其中，瑶池莲花争相绽放，仙鹤灵禽盘旋飞舞，一派仙家盛景的样子。

一道道遁光在宫殿各处飞驰，都是洛家子弟。乍看，数量比之前多了许多，修为境界也比之前高了不少，看来这些年乌蒙岛的繁衍生息很顺利。岛上各处的凡人城池也很兴盛，人口大增。

韩立脸上露出一丝满意之色，他身形一晃，从半空消失，停在了一座宫殿前。

宫殿之内有一座巨大的祭坛，一尊神像立在祭坛顶端，正是韩立的地祇化身神像。

此刻有两个身影在祭坛下俯身参拜，口中阵阵低语。两人都达到了大乘期修为，一股股强大的信念之力从两人身上散发而出，汇聚到神像上。

片刻之后，两人停止参拜，抬起了头。

其中一人正是洛风，他的修为提高了不少。另一人身穿洛家服饰，是个浓眉大眼的中年男子。韩立对此人有些印象，是洛家一位合体期长老，名为洛铭，应该是这数百年间晋升到大乘期的。

就在此时，一阵脚步声从殿外传来，一名青年男子走了过来，同样身穿洛家服饰。此人并没有进殿，在殿外行了一礼，恭声道：“启禀族长、大长老，祭典的准备已经就绪。”

“好，那些岛主都已经来了吗？”洛风站了起来，问道。

“铁岩岛主和晨钟岛主传信过来说已经动身赶来，灵云岛主说暮云岛上有要事需要处理，会迟些动身，但绝不会耽误明日的祭典大礼。”青年男子恭敬地回答道。

韩立听完，眼中流露出些许惊讶之色。

铁岩和晨钟两人是当年他收服了寒丘和鹄骨夫人之后，归顺的两个散仙，被他指派去蓝晶两族的岛屿坐镇。暮云岛是乌蒙岛附近的一个岛屿，听青年男子的话，此岛似乎也已经归顺乌蒙岛。

想到这里，韩立点了点头。

看来洛风等人经营得不错，乌蒙岛势力逐渐壮大，应该已是这片海域颇大的一股势力了。

至于那个祭典，乌蒙岛确实有这个习俗，似乎是每五十年举行一次。

“很好，下去吧，祭典一切按照议程进行，不可有一丝差错。”洛风一挥手，吩咐道。

“是。”青年男子恭敬行礼，退了下去。

“族长，此次祭典，柳石大人是否会出席？”待青年男子走后，洛铭问道。

“柳石大人忙于修炼，恐怕不会出席。”洛风略一沉吟，说道。

“大人已经数百年未在人前现身，不会是修炼出了什么问题吧？”洛铭有些迟疑地说道。

“休得胡言！大人修为高深莫测，怎么会出问题！而且修为到了他那等境界，闭关数百年乃至上千年都是再寻常不过之事，这等话以后切不可再说！”洛风脸色一沉，训斥道。

“这等无稽之谈，我自然不会相信，只是岛上族人之前经历了洛蒙祖神失踪的事情，这些年岛上虽然安定，但很多人心中仍有些惊魂未定，生怕又出现祖神消失的事情。现在黑风海域战乱不断，很多族人惶恐不安，柳石大人数百年未曾出现，已经有人私下谈论了。铁岩、灵云等人虽然表面臣服恭敬，但柳石大人若是长时间不露面，难保那些人不会生出二心。”洛铭说道。

洛风听完，眉头皱起。

“族长，不如您去向柳石大人请示一下，此次祭典可否请大人出席，哪怕是露一面也好。”洛铭建议道。

“好吧，稍后我去向大人请示一下。”洛风点了点头。

接下来，两人又谈起了祭典的具体事宜，韩立便没有继续听下去，悄然离开。

他此次过来，是想看一下洛风这些年是否按照他的指示行事，此刻看来洛风并未有所僭越，这样他就放心了。

韩立离开乌蒙岛后，来到了附近的海域。

海面上浮现一个巨大的漩涡，缓缓转动，发出“哗哗”的声音。

韩立身形一晃，飞入海水之中，很快便到了海底。

一个直径一亩的半球形蓝色光罩笼罩在海底，一层层蓝色光波在光罩上面闪烁。海水在蓝色光罩中进进出出，丝毫没有阻碍。

韩立挥手打出一道法诀，光罩上顿时浮现一个入口，他飞身而入。

光罩内，他的地祇化身盘膝坐在海底，头顶悬浮着一道蓝光，正是水之法则之丝，比起当年粗了许多，无数细小的符文在其中闪动。

强大的灵压从地祇化身身上散发而出，赫然达到了真仙境中期巅峰，距离后期也不远了。

韩立望着眼前的地祇化身，并未露出惊讶之色。

这具化身以时间晶粒炼化重水修炼，虽然中间时有间断，但速度比他服用各种丹药慢不了多少，这么多年过去，他修炼到真仙中期也正常。

就在此时，化身身上蓝光一闪，接着站起身来，海中的漩涡也缓缓消失。

“这些年，你辛苦了。”韩立淡淡地道。

“你我本就是一体，何必分彼此。这是这些年来我炼化的重水。”地衹化身淡淡地说道，翻手取出一个黑色袋子，递给了韩立。

韩立伸手去接。

“小心，很沉！”地衹化身忍不住提醒了一句，才放开手。

韩立眉梢一挑，手臂用力。

在地衹化身放手的瞬间，韩立觉得手臂猛地一沉，整个人差点被带着朝下面坠去。

“起！”

韩立低喝一声，手臂肌肉鼓起，身上浮现一层金光，这才勉强止住了袋子的下坠之势。

见此情形，他眼中闪过一丝惊讶，这小袋里究竟有多少重水？

韩立将神识探入袋中，心中念头急转。

此袋名叫天水袋，是他前些年花高价从无常盟中购来的，里面空间极大，差不多能盛下一个大湖泊的水，此刻袋子几乎被装满了。

“好！”韩立深吸了一口气，点头道。

“进阶真仙境中期，尤其是将《暗海重水经》修炼至第四层后，炼化速度增加了不少，这一袋重水用于进阶第五层，也差不了太多了。”地衹化身说道。

韩立点了点头，将天水袋收起，又挥手取出两个一模一样的小袋递给了地衹化身，同时吩咐道：“你继续修炼吧，至于时间晶粒，我会尽可能提供。”

地衹化身二话不说，接过两个小袋，再次盘膝坐下。他身上重新泛起蓝光，头顶的法则之丝轻轻颤动，散发出耀眼蓝光，幻化成一个小小的蓝色旋涡。

周围海水再次翻涌，形成一个巨大的漩涡，以地祇化身为中心，水流汇聚而来。

在地祇化身两手间，一点黑色重水渐渐浮现，并以肉眼可见的速度缓缓变大。

“等等，先停一下！”韩立见此情形，眼中闪过一丝愕然，突然说道。

地祇化身停止修炼，站了起来，他身上散发出的蓝光顿时消散。

“你刚刚说《暗海重水经》修炼到第四层后，炼化重水的速度大增？”韩立眉梢微微一挑，问道。

“差不多提升了三倍。”地祇化身木然点头答道。

“三倍！之前《暗海重水经》每提升一个境界，炼化重水的速度也有所提升吗？”韩立面上一惊，立刻追问道。

“前三层每次进阶，炼化重水的速度也有增加，但幅度不大。练成第四层后，炼化重水的速度突然大增，提升了差不多三倍。”地祇化身平静地说道。

韩立闻言，眼中闪过一丝兴奋之色。

《暗海重水经》前期进阶极慢，没想到练到后期竟然有如此奇变。

那位创造《暗海重水经》的地仙，练成第三层便无法忍耐其缓慢的修炼进度，改修了其他功法，恐怕他未曾料到这个情况吧。

不过，韩立对于《暗海重水经》是那位地仙自创的说法，持怀疑态度。

若此功法当真是那人自创，那人应该不会没预料到这个情况，很有可能功法并非那人首创，而是从别处得来的，只是对外宣称是自己创造的罢了。

“好了，没事了，你继续修炼吧。”韩立点了点头道。

他有些迫不及待想知道，若此功法能突破至第五层，炼化重水的速度是否还会有更大的提升。若真是如此，在晶粒的加持下，炼化重水的速度将达到十分恐怖的程度，未来即便是炼化第八层，甚至第九层重水，也将不再那么遥不可及。

地祇化身再次盘膝坐下，身上亮起蓝光，巨大的旋涡再次浮现。

韩立看着地祇化身，目光闪动。

就在此刻，他眉梢一挑，朝海面望去。只见一道遁光从远处飞来，停在蓝色光罩外，拱手道："洛风拜见柳石大人！"

海底光罩之中，韩立眼神微闪，片刻之后才缓缓开口道："洛风，有什么事？"

"是这样的，柳石大人，明日是我们乌蒙岛五十年一次的祭典大礼，大人您能否抽空出席一下？"洛风闻言一怔，接着面露喜色，飞快地说道。

他之前数次过来拜见，这位柳石前辈从来没有回应他，此次情况紧急，他来时内心还有几分忐忑，没想到竟然得到了回应，叫他怎能不惊喜？

海中漩涡翻滚，良久也没有回应。

"在下并非有意打扰柳石大人您修炼，只是最近黑风海域风起云涌，黑风岛和青羽岛的争斗越发激烈，波及的范围越来越广，很多族人对此颇感不安。大人若是能现身，定然可安抚族人之心……"洛风心中一急，解释道。

"好，我知道了，明日祭典之时我会现身。"韩立的声音从海底传出，打断了洛风的话。

"是，我这就去安排！"洛风闻言大喜，朝着海底行了一礼，没有多逗留，朝着乌蒙岛飞去。

光罩内，韩立收回了目光。乌蒙岛的事情，他并没有放在心上，明日他自然不会前往，到时候让地祇化身去一趟，就是了。

他这具地祇化身如今已有真仙境中期的实力，震慑那几个修为不过真仙境初期的散仙，自然绰绰有余。

他翻手取出一块玉简，正是黑风海域的地图，朝额头一贴。

现在所有事情都已经办妥，他是时候找个地方好好苦修了。乌蒙岛这里幽静安全，如今却并非一处理想的闭关之地。虽然他柳石的身份未必会曝光，但事无绝对，若是真有人顺藤摸瓜找过来，就有些麻烦了……

半个时辰后，一道微不可察的青光飞出海面，朝着远处飞遁而去。

飞了三天三夜，韩立才停下来。

此处，是比乌蒙岛更为偏僻的一片海域，入眼是浩瀚无边的海面和一座座荒芜的小岛。

岛屿上都是蛮荒的密林，从未有人踏足，更没有凡人居住。岛屿上和海中的妖兽却很多，甚至有不少合体期、大乘期的妖兽。

韩立朝着周围望去，这里的岛屿灵脉都还不错，虽然不及乌蒙岛那些大岛，但也相差不多，灵气颇为浓郁。

此处距离乌蒙岛极远，平时几乎没有修士来此，是一处理想的修炼之地，他决定在此修建洞府。至于那些妖兽，他自然不会在意。

思量间，他释放出庞大的神识，朝四面八方散发开来。

不多时，他身形一晃，落在了下方一座小岛之上。

此岛面积不大，只有方圆百里左右。小岛的正中间是一座百丈高的赤红山峰，滚滚浓烟从山峰顶端冒出，是一个火山口。因为火山时常喷发，山峰附近到处是赤红的岩石，寸草不生。

距离山峰稍远的地方是一片茂密的森林，更远处是星罗棋布的沼泽水洼，还有青青的草原。到处生机勃勃，开满了红红绿绿的花朵，其中不乏灵草灵花。

韩立目光微闪，满意地点了点头。

这座岛屿虽然不大，但灵脉确实是附近这一区域内最好的。

他来到岛上一处隐蔽的小峡谷，单手一挥，发出一道青色剑气，劈向一面山壁，岩石仿佛豆腐一般碎裂开来。

没过多久，洞府雏形便出现了。

韩立没有精雕细琢，只是在开辟药园时花了一些心思，其他地方稍作整顿便停手。随后，他翻手取出一套阵旗阵盘，布置在新洞府周围。

禁制开启后，一道柔和的青光浮现，洞府顿时消失不见，化为一片葱郁的树林，和附近的环境融为一体。

这禁制和他先前布置在海底传送雷阵外的禁制一样，没有散发出一丝气息，就是真仙修士用神识探查，也未必能发现端倪。

接着，韩立又取出了几套布阵器具，正是之前用来防护赤霞峰洞府的禁制，一一布置在洞府更外围，将洞府围得铁桶一般。最后，他又取出一套大阵，布置在岛屿外围，将整个小岛都笼罩其中。不过，这些禁制他并未激发，只是为了对付日后可能出现的外敌的。

做完这些，韩立转身走进洞府，来到了药园之中。药园他特意留得颇为开阔，甚至比此前在赤霞峰洞府内的更大一些。

他在原地站了片刻后，手臂突然连挥数下，半空中浮现一团团颜色各异的灵土，散落在药园之中。这些东西，有些是他以前准备的，有些是在回黑风海域的路上买的。

韩立随即又取出各种灵液，开始调和灵土，并在药园各处布置法阵禁制，将药园分隔成不同的区域。

做完这些，他才取出储物袋中的各种灵药灵草，小心地移植到药园内。

第179章

封岛

就在韩立整顿药园的时候，乌蒙岛上的祭典大礼拉开了帷幕。

乌蒙岛上方的天空被绚丽的霞光笼罩，岛上各处出现一处处黑色柱子，顶端放着火盆，盆中燃着熊熊火焰，给人一种庄严肃穆之感。

中央广场上，搭建了三个数十丈高的火架，顶端燃着熊熊火焰。

火架围成的中心处，耸立着一座巨大的祭坛。

祭坛顶端耸立着一座十几丈高的地祇雕像，祭坛之下密密麻麻地站满了人，洛家修士尽数在此。边上还有一些身穿其他服饰的修士，是寒晶岛等三个附属岛屿的人。

人群前面站着四个人，最左边一人正是洛风，其余三人，一个是白面青年，样貌英俊、身材修长，一副堂堂之气。一个是脸上有颗黑痣的中年儒生，给人一种阴沉之感。最右侧的是个妙龄女子，容貌颇美，薄唇瑶鼻，明眸闪动，身材窈窕，身穿一件翠绿长裙。

所有人对着祭坛上的雕像参拜，这四个人也不例外。

洛风神情庄重，参拜的举动一丝不苟。其他三人脸上却透着一丝不悦，动作明显有些敷衍。他们三人身为真仙境修士，却要向另一名真仙的雕像参拜，从内心来讲自然是不太愿意的。

时间一点点过去，祭典很快进行了大半。

洛风四人参拜完，离开了人群，在附近的椅子上坐了下来。

“洛族长，今日的祭典是乌蒙岛的大事，柳石道友不现身吗？”白面青年忽然开口问道。

“说起来，自从当年见过一面之后，柳道友一直在闭关修炼，数百年过去了仍未出关，柳道友是在修炼什么神通秘术吗？”中年儒生也问道。

妙龄女子一双美眸瞄向洛风，虽然没有开口说话，眼神中流露出的问询之意也非常明显。

洛风看了三人一眼，呵呵一笑道：“我昨日已经请示了柳石大人，他应允今日会现身和大家相见。”

“当真？”三人听到此话，神情微微一变，立刻追问。

“自然。”洛风笑道。

“柳道友能现身就太好了，如今黑风海域战乱纷纷，我们乌蒙岛要如何行事，还得他拿个主意才好。”白面青年与另外两人交换一个眼神，点头说道。

“铁岩道友所言极是，现在黑风岛各处的大小势力无不在观望，毕竟黑风岛和青羽岛势力庞大，实力雄厚，绝不是我们这样的小岛能够抗衡的。我们乌蒙岛如何行事，得尽早决定，现在是多事之秋，一个处理不当，后果不堪设想呐。”中年儒生接着说道。

白面青年正是铁岩，而这中年儒生则叫晨钟。

洛风闻言，面色一沉，默然无语。

“诸位不必如此悲观，有柳道友在，再加上我们几人，也算是一股不弱的力量，护住这几座岛屿应该不成问题。”那妙龄女子忽然开口道。

“呵呵，灵云道友倒是乐观。”铁岩淡淡一笑，有些不以为然。

祭典大礼继续进行，眼看到了尾声，韩立的身影仍然没有出现。

洛风虽然仍淡定地端坐在那里，眼神深处却不由得闪过几分焦急之色，不时朝着韩立闭关之地的方向望去。

铁岩三人的面色也渐渐古怪起来。

“看来柳道友可能是有事，无法前来……”铁岩开口说道。

他话音未落，远处天际出现一点蓝光，下一刻，蓝光迅速变大，化为一团耀眼的蓝光，在空中翻滚。

轰鸣声大作，天地元气疯狂涌动，化为一股股蓝光，往周围弥散，将祭坛附近的一切都染上了一层蓝光。

一股庞大的威压从蓝光中散发出来，笼罩了下面的所有人。

所有人脸色大变，如坠冰窖，修为稍低的人直接动弹不得。

铁岩三人面色也是大变，抬头望天。

“真仙境中期！”晨钟咽了一口口水，小声地说道，声音中充满了不敢置信。

铁岩和灵云也震惊不已，隐隐还有一丝惊惧。

半空的蓝光一闪，尽数消失，庞大的威压也随之收敛，一个蓝色人影缓缓从天而降，落在祭坛之上。

人影周身蓝光环绕，只能隐约看到一名男子的轮廓，双手背在身后。

“祖神大人！”洛风大喜，立刻上前行礼。

“参见祖神大人！”洛家族人也都露出惊喜之色，朝着蓝色身影躬身行礼。

其他岛屿之人见状，也急忙躬身。铁岩三人互望一眼，纷纷上前行礼。

“不必多礼。”蓝色人影缓缓开口，声音虽然不大，但在周围不停回荡。

众人起身，看向蓝色人影。

洛家族人眼神热切，其他三个岛屿的修士则神情各异，虽然大部分人和洛家族人一样，但也有一些人表情有些不自然。

“这些年我虽然在闭关，但几个岛上的情况，还有黑风海域的事情，我都很清楚。”蓝色人影开口说道。

铁岩三人听到此话，表情顿时一僵。

“洛风，这些年你将乌蒙岛还有其他三个岛屿管理得不错，这瓶玄月丹算是给你的奖励。”蓝色人影挥手发出一道蓝光，落在洛风身前。

蓝光消散开来，露出一个白色玉瓶。

洛风脸上露出惊喜之色，躬身接过玉瓶，道：“多谢祖神！”

铁岩三人见此，眼中闪过一丝羡慕之色。

玄月丹是大名鼎鼎的丹药，对真仙修士有不错的精进效果，此丹极为罕见，在整个黑风海域，恐怕也只有到黑风岛上才有可能买到。

“你努力修炼，争取早日突破境界，成就真仙。”蓝色人影又说道。

“在下定不负祖神大人的期望！”洛风重重点头。

“铁岩，晨钟，还有灵云，你们三位这些年也辛苦了，这三件灵宝便赐予你们。”蓝色人影再次挥手，三道光芒从他手中飞射而出，落在三人面前。

光芒消散，化为三件灵光四射的宝物，分别是一件翠绿如意，一颗白色宝珠，还有一面黄色小幡。

三件宝物散发出的法力波动极为强烈，赫然都是顶级的灵宝，距离仙器只有一步之遥。

铁岩等三人大喜，各自收起宝物，躬身道谢。

蓝色人影又一挥手，一道蓝光飞射而出，落在洛风身前，蓝光消散，露出一件储物法器。

“这里面是一些丹药资源，交给洛风你来分配，尽可能地提高乌蒙岛的实力。”蓝色人影吩咐道。

“是。”洛风领命。

“至于最近黑风岛和青羽岛之间的争斗，与我们乌蒙岛无关。为避免遭受波及，从今日起，所有人严禁离开岛屿，乌蒙岛各处岛屿闭关封岛一段时间。”蓝色人影说道。

对于韩立的这个决定，洛风等人早有预料，齐声领命。

“诸位不用担心，有我在，自会护你们周全。”蓝色人影的目光一一扫过众人，说道。

“是！”在场众人听到蓝色人影自信的言语，心中顿时一热，齐声说道。

蓝色人影点了点头，没有继续在此处停留，化为一道蓝影，朝着远处飞射而去，一闪在天边消失不见了。

铁岩等三人看着蓝色人影消失，面面相觑，此前他们心中的怀疑和其他心思早已烟消云散，取而代之的是一丝羡慕和敬畏。

数日后。

数万里外的小岛上，原本闭目盘坐的韩立突然睁开双眼，微微一笑。

通过地祇化身传回来的消息，他得知乌蒙岛一脉的四个岛屿已开启护岛禁制，封岛结印，断绝了和外界的一切联系。

这些，自然都是他事先计划好的。封岛结印，可以最大可能地避免卷入黑风岛和青羽岛之间的争斗之中，大大减少他身份泄露的可能，让他可以安心闭关。

他心中如此想着，起身来到了洞府的药园。

如今这片直径近百丈的药园，已被各色灵光禁制分割成数十个区域，每个区域的环境都不一样，以适合各种灵草的生长。

有的区域炎热，有的区域寒冷，还有的区域直接被韩立用禁制遮蔽了一切光线，里面一片漆黑，仿佛深夜一般。

各种灵草虽然在储物袋中存放了一段时间，有些蔫，但被按其生长习性栽种在灵土里后，很快便恢复了勃勃生机。

除此之外，他还将最近得到的一些灵药种子也种了下去，同时包括另一颗母豆。

如今他手中的道兵数量太少，能发挥的作用有限，若是数量够多，能发挥出更大的作用。

在这些灵药之中，韩立最看重的是万轮果、落英花、血晶藕这三种万轮丹的主灵材，他将它们种在了最好的区域，所用的灵土也都是最好的。

尤其是那截血晶藕，他更是花了不少心血专门开辟出一个灵池，将其种植在里面。

万轮丹的所有辅助材料他已经备齐，数量充足，只要培育出足够数量的三种主灵材，他就可以开始炼丹了。

韩立将这三种灵药仔细地检查了一遍后，将掌天瓶交给了巨猿傀儡，吩咐它按时浇灌，便离开了药园，回到密室内盘膝坐下。

如今炼制万轮丹的材料已基本没有问题，只要再等一些时日，他就能开始炼制了。

现在比较让他挂心的是道丹，主材料和辅材虽然基本收集得差不多了，但是还差天造参和露凝草这两种灵药，至今没有着落。

韩立如此想着，翻手取出无常盟面具戴在脸上。

青光闪动，他熟练地翻看起之前发布的任务来，然而对于这两种灵材的求购，仍然无人应答。

他略一沉吟，挥手撤销了先前的任务，随后又将任务重新发布。这次任务的报酬，他提高了三倍。相信在如此高额的回报下，假以时日，总会听到好消息的。

做完这些后，他便收起了面具，取出那两名青羽岛修士的储物法器。

他放出神识一扫，不由得摇了摇头。

黑风海域修士身上的东西，比外界修士着实差了不少，这两人的储物法器中基本没有能入他眼的东西，只有一些威力普通的法宝和寻常材料。

忽然，他眉梢微微一挑，翻手取出了一块青色令牌。

此物躺在那个光头大汉的储物法器中，巴掌大小，用一种青色灵玉所制，令牌一面雕刻着一只青色灵禽的图案，形似凤凰，另一面则写着一个“羽”字。

“看来应该是青羽岛的某种令牌吧……”韩立心中暗暗猜想。不过，此令牌上没有那光头大汉的信息，倒是和一般的身份令牌不太一样，这一点有些奇怪。

韩立又仔细翻看了令牌，没有发现什么，便将其收了起来，毕竟他对青羽岛这种黑风海域的本土势力没什么兴趣，不想浪费时间去研究了。

他闭上双目，略一调息后，便开始参悟《真言化轮经》第三重功法。

说起来，他虽已突破到真仙境后期，但是一直没有真正开始修炼《真言化轮经》的第三重功法，因为这第三重功法远比前两重晦涩难明，他至今仍然没有彻底参悟。

如今炼制万轮丹的三种主材需要时间催熟，他正好趁此机会，好好参悟一番。

正所谓修炼无岁月。光阴飞逝，转眼三十余年就过去了。

韩立的洞府大门始终关闭，这些年来一次也没有开启过，门上早已落满了灰尘。当然，在此期间，也没有其他人来过此处。

此刻，韩立站在洞府内的药园某处，小心地从一株丈许高的金色灵树上摘取了三枚金色灵果——万轮果。

他望着手中的金色灵果，满意地点了点头，将之收入储物镯后，转身走出药园，朝着炼丹室方向走去。

途经一个岔路口，韩立脚步一顿，目光朝着一间密室望去。那里是蟹道人的闭关之地，十余年前，他突然提出让韩立给他安排一间密室，韩立自然不会拒绝。

从那时至今，蟹道人毫无动静，也不知究竟在做些什么。

韩立摇了摇头，对于这具仙傀儡，他越来越觉得难以捉摸。蟹道人似乎隐藏着什么不为人知的秘密。不过只要其对自己没有不利之举，他自然也懒得多管，毕竟他眼下要做的事，实在是太多了。

韩立如此想着，转身进入炼丹室内，将周围的禁制开启后，便盘膝坐了下来。

这些年里，除了供应地衹化身外，绝大多数绿液他都拿来催熟万轮果、落英花、血晶藕这三种主灵材了。

时至今日，终于催熟了一批灵药，约莫可配成三十份的量，可以开始尝试炼制万轮丹了。

韩立闭目静坐半日，彻底平复心绪后，双目霍然睁开。

他一挥手，取出银色丹炉，然后衣袖一甩，放出一团银光，银焰小人从中浮现，落在了丹炉下方。

银焰小人盘膝坐下，两手掐诀一挥，身上立刻燃起银色火焰，银焰分裂开来，化为九道一模一样的火焰，均匀地包裹住丹炉底部。

韩立再次挥手，一份份炼制万轮丹的材料随之浮现，平均分成三十份，整整齐齐地排列在一旁。

万轮丹的炼制之法，他不知道在心中想过多少遍，自然早已烂熟。

只见他张口喷出一道青光，没入丹炉之中，炉盖顿时自行挪开。

韩立取出一枚万轮果，手指轻弹，数道青色剑光浮现，围着万轮果一阵乱斩，转眼间就将其斩成了一团金色果泥。

他小心地将金色果核取出，放在一旁，然后把金色果泥投入丹炉之中。银色火焰吞吐，丹炉很快变得炙热无比，金色果泥很快融化为一团金色液体。

韩立随后又取过一种白色胶体材料，投入丹炉之中……

韩立一进炼丹室，就待了整整三年。

这一日，炼丹室大门光芒一闪，轰然打开。

人影一晃，韩立从中走了出来，眼中闪烁着兴奋的光芒，心情颇为不错。

他单手一抬，手掌一翻，掌心处金光一闪，多出了一颗龙眼大小的丹药。

此丹乍看呈淡金色，散发出柔和的金光，但若细细观察，可发现其表面的这层金光，赫然是由一圈圈细密如丝的淡金色纹路所组成，看起来十分玄妙。

此丹正是万轮丹。

这么小一颗丹药，表面赫然有上万层淡金色纹路，恐怕这也是其名字的由来。

此丹作为在真仙境后期精进修为的丹药，不仅炼制的材料让韩立花了很多心血，其炼制的过程也是迄今为止他所炼丹药中最复杂的。

即便他在炼丹之术上造诣不浅，还有延缓时间的真言宝轮加持，但在起初的一年里，整整十份材料，他仅仅炼成了半炉，也就是五颗万轮丹而已。

这些失败让他总结了不少经验，才令他后面的炼制成功率不断攀升。最终三年时间，三十份材料，一共炼制成功了五炉半，共五十五颗。

其实别说三十份材料，即便是十份，对于普通地丹师来说，也不可能在短时间内凑齐。而接近两成的成功率，看起来并不高，但若是平遥子死而复生得知此事，恐怕都要惊得下巴掉下来了。

要知道，即便是一颗万轮丹，若是拿到外界去，绝对会让熊山之流为之争破了头。就算熊山这样身价不菲的真仙境后期修士得到一颗万轮丹，恐怕也舍不得立刻服下，而是要等到打通仙窍的关键时刻才会服用。

毕竟精进真仙境后期修为的丹药，放眼整个北寒仙域，也只有寥寥数种，甚至连烛龙道这样的大势力，也未必有存货，否则金仙境修士也不会如此稀少了。

韩立却没有这种烦恼，随着时间的推移，他还能炼制更多万轮丹，完全可以满足他往后修炼过程中的需要。

韩立此刻心情十分不错，并非是因为炼出了不少万轮丹，更重要的是他发现经过这三年，自己的炼丹术突飞猛进，隐隐达到了某一个瓶颈。他有一种直觉，只要努力冲过这个瓶颈，他的炼丹术就会进入另一种境界。

韩立深吸一口气，将手中的丹药收起，神色一动，抬步朝外走去。

不多时，他再次来到了药园，转了一圈后停在了那颗种下的母豆之处。

在他的吩咐下，巨猿傀儡每隔一段时间便会将绿液滴入母豆。这么多年过去了，母豆仍然没有发芽的迹象。

不过有了之前的经历，他并没有着急，转身来到一片白色灵池前。

这片灵池直径七八丈的样子，表面笼罩着一层淡淡的白色雾气。

灵池内，几朵红色的莲花飘在水面上，花蕊处隐约能看到红色雾气飘荡，空气中飘荡着一股浓郁的甘甜气味。

几朵莲花中有一朵开得尤其大，有脸盆大小，颇有种鹤立鸡群之感。

韩立看向那朵红色莲花的下方，发现灵池下面的黑色泥土中，横卧着一根水桶粗细的莲藕，有丈许长，表面散发出一层浓郁的红光，晶莹剔透。

大藕上长出了几根小藕，小藕的粗细和色泽都比大藕差很多。

大藕的一处呈灰色，仿佛一团墨迹，大概拳头大小，颜色很深，十分显眼。

这大藕正是当年他拍下的那截血晶藕，作为母藕种下，以提供炼制万轮丹的主材。这些年经过绿液的灌溉，此藕起码有三十万年的药龄了。

主材年份的高低，对万轮丹的成丹率和功效，或多或少会有一些影响。

不过韩立却目光一转，看向了血晶藕表面的那块灰暗区域。

这块共生纹这些年也发生了些许变化，不仅仅变大了，颜色也变深了，其中还隐约浮现一些纹路，形似某种叶片的叶脉。而且，他还感受到此纹散发出微弱的法则之力波动。这种波动并不是时间法则，而是另一种未知的法则之力。

韩立见此情形，心中一动。

他清楚地记得，当初这处共生纹中绝对没有任何法则之力波动，如今的变化应该是受绿液影响所致。想到这里，他对这片共生纹未来还会产生何种变化，不禁升起了一丝兴趣。

第180章

豚兽赠石

韩立在白色灵池边又待了一会儿，便转身朝外面走去。

回到卧房后，他立刻倒头大睡。

这三年，他都在不眠不休地炼制万轮丹，全程集中精神，不敢有一丝放松，同时还要计算催动真言宝轮的时机，即便是以他如今的修为和神识之力，也不免深感疲惫。

在之后的修炼开始之前，他有必要先好好恢复一下，让身心、法力都处于巅峰状态才行。

他这一睡，就是三天三夜。

三日后，韩立精神抖擞地来到了密室之中，盘膝而坐，手中拿着一只青色玉瓶。瓶身微倾，从中倒出一颗龙眼大小的淡金色丹药，正是万轮丹。

韩立用两根手指夹着丹药，略一沉吟后，往口中一送，仰头服下。

万轮丹很快融化，化为一股强大的暖流，在他体内的经脉中流动。

韩立眉头微微一蹙，只觉这股暖流宛如骏马一般，在经脉之中越流越快，并在各处形成了一个个暖流漩涡，引得经脉一阵刺痛发胀。

半晌后，韩立的眉头渐渐舒展，脸上露出一丝惊喜。万轮丹的药力，比他预料的还要大。

他轻吐出一口气，收敛心神，默默运转《真言化轮经》，开始忘我地苦修。

一层柔和的金光浮现，笼罩了他的身体。

春去冬来，四季更替，一年又一年过去了。

洞府大门外的灰尘越积越厚，几乎看不出山壁上有一座大门。

五百余年，对于凡人而言，是一段漫长的岁月，对于修炼之人来说，却仅仅是一次闭关而已。

这一日，岛屿上空突然风起云涌，无数黑云出现，道道电光狂闪。

方圆万里内，天地灵气剧烈翻滚，形成一个巨大无比的灵气旋涡，缓缓转动。半空中浮现无数肉眼可见的灵力光团，随着灵气旋涡的转动，朝着小岛汇聚而去。

距离无名小岛百里外的海面上有一座呈火红色的小岛。此岛极小，直径只有里许，是由鲜红色的珊瑚堆积而成，这些珊瑚在阳光下闪闪发光，看起来很美丽。

珊瑚岛旁海水翻滚，一只赤红的妖兽钻出水面。

此妖身长十余丈，外观形似猪猡，全身长满了赤红色的毛发，仿佛钢针般根根竖立，嘴边长着两颗雪白的獠牙，闪烁着金属般的寒光。更为奇特的是，此兽身下长了六条腿。

此兽外形奇异，甚至有些狰狞，奈何它的身躯颇为肥胖，圆滚滚的仿佛一个大西瓜，丝毫霸气也无，看起来反而有些滑稽。

若是有熟悉黑风海域的修士在此，自能惊讶地发现，此兽是黑风海域常见的低阶妖兽猪豚兽，但其散发出的气息，赫然达到了元婴后期的层次。

猪豚兽圆鼓鼓的身体猛地变大，嘴巴一张，顿时发出一股强大的吸力，将半空中的灵气光团吸入口中。

猪豚兽身上浮现一层红光，闪烁不定。

远处小岛上的宏大异象持续了一个时辰左右，才缓缓消散，半空的灵气光团也随之消失。

猪豚兽闭上嘴巴，停止了发力，它身上发出的红光看起来比之前更明亮了。

猪豚兽朝着远处岛屿望去，有些意犹未尽地叫唤了两声。

它盘踞在此已有许久，数百年前那座岛屿上来了一个极厉害的人类修士，附近修为高深的妖兽纷纷迁走了。那时它的灵智刚刚开启，还有些懵懵懂懂，便没有离开。

那个人类修士居住在这里后，并没有对附近的小妖兽出手，而是一直闭门不出。

猪豚兽这些年来一直过得很安稳，因为其他厉害的妖兽都迁走了，它的生活反而比以前更好了。之后它的灵智在不知不觉间大开，权衡再三，它仍然没有选择离开。

至于它留下的理由，是因为那个岛屿上每隔一段时间就会出现刚刚那种巨大的灵气旋涡，至今已经出现了十一次。

猪豚兽每次都抓住机会施展天赋神通，尽量多吸收一些灵气光团，便能使修为大幅度提升。短短数百年间，它从刚刚开启灵智的炼气期小兽，提升到了现在的境界。

猪豚兽又朝那座小岛看了几眼。

它的修为已经逼近元婴期巅峰，若是刚刚那个异象再持续一段时间，说不定它已经突破了境界。

看来只有等下次了……猪豚兽心中暗道，甩了甩尾巴，钻入了水中。

洞府之内，韩立周身金光缭绕，全身上下散发出一股庞大的威压。

他的身上浮现数个金色光点，闪烁不已，赫然有三十五个。

金色光芒狂闪了一阵，缓缓敛去。

韩立睁开眼睛，眼中掠过一丝兴奋之色。这些年他的修为可谓突飞猛进，短短五百多年的时间，他就接连打通了十一个仙窍。

这样的修炼速度若是让外人知道，恐怕会惊得目瞪口呆了。但若是让其他人知道，他几乎将万轮丹当成普通丹药服用，即便是金仙，恐怕都要嫉妒得吐血了。

话说回来，区区五百年能够打通十一个仙窍，也出乎了韩立的预料。按照他原先的估计，想要达到这个境界，没有千年时间是不可能的，没想到自己花了五百年便做到了。

除此之外，万轮丹还有一个地方让他有些不解，那就是抗药性的问题。这些年他一直服用万轮丹，却没有像服用其他丹药那般出现药效降低的现象。

对此他自然花了一番心思想找出其中的原因，但试了数种办法都没有任何收获，他就放弃了。毕竟这不是什么坏事，否则他就要头疼了。

他摇了摇头，不再纠结此事，而是思考起另外的问题来。

眼下，他身上的仙窍已打通了三十五个，接下来他要做的便是打通第三十六个仙窍，冲击金仙境界。若能成功跨越，他便能成为一名金仙！

金仙和真仙，虽然只有一字之差，但无论是实力还是地位，都有天堑之别。与之相对的，便是其突破的难度，甚至堪比灵界的大乘期修士渡劫成仙了。

要冲击此瓶颈，除了需要打通第三十六个仙窍外，最麻烦的当属这天人三衰的最后一衰，也就是所谓的“窍衰”。

说起来，韩立修炼至今还没有经历任何一衰，不过这些年耳闻目睹，他也知道这三衰的厉害，即便以他现在的神通，也不敢有丝毫大意。

想要抵御天人三衰，最实际的应对之法便是掌握法则之力。他修炼的是时间法则，此法则位列三大至尊法则之一，若能真正掌握，哪怕一丝一毫，在抵御真仙境的三衰时，都能收获奇效。

这些年他想尽了办法也无法成功，现在他最大的希望，便是能够炼制出一颗道丹了。

韩立突然想到了什么，起身走出密室，很快来到了药园的某个区域。

此区域是一片漆黑的灵土，空气中散发出一股湿冷的感觉。灵土中生长着一株白色灵参，表面晶莹剔透，仿佛白玉雕刻而成，看起来颇为不凡。

此物正是炼制道丹缺少的一种材料，天造参。

总算是功夫不负有心人，前些年他终于花高价从无常盟中购得了一株天造参幼苗。

韩立看着这株白色灵参，眼中流露出一丝喜色，点了点头。

他一拿到天造参幼苗，立刻让巨猿傀儡以绿液催熟，如今看来，培育过程颇为顺利，此参起码有十万年药龄了，足够炼丹之用。

现在差的只有露凝草了，遗憾的是，即便他高价求购，此药仍没有丝毫消息。此事本就可遇不可求，他如今身处黑风海域，唯有继续等待无常盟的消息这一条途径了。

韩立轻叹了一口气，再次回到密室之中，盘膝坐下。

如今道丹虽无法炼制，但他也不愿干等下去，而是尝试冲击第三十六个仙窍，起码要将其打通大半，将修为推到真仙境后期巅峰再说。

如此想着，韩立又取出一颗万轮丹送入口中，闭目修炼起来。

大海碧涛万顷，天穹如洗，海域亘古以来似乎便是如此模样，永远不会发生变化，时光的流逝给人一种非常模糊的感觉。

转眼间又是五六十年过去了。

百里外的珊瑚岛上，海面翻滚，一只赤红海兽浮现，朝着远处的岛屿望去，正是那只猪豚兽。按照它以往的经验，那灵气旋涡应该快要出现了。

这几年，猪豚兽基本每日都出来查看一番，唯恐错失了机缘。但是距离它预计的时间过去了近十年，那灵气旋涡一直没有出现。

非但如此，岛上一丝动静也没有，前些年时常出现的灵力波动的异象，这些年也一直没有再出现过。

猪豚兽望着远处的岛屿，眼神渐渐变得焦急，那个人类修士不会是已经离开这里了吧？

它犹豫再三，终于身躯一摆，朝着小岛游去。

百里的距离对于元婴后期的猪豚兽来说并不算什么，不多时它便来到了岛屿附近。它竭力收敛身上的气息，沿着岛屿边缘朝那人类修士的洞府游去。

片刻之后，猪豚兽来到了洞府附近，朝着洞口望去。入眼是一片茂密的森林，海风吹过，枝摇叶动，“哗哗”作响，看不出任何异样。

猪豚兽盯着那片树林看了良久，嘴巴一张。

一道微弱的蓝光飞出，射向那片树林。蓝光一碰到树林，立刻没入其中。

猪豚兽眼中一喜，此处的禁制仍在，看来那个人类修士并没有离开。它心中一松，正要转身离开。

突然，一阵轻笑声从旁边传来。

猪豚兽一个激灵，扭头一看，只见一个青袍男子含笑站在不远的岸边，正是很多年前它远远见过的那个人类修士。

猪豚兽大叫一声，身体一扭，便要朝海中游去。

青袍男子淡笑一声，单手在空中一抓。

“哗啦！”

一片海水倒卷而回，裹挟着猪豚兽飞到半空。

“元婴后期的猪豚兽？倒是少见。”青袍男子看着海水中的猪豚兽，淡淡说道。

此人正是韩立，他这些年在洞府内闭关苦修，试图打通第三十六个仙窍。然而情况出乎他的预料，数十年来，虽然他不间断服用万轮丹，甚至在无常盟寻求解决之法，但这最后一个仙窍仍没有丝毫动静。

今日，他心中烦闷，打算走出洞府散心，没想到一出来就遇到了一只妖兽。

猪豚兽心中大骇，连连咆哮，六条短腿奋力挣扎，却没有任何作用。它的叫声很尖锐，听起来颇为滑稽。

韩立被它逗乐，笑出了声，心中的烦闷随之消散了不少。

“放心吧，我不会杀你。”他淡淡一笑，屈指一弹。一颗火红丹药飞射而出，一闪没入了猪豚兽张开的大嘴中。

猪豚兽再次一惊，叫声戛然而止。接着，它圆鼓鼓的身子顿时红光大放，狂闪不已，散发出来的气息也剧烈翻滚，飞快提升。

猪豚兽本还想再叫嚷，见此情形脸上露出茫然之色，停止了挣扎。

它身上的变化还在继续，红光越来越盛，翻滚的气息平稳下来，它赫然冲过了瓶颈，突破到化神期。

与此同时，它的皮肤在一阵光芒狂闪后，红色尽数消退，通体变成雪白色。它小腹下的肌肉一阵蠕动，冒出两个凸起，仿佛又要长出两只猪腿。

“这么快便又长出了两足，看来你的资质不错。”韩立看见此景，眉梢微挑，喃喃自语了一声，放下了手掌。

“哗啦！”

裹住猪豚兽的海水失去了操控，落回了海中。

猪豚兽也恢复了自由，它却没有飞走，而是站在半空，呆呆地看着韩立。

“小东西，我已经助你突破到化神期，你还不满足？”韩立轻笑道。

猪豚兽眨着眼睛看了韩立一会儿，忽地转身飞入了海面，消失在茫茫波涛之中。

韩立淡淡一笑，目光朝着远处海面望去。他心中虽然烦闷，但不焦躁。

金仙境界难以突破本来就是正常现象，否则金仙境修士也不会如此稀少了，只是如何突破这个瓶颈，他暂时还没有好的办法。

天色很快暗了下来，夕阳西下，夜幕降临，泛起点点星辰。

韩立看着头顶的星空，整个人忽地一怔，下一刻，他的眼睛变得明亮起来。

他翻手取出一物，是一块青灰色的石板，石板两面刻满了密密麻麻的古篆小字，正是当年他从冷焰老祖那里得来的那部《大周天星元功》。

韩立得到此功法后不久，便发生了各种事情，导致他将《大周天星元功》忘得一干二净，这块石板也一直被他收在储物袋深处。

他望着手中的石板，目光闪动。

当年他在灵寰界偶然得到《小北斗星元功》后，修炼出七个玄窍，之后他再修炼时打通起初的七个仙窍，几乎没有花费什么力气。

如果他没有猜错，玄窍和仙窍之间应该存在某种关联，或许他先打通第三十六个玄窍，再打通第三十六个仙窍，会容易不少。

一想到这里，韩立没有返回洞府，就捧着石板在原地盘膝坐下。

当年他拿到此功法后，只是大略翻看了一下，并未细看。此刻他细细查看起了石板上的功法，脸上喜色渐渐消失。

良久之后，他抬起头，露出一丝苦笑。

如他所料，《大周天星元功》和《小北斗星元功》果然是一脉相承的功法，而且更加玄妙，其中也记载了打通玄窍的法门。

只是冷焰老祖也说了，这石板上记载的功法只有半部，能够打通的玄窍数量只有十八个，也就是说，要打通第三十六个玄窍，需要下半部功法才行。

这半本《大周天星元功》是冷焰老祖从一处遗迹中得到，想要拿到下半部功法，恐怕还是得从冷焰老祖那里入手才行。

他心中不觉有些懊恼，早知如此，当年就应该问清冷焰老祖的真实身份。如今他想再找到冷焰老祖，可不太容易。

从当年圣傀门一战的情况来看，冷焰老祖应该是暗地里加入了十方楼，但十方楼异常庞大，想在其中找一个人，无异于大海捞针。更何况，他对十方楼了解不多，想来十方楼内成员之间的身份和无常盟一样是保密的，他一个外人找起来肯定非常困难。

韩立在原地静静地待了片刻，摇了摇头，将青灰石板收了起来。此事可遇不可求，等以后再说吧。

韩立转身朝洞府走去，不过他刚走了两步，便停下来，转身朝着海面方向望去。

一阵略显焦急的叫声传来，“哗啦”一声，海面裂开，猪豚兽钻了出来，飞到韩立身旁。

它嘴巴一张，一块黑乎乎的东西掉了出来，落在韩立脚边，滚了几下后停了下来。

猪豚兽的嘴巴上赫然有几道黑色伤痕，渗出黑红色的血水，似乎是被什么东西腐蚀所致。

韩立眉梢微挑，挥手打出一道青光，没入猪豚兽体内。猪豚兽嘴上的伤口立刻以肉眼可见的速度愈合。

猪豚兽一怔，眼中流露出喜色，口中发出“嗬嗬”声，尾巴也左右摇动。

韩立没有理会猪豚兽，俯身捡起地上的黑色东西。这是一块黑色石头，拳头大小，通体乌黑发亮，表面散发出漆黑的光芒。此刻虽然是夜晚，但此物发出的黑光仍然很显眼，仿佛能将所有光芒都吞噬一般。

韩立眉头忽地一皱，他拿着石头的手指传来一阵刺痛，旋即手指表面亮起淡银色光芒，浮现一层半透明的薄膜。

这石头散发的黑光带着一种古怪的腐蚀之力，即便以他此刻的肉身直接接触也有些无法承受。

韩立略一沉吟，放出神识没入黑色石块中，仔细探查起来。

片刻之后，他收回神识，眼中闪过一丝惊异之色。

这黑色石块中蕴含着一种非常特殊的力量，并不是法则之力，不过也非常玄妙，以他的见识认不出此物是什么。

“你要将这东西送给我？”韩立看向猪豚兽，问道。

猪豚兽立刻点头。

“此物很奇特，我也认不出是什么，你是从何处得来？”韩立又问道。

猪豚兽转身朝着远处望去，嘴巴一开一合，想要说什么，却只发出了“嗬嗬”的叫声，它眼中顿时流露出焦急之色。

韩立淡淡一笑，一指点出，一道青光从指尖飞射而出，没入猪豚兽的咽喉。

妖兽想要开口说话，必须炼化咽喉处的一节喉骨。猪豚兽的修为虽然不低，但还没炼化喉骨。青光在它喉间一闪而过，随即消散开来。

“前……辈……呃……”猪豚兽大喜，口中发出生硬的声音。

“好了，现在可以告诉我此物的来历了吧。”韩立说道。

“是……此物……是很多年前，俺……呃……跟随父母从别处……迁徙到此处时……呃……在一座岛屿……附近得到的。”猪豚兽磕磕绊绊地说道。

“哦，你可还记得是哪座岛屿？”韩立眼睛一亮，立刻追问道。

“这……时间过去太久……俺那时灵智并未全开……记不太清楚了。”猪豚兽越说越流畅。

韩立闻言，一挥手，只见从海面飞起一股海水，凝聚成一道水幕，上面浮现一幅详尽的地图，正是黑风海域的地图。

“你仔细看看这地图，能大致想起来那个岛屿在哪里吗？”他问道。

猪豚兽盯着水幕看了好一会儿，目光落在一处地方，有些不太确信地说道：“应该是在这里吧。”

韩立顺着猪豚兽的视线望去，看清地方后，微微一怔。

猪豚兽看的那个地方，他去过，正是当年第一次执行无常盟任务时去的那座红月岛。

“是在这里找到的……”韩立喃喃自语，难道是巧合？

“俺不敢确定……应该是在这附近吧。”猪豚兽看到韩立神情凝重，顿时有些忐忑地说道。

“无妨，我只是随便问问。对了，你手中可还有这种黑色石头？”韩立摆了摆手，又问道。

第181章

凑齐

“没了……只有这么一块，俺本来想留着自己慢慢琢磨……不过这东西太邪异，俺根本掌握不了，还是献给前辈更好一些。”猪豚兽低下头，低眉顺目地说道。

韩立闻言微微一笑，屈指一弹，又扔了一颗丹药过去。

猪豚兽大喜，立刻张口将丹药吞了下去，体表光芒再次一阵闪烁，散发的气息又增强了几分。

“去吧。关于这里的情况，不许向外透露分毫。”韩立淡淡地说道。

猪豚兽急忙点了点头，转身飞也似的回了海面，朝着远处游去。

韩立目送猪豚兽离开，微一沉吟，翻手取出一个淡红色玉盒。此盒是用一种特殊暖玉制作而成，温润光滑，通体散发出一股温润气息。

他将黑色石块放入盒中，黑光照耀在暖玉盒壁上，盒壁安然无恙。

韩立将玉盒收起后，散去手掌的真极之膜，转身回了洞府。他没有回密室，而是直接来到了药园一角，种植母豆的那片区域。

这些年他为了尝试打通第三十六个仙窍，全身心投入到修炼之中，没有分神去炼化晶粒，由于此前炼制的万轮丹还有很多，所以他吩咐巨猿傀儡将绿液尽数用来催熟母豆。

韩立目光一扫之下，眼睛一亮。

只见母豆已经发芽，一根纤细嫩绿的幼芽从灵土中伸了出来。虽然只是小小一株幼苗，但散发出一股强大的生机。

他仔细观察幼芽的情况，和之前那根一样，两片叶瓣上生长着一圈圈模糊的金色纹路。

韩立脸上露出一丝喜色，点了点头。他这些年研读呼言老道给他的道兵培育之法，对培育豆类道兵已经有了些经验，不似之前那般茫然无绪了。

培育豆兵，最难也是最耗时的便是让母豆发芽。只要母豆发芽，便算成功了一半，接下来只需好好培育，很快便能结出一批豆兵并再次得到母豆。

韩立如此想着，又观察了一会儿母豆的情况，才离开药园，朝着密室走去。

走过一个拐角，他朝着前面一个紧闭的房间望去。说起来，蟹道人和自己一样，已经闭关数百年了，至今仍然丝毫没有出关的迹象，也不知究竟在做些什么。

韩立收回视线，走进密室中盘膝坐下来，直接取出了无常盟面具，激发禁制后打开了任务界面。

寻找露凝草的任务仍然毫无进展。对这个结果他早有所料，叹了一口气后，发布了两个新任务。

一个是寻找《大周天星元功》的完整功法，另一个便是鉴别他刚刚得到的那块黑色石头。

黑色石头不知为何，给他一种非常特别的感觉。

做完这些，韩立静坐片刻，将巨猿傀儡唤了过来，从其手中接过掌天瓶。他轻轻摇动了一下掌天瓶，瓶内的一滴绿液轻轻转动。然后，他将掌天瓶放在身旁，两手掐诀。

“嗡！”

韩立身上金光大放，真言宝轮在他身后浮现，轻轻旋转。

真言宝轮之上，一团团半透明的时间道纹不断闪动着，散发出一股股时间法则之力波动。

他手中掐诀一点，真言宝轮随即从他身后飞起，落在了身前。

如今，此轮上的时间道纹比当年多了一些，已达到一百三十团。

当年尚处于真仙境中期，韩立通过时间晶粒将真言宝轮上的时间道纹增加到了一百零八团，之后再打通仙窍时，真言宝轮上便不再增加新的时间道纹，似乎达到了极限一般。

如今他进阶到真仙境后期，并打通了十一个仙窍，真言宝轮上的时间道纹开始再次增加。

既然如此……

韩立拿起身旁的掌天瓶，将体内的仙灵力注入其中。

“轰隆！”

洞府附近的天地灵气立刻剧烈翻滚起来，形成一个巨大灵气旋涡，天地灵气化为无数晶莹光线，朝着里面汇聚而去。

空气震颤起来，掀起阵阵狂风，海面怒涛翻滚。

惊人异象持续了三日，才消散开来。

洞府之内，韩立手中凝聚出一枚晶粒，神情略微有些疲惫。

以他此刻的仙灵力，凝聚晶粒已轻松不少，不至于如此前那般几乎被掏空了。

韩立略微调息后，手中掐诀，背后金光一闪，真言宝轮浮现。

他口中念念有词，催动真言宝轮旋转起来，上面的时间道纹绽放出万道金光。

宝轮中心区域浮现一团耀眼金色光团，上面金光流转，闪烁不定，随即化为一只金色竖目，看向了韩立手中的时间晶粒。

“咔”的一声轻响，晶粒碎裂，一缕金丝从中飞出，射入了金色竖目中。

韩立身躯猛地一震，如遭重击。

真言宝轮立刻震荡起来，散发出道道金光。

片刻之后，真言宝轮上浮现一团耀眼白光，随即化为一团半透明的时间道纹。

韩立见此，眼中闪过一丝喜色。

果然如他所料，真言宝轮可以继续以晶粒增加时间道纹。

他收起了真言宝轮，将掌天瓶交给巨猿傀儡，让其拿到外面继续凝聚绿液。

宝轮上的时间道纹越多，威力自然越大。

韩立深吸了一口气后，开始缓缓运转功法，恢复因为凝聚晶粒而亏损的仙灵力。

时间飞逝，转眼间二十几年过去了。

洞府之内，韩立身上散发出耀眼金光，真言宝轮在他身后飞快转动，散发出一圈圈淡淡的金色波纹，将整座洞府映照得金光璀璨。

真言宝轮之上，密密麻麻都是一圈圈令人炫目的时间道纹，细数之下，有三百六十团。

这些年来，他不停用时间晶粒增加时间道纹，不过和当初真仙境中期一样，时间道纹增加到三百六十团后，再次达到了极限，无法继续增加。

韩立手中法诀一催，无数金色波纹浮现，朝着周围扩散而去。

金色波纹比之前明亮了许多，几乎凝成实质。

波纹笼罩范围内，一切静止。空气停止了流动，天地灵气也不再波动，一切似乎都被冻结了。

韩立感受到周围的变化，点了点头。

此刻金色波纹范围内，时间的迟缓程度再次大增，以他的估计，差不多迟缓了三千倍。

他单手一挥，真言宝轮散发出的金光消散开来，融入身体。

真言宝轮上的时间道纹增加，施展此神通消耗的仙灵力也随之大增，以他此刻的真仙境后期的修为，也有些吃力。

韩立轻呼一口气，盘膝坐了下来。

如今真言宝轮上时间道纹增加，不仅威能再次大增，而且蕴含的时间之力也随之增加了许多，他稍微催动真言宝轮，其中便会涌出庞大的时间法则之力。

以此刻真言宝轮上丰富的时间之力，或许他不需要借助道丹，也能参悟出时间法则？一念及此，他翻手取出一颗丹药服下，再次闭上了眼睛。

小半日后。

“轰隆隆！”

韩立闭关的密室之内空气震动起来，即便隔着禁制也隐约能看到一道道金光从中射出，散发出强大的时间之力波动。

就在此刻，不远处蟹道人闭关的石室大门上金光连闪。

“轰隆！”

一声闷响，大门缓缓打开。

蟹道人从里面缓步走出，全身上下被一道道纤细的金色雷光缭绕，仿佛披了一层金色纱衣，其身体看起来有些若隐若现，似乎随时会融入空中消失不见。

他目光朝着洞府内望去，很快落在韩立此刻闭关的密室上，在原地站了片刻后，很快转身，走回了自己的石室。

数日之后，韩立密室中的异象消散，所有波动尽数消失。

密室之内，韩立盘膝坐在那里，衣衫有些破碎，身上隐现血迹，面色也显得很苍白。

这次尝试和前几次一样，再次以失败告终。似乎冥冥之中，有某种力量阻碍着他领悟时间法则。

韩立眉头紧锁，两手掐诀，体表青光闪耀，身上的血迹顿时尽数消失。

他取出一件崭新的衣袍换上，翻手取出一颗丹药服下，闭目运功炼化药力，直至小半日后，他的面色才渐渐恢复了正常。

韩立睁开眼睛，静静坐着，目视前方。

良久之后，他轻轻叹了一口气。

看来没有道丹，想要领悟时间法则真的不太可能。

他眼神很快变得坚定，翻手取出无常盟面具戴上，单手一掐诀，催动禁制，来到了盟中的任务区域。

韩立目光一扫，面色先是一喜，不过随即笑容便消失了。

他先前发布的任务有人回复了，不过并不是寻找露凝草的任务，而是鉴别那块黑色石头的任务。

韩立摇了摇头，但还是单手掐诀，点开了任务。

虽然有回复的不是他最期盼的寻找露凝草的任务，但他对那块石头也很好奇。

任务文字上顿时浮现一层光芒，一明一暗地轻轻闪动着。

约莫等了一刻钟，任务文字上光芒一亮，朝着密室射出一道青光。

青光落处，一名头戴赤红色龙首面具的人渐渐浮现，面具上用古怪字符刻着一个数字“三”。

韩立看着此人，脸色一怔，不过隔着面具，外人看不出来。

对于这个面具他印象非常深刻，正是当年那个蛟三的面具。

“这位道友，有礼了。”蛟三拱手行了一礼。

听声音，和当年一模一样，确是蛟三无疑。只是韩立记得，以前蛟三说话可不会如此客气。

韩立心中有些奇怪，但表面上没有表现出来，他回礼后说道：“阁下接了我的这个任务，可是认得此物？”

韩立如今已不是“蛟十五”，而是以“貉十一”的身份在无常盟内活动，加上说话时刻意改变了声音，倒是不怕被蛟三看出端倪。

“既然我接了这个任务，自然是识得此物的，不过在下有一个疑问，道友如今可是在黑风海域？”蛟三目光似乎闪烁了一下，问了一个不相干的问题。

韩立一怔，心中警觉，没有回答。

“道友不要误会，即便是同一种矿石，在不同的区域，也有差异，所以我才有此一问。”蛟三笑道。

“不错。”韩立迟疑了一下，点头答道。

“那便是了，此石名为墨钰晶，多年前我在黑风海域见到过。这墨钰晶极为坚硬，即便用后天仙器直接攻击也无法将其摧毁，而且其内部蕴含一种奇特的元力，具有极强的腐蚀性，是炼制阴属性仙器的绝佳材料。炼制阴属性仙器时，若是掺入一些墨钰晶，不仅能增加仙器的腐蚀效果，而且坚硬度也会大增。道友若是拿墨钰晶去和修炼阴属性功法的修士交换，他们肯定愿意倾其所有得到此宝。”蛟三笑着说道。

“多谢道友为在下解惑，报酬在下马上支付给你。”韩立听闻，心中一动，点了点头道。

他没想到此物的价值竟然如此之大，倒是有些出乎他的预料了。

“报酬之事不急，在下还有一事想要向道友请教。”蛟三眼神一闪，说道。

“哦，道友有话请说。”韩立神色未变。

“请问道友，这墨钰晶你是从何处得来？”蛟三直接问道。

“阁下询问这个做什么？”韩立有些意外地说道。

“实不相瞒，这墨钰晶正是在下渴求许久的宝物，不过需求量颇多，道友若是能告知此物的来历，不止这个任务的报酬不用支付，在下定然还有重谢。”蛟三再次冲韩立抱拳，十分诚恳地说道。

“重谢就不必，此物的来历牵扯到我的一些私事，不便相告，还是让我支付你任务的报酬吧。”韩立心中念头转动，最后摇了摇头，说道。他觉得对方口气虽然诚恳，但他能感觉到对方所言不实，起码隐瞒了重要的事情。

“且慢。不瞒道友，此物对在下实在非常重要，还请道友千万帮忙，在下愿意出三百块仙元石，购买这个消息。”蛟三再次拱手请求。

韩立闻言，心中一阵惊讶。

就算这墨钰晶很珍贵，花三百块仙元石只为购买一个消息，也太奢侈了。难道真如自己所想，此事另有内情？

“抱歉，此物的来历恕我不能相告，阁下就不要纠缠了。在下还有事情需要处理，今日便说到这里吧。”韩立心中念头转动，摇了摇头说道。

说完，韩立手中掐诀，便准备结束这次通话。现在他只想安静修炼，可不愿意为了三百块仙元石而被卷入麻烦之中，那可就得不偿失了。

“道友请等一下，我看到阁下在无常盟中发布了寻找露凝草的任务，在下手中正好有一株露凝草，我以此物换取墨钰晶的来历，如何？”蛟三大急，立刻说道。

“你有露凝草？”韩立动作一顿，眼中露出惊喜之色。

“在下正好有一株，十万年药龄，应该足够阁下使用了。”蛟三看到韩立的神色，心中似乎安定下来，笑着说道。

韩立低头不语，似乎还在犹豫。

“当然，露凝草虽然珍贵，但不是绝顶宝物。这样吧，在下再加两百块仙元石，换取这墨钰晶的来历，如何？”蛟三再次加价。

韩立听闻，有些愕然地抬起头。

这墨钰晶不过是他偶然得来，来历也很简单，他之前拒绝不过是因为不想惹麻烦，当蛟三拿出露凝草交换时，他心中已经决定答应。刚刚没说话，不过是他在考虑炼制道丹的事情，没想到竟然如此轻易便多得了两百块仙元石。

“既然阁下如此慷慨，在下若是还不答应，就有些不近人情了。”韩立微微一笑，说道。

“多谢道友。”蛟三闻言一喜，然后伸手掐诀连点。

韩立身前的青色光幕微微闪动，光幕中央的旋涡中浮现无数青色符文，凝聚成一个传送法阵。

波光一闪，法阵中出现一枚储物戒指。

韩立没有客气，拿起戒指，放出神识没入其中。

他并没有立刻探查里面的东西，而是将整个储物戒仔仔细细地检查了一遍，没有发现任何异常，这才探查起里面的东西，是一小堆仙元石和一个青色玉盒。

仙元石正好是五百块，玉盒长尺许，表面贴了几张青色符箓。

韩立单手一引，将青色玉盒抓在手中，玉盒散发出一股柔和的青色光辉。

他看了玉盒一眼，立刻认出这盒子的材质是一种上品灵玉，名为青灵膏玉，最适合用来保存各种灵草灵药。

韩立手中掐诀，轻轻揭掉玉盒上面的符箓，打开盒盖。

一股略带寒意的清香扑面而来，盒中是一株青色灵草，叶片呈条状，碧绿如玉，根茎却是乳白色。碧绿叶片表面浮现点点白色，看起来仿佛是露珠。

此物看起来并不起眼，却通体散发出强烈的灵气波动。周围空气中很快浮现一团白色雾气，雾气中凝聚出一滴滴晶莹水珠。

韩立眼睛微微一亮，此物正是他朝思暮想的露凝草，看品相应该不止十万年。而且此物根须俱全，还可以继续培养。

“不错。”他抬头看向蛟三，点头说道。

“在下既然承诺给道友这些东西，岂会作假。”蛟三笑道。

韩立盖好盒盖，将玉盒收了起来，说道：“这墨钰晶的来历，其实说来很简单，是在下在黑风海域一处地方偶然捡到的。”

“哦，具体在哪里，道友可还记得？”蛟三眼睛一亮，立刻追问。

“让我想想……若我没记错的话，似乎是在一个名为红月岛的岛屿附近吧……”韩立略一沉吟，回答道。

“红月岛……”蛟三闻言似乎怔了一下，随即开始喃喃自语，面具下的眼睛变得越来越明亮。

“道友，莫非那里有什么问题？”韩立看着蛟三，问道。

“没有，只是我也去过那里，那红月岛十分贫瘠，想不到附近海域竟然有墨钰晶这等神物，一时震惊，走了神。”蛟三连忙笑道。

“原来如此，当年我得到这块墨钰晶后，也在那附近搜寻过，不过并没有找到别的墨钰晶，道友若是去那里寻找，恐怕机会不大，我只能预祝道友好运了。”韩立淡淡一笑，说道。

“承道友吉言。”蛟三拱了拱手，说道。

两人又闲谈了两句，便终止了传信。

韩立取下面具，站了起来，沉吟不语。从蛟三刚刚的举动来看，这墨钰晶定然另有内情，恐怕还和红月岛有些不为人知的关联。

韩立回想当年去红月岛执行任务的情形，试图从中找出一点端倪。

片刻之后，他自嘲一笑，深吸了一口气后，挥手一掐诀。

密室大门“轰”的一声打开，他迈步而出，很快来到药园。

露凝草有了，而且年份也足够，不过一株稍稍有些少。毕竟炼制道丹不可能一次便成功，也许会失败多次，他必须多准备几份材料。

这些年里，他早已准备万全，其他材料能催熟的他都已经催熟了好几份，如今只差这露凝草了。

他来到药园一处角落，挥手取出一些灵土灵液，很快整出了一片新的灵地，并且在周围布下了禁制。

韩立小心翼翼地取出露凝草，将其种在土里，忙了小半日才站起身。

看着露凝草，他脸上露出笑容，取出掌天瓶交给站在一旁的巨猿傀儡，吩咐道：“接下来所有绿液都用来催熟此物。”

巨猿傀儡僵硬地点了点头。

韩立又看了露凝草一眼，这才转身离开药园。

他刚走出几步，脸上就露出惊讶之色。

只见前方不远处，站着一名黄袍男子，正是蟹道人。

“蟹道友，你何时出关的？”韩立迎了上去，问道。

“刚刚出关没几日，见你在密室内修炼，便没有去打扰。”蟹道人说道。

韩立点了点头，上下打量蟹道人，道：“看蟹道友的样子，这次闭关收获不小吧。”

“只是又回想起了一两种秘术，花了数百年时间，总算有所成就。”蟹道人说道。

“那可要恭喜蟹道友了。”韩立笑道。

“这还要多亏道友提供的仙元石。这些年闭关下来，我身上的仙元石早已用光了。”蟹道人开口说道。

韩立闻言，面露一丝苦笑。他上次给了蟹道人一千多块仙元石，这么快便用光了，若非他击杀了陶羽等人，得了一些仙元石，还真要养不起蟹道人了。

韩立翻手取出一个储物法器递了过去，说道：“这里面是一千块仙元石，道友可要省着点用，这里是黑风海域，不容易收集仙元石。”

蟹道人表情木然地点了点头，也不知是否真的明白，转身又走回了密室。

“轰”的一声，密室的门又关闭了。

片刻之后，一阵雷电波动穿透密室周围的禁制，传了出来。

韩立见此，再次苦笑。他看了一会儿，摇了摇头，走进了自己的密室。

第182章

丹劫

此时此刻，距离韩立洞府不知多少万里外的一处地下空间中，一个灰袍人影正盘膝而坐，脸上戴着一张赤红色的龙首面具，面具上面写着一个“三”字。

此人不是别人，正是刚刚与韩立在无常盟中进行了交易的蛟三。

蛟三在原地呆了片刻后，猛然站了起来，转身朝着与空间相连的数个通道中的一条走去。

沿着一条黝黑的地底隧道走了不知多久后，蛟三面前豁然开朗，一个洞口直径数十丈的洞窟出现在其面前，在洞窟尽头，是一扇被银色光幕遮挡的灰石大门。

蛟三毫不迟疑地两手掐诀，口中念念有词。下一刻，银色光幕从中间分开。

蛟三推门而入。

大门之后是一间直径二十余丈的圆形密室，除了一张石桌和一把石椅外，就空无一物了。

石椅之上，坐着一名身披黑色斗篷的黑衣老者，正在品一杯灵茶。

茶水呈现红色，散发着清淡的茶香，隐约掺杂着血腥味。

老者白眉鸠面，鼻子有些弯曲，乍一看仿佛鹰钩一般，一双淡金色眼睛闪烁着冰冷的光芒。

蛟三看了白眉老者手中的茶一眼，眼中闪过一丝厌恶，不过立刻就隐去了。

“如何？”看到蛟三，白眉老者放下手中的茶杯，开口问道。

白眉老者的声音有些嘶哑，让人听起来莫名有种心惊肉跳的感觉。

“是在红月岛附近得到的。”蛟三在白眉老者身旁坐下，答道。

“红月岛？你当年不是去那里搜寻过一次吗？”白眉老者双眉微微一挑，似有些意外地问道。

“当日我的行动虽然借无常盟的名义作掩饰，但也难保没有事先被发现，而后刻意为之，来迷惑我们。”蛟三冷冷说道。

白眉老者闻言，没有说话，食指轻轻叩着桌面，不知在想些什么。

白眉老者不说话，蛟三同样没有开口。

“这次的事情，你怎么看？是否又是黑风岛的迷魂阵？”半晌，白眉老者开口问道。

“应该不会，此事若是黑风岛安排，他们应该不会将地方再次安排在红月岛。”蛟三沉吟片刻，说道。

“说得也是。既如此，我们便将红月岛附近方圆百万里都再排查一遍，然后按原定计划行事。”白眉老者说道。

蛟三点了点头。

白眉老者站了起来，快步朝着外面走去。

蛟三看到白眉老者的身影消失后，才缓缓站了起来，取下脸上的面具，朝着外面走去。

蛟三身周一阵变幻，泛起光芒，很快他就化为一个婀娜多姿的女子，身上的灰袍也换成了一件大红长裙，行走之间，仿佛一团随风飘摇的红色火焰。

蛟三身影渐行渐远，很快融入了外面的灰暗之中。

时光悠悠，转眼间又是十余年过去。

药园之内，韩立手中发出一道青光，小心地将一株尺许高的露凝草取出，收入一个玉盒之中。

这是他催熟出的第三株露凝草了。

韩立挥手收回玉盒，转身走出药园，却没有朝密室走去，而是出了洞府。

青光一闪，他的身影出现在了岛屿半空。

韩立翻手取出几个颜色各异的阵盘，口中念念有词，手中掐诀一点。

几个阵盘顿时浮现各色光芒，然后化为几道光芒朝着下面飞射而去。

“轰隆！”

洞府周围的空中突然灵光闪动，浮现一层厚厚的黄色光幕，上面无数黄雾翻滚，将洞府淹没在了里面。

岛屿外围传来一声巨大闷响，无数蓝光从海中浮现，形成一道蓝色半球形光幕，表面有一个个大小不一的符文闪动，将整个小岛都笼罩在里面。

韩立口中念念有词，掐诀一点，数道蓝光飞射而下，没入光幕之中。

蓝色光幕上顿时浮现一层水波般的光，荡漾起来。

光幕连同下面的小岛忽然消失无踪，入眼只有碧波万顷的海面。

韩立见此，满意地点了点头。

这几道禁制，这些年他亲自改动过，如今即便是真仙境后期修士到此，短时间内也未必能破得开。

最外层的隐匿禁制，是他从陶羽储物法器中的一本典籍上学来的，更为玄妙，即便是金仙境初期修士用神识探查，也未必能发现这座隐匿的小岛。

做完这些后，韩立转身化为一道青色长虹，朝着远处飞射而去。

数日之后，他的身形停在了一片怒涛翻滚的海域上空。

此处人迹罕至，和他之前选的临时洞府差不多。只是临时洞府处于黑风海域西北，此处却在黑风海域的西南方向。

他将神识散发开来，身形一晃，朝着一个方向飞去，几次呼吸之后，在一座岛屿上落了下来。

此岛面积不大，直径不到百里，上面坐落着一座灰色山峰，岛上到处都是灰色山石和泥土，鲜有草木，显得十分荒凉。

韩立目光一扫，手指连弹。

一道道剑气飞射而出，斩在灰色山峰的半山腰。

一块块山石如雨而落，片刻之后，一座简陋的洞府浮现。

韩立飞身落入洞府之中，然后袖子一挥，从中飞出了一杆杆闪烁着光芒的阵旗，足有数百杆。

他口中念念有词，冲这些阵旗一指。

这些阵旗顿时化为一道道颜色各异的光芒飞射而出，一闪落在洞府附近，不见了踪影。

数层禁制光幕交替浮现，笼罩了洞府，将其护得严严实实。禁制光芒连闪，纷纷融入空中消失不见。

做完这些后，韩立盘膝坐下，衣袖一抖，一道金色雷光一闪而出，现出了蟹道人的身影。

“蟹道友，虽然此地不太可能有外人出现，但以防万一，在我闭关时，你还是先帮我护法。真有什么人闯来的话，你先给我尽力拦下来。”韩立沉声道。

“放心，除非有远超金仙境的修士出现，否则我自会拦下。”蟹道人点了点头，身上浮现一层金色雷光，然后身影一闪，消失不见。

韩立见此，面上神色未变，心中却是微微一惊。因为他的神识竟突然无法感应到蟹道人的位置了。

他心中念头一转，暗中运转炼神术，一股庞大的神识散发开来，这才隐约感知到附近有一丝若隐若现的雷电波动。

这丝雷电波动极为微弱，若非他神识庞大，又运转了炼神术，根本不可能发现。

韩立暗暗诧异，很快摇了摇头，将此事暂且抛在了一边。

他之所以会如此小心谨慎，又是挑选临时洞府，又是布下重重禁制，便是因为他接下来就要炼制道丹了。

根据典籍记载，道丹成型之时，可能会出现传闻中的丹劫。所谓丹劫，是因为每一种道丹都蕴含着其对应的最纯粹的法则之力，有些已经触及甚至超脱这一界的天地法则，受界面之力所斥，故而会降下丹劫，以阻止道丹的生成。

而丹劫一旦形成，动静极大，据传甚至在一些雷劫之上。这里虽然偏僻，但难保不会引来一些人的注意。

他原本的洞府，其他倒是没什么，但药园搬迁起来颇为麻烦，所以他才决定来此处炼丹。毕竟这里就算被人发现，有蟹道人拦住来人，争取缓冲时间，应该足够他从容离开了。

韩立轻呼一口气，闭目静坐，一动不动。

时间缓缓过去，过了三天三夜，韩立才睁开眼睛。他一挥手，一只银色丹炉浮现。

随即一道银光从他手中飞出，落在丹炉底部，化为一团银色火焰，火焰中隐约有一个银色小人。

他随即手臂连挥，一样样材料浮现，几乎将密室占满。

与此同时，他脑海中将不知回想了多少遍的道丹的炼制过程，再次想了数遍。确认无误后，他挥手打出一个法诀。

“轰！”

丹炉底部的银色火焰陡然大盛，丹炉很快变得炙热起来。

韩立单手一动，一颗白色晶粒浮现，正是时间晶粒，飞入了丹炉之中。

炉底火焰炙烤，白色晶粒表面也开始融化，变得圆润。晶粒内的金色之丝明亮起来，散发出阵阵时间法则之力波动。

他挥手抓过一个玉盒，里面躺着一支洁白的灵参，正是天造参。他另一只手中发出一道青光，照射在天造参上。

韩立手中法诀一变，青光中幻化出两只大手，握住天造参轻轻碾动。天造参虽然是罕有灵物，但并不坚硬，一下就被压扁，流出白色灵液。

韩立手指微动，一道青光浮现，接住了这些白色灵液，小心地倒入丹炉之中。

白色灵液立刻沸腾起来，浮现一团白色烟雾。

韩立见此，面色凝重，手中掐诀，控制着炉底的火焰。

几次呼吸后，白色灵液化为了一小团白色胶状物，将时间晶粒包裹在里面。

见此情形，韩立略一沉吟，再次抓过一样材料，是一小盒银色粉末，看起来似乎是某种骨头磨成的粉。

他单手一抬，掌心发出一道青光，包裹住这些骨粉，投入到丹炉中。同时，他另一只手不停掐诀，操控着炉下的火焰。

银色骨粉很快也融化开来，化为一团银色液体，和白色胶状物融为了一体。

韩立没有停下，又是单手一扬，再次取过一样材料，投入丹炉之中。

时间一点点过去，转眼间就过了大半日。

密室中的材料大半都投到了丹炉之中，此刻炉内出现了一颗龙眼大小的白色药丸，表面还有些凹凸不平。

在炉底火焰的炙烤之下，白色药丸轻轻转动，散发出阵阵白色灵气。

丹炉前，韩立面色凝重，额头已隐隐见汗，呼吸似乎也有些不顺畅。

他已经尽可能高地估计了炼制道丹的难度，但是此刻亲手炼制，他才知道自己错得离谱。

道丹的炼制，和寻常丹药的炼制完全不同。

一般的丹药虽然丹方千变万化，但炼制过程基本都是先淬炼各种药材，然后将这些药材聚拢，凝成丹型，最后出炉。

道丹却不同，它的一切都是以蕴含法则之力的材料为中心，所以炼制时必须一边淬炼材料，一边将各种材料和法则材料不断融合，等于是将淬炼材料和凝丹成型同时进行，难度比炼一般丹药大了何止十倍。

各种药材之间的融合，炼制过程中火候的掌控，以及平衡药性等步骤十分复杂。尤其是蕴含时间之力的主材晶粒，必须与各种药力之间达成某种平衡，才能使之完美融合，这就令炼丹过程更加艰难。

韩立感觉自己好像在操控一支庞大的军队演练复杂的军阵，但军队中的每一个人都不受他控制，而且彼此之间还不时会发生冲突。他必须一边平衡所有的冲突，一边将所有人朝着军阵方向引导而去。

若不是之前他的炼丹之术大进，此刻他早已支撑不住，功败垂成了。

然而即便如此，炼丹进行到此刻，他也渐渐感觉吃力，但还有不少材料没有融入丹炉之中。这些材料加入进去后，需要掌控的地方会更多。

道丹因为蕴含法则之力，在炼制完成前，不能接触别的法则之力，否则会令半成品丹药发生变化，任何一点意外情况都会导致炼丹失败。所以韩立的真言宝轮神通此刻无法施展，只能全凭自己的炼丹之术支撑。

他深吸一口气，再次单手一扬，取过一份材料，投入丹炉之中，炉火再次一盛。

随着时间的推移，剩余的材料又有几样投入了丹炉之中。

韩立的呼吸声越来越粗重，面颊也变得潮红，双目中遍布血丝。

他深吸了一口气后，发出一道青光，包裹住一种材料，是一瓶绿色灵液，再次投入了丹炉之中。

绿液在丹炉内精炼一番后，融入已经变得滚圆的白色药丸中。白色药丸表面顿时浮现一层绿光，随即慢慢暗淡，眼看便要彻底消失。

就在此刻，白色药丸忽地一颤，表面浮现各色光芒，交织狂颤。

韩立脸色一变，正要做什么，然而已经来不及了。

只听一声闷响从白色药丸中传出，药丸表面浮现一道裂纹。

下一刻，药丸表面散发出的所有光芒尽数消失，原本充斥在四周的灵气也随之消散。这一切发生得太突然，且又在一瞬间恢复如常，就仿佛此前什么都没有发生一般。

韩立口中叹了一口气，挥手打出一道法诀。

丹炉底部的银色火焰顿时消散开来，化为银焰小人，将所有火焰尽数吸入体内。

他用手一招，破裂的药丸也在一道青光的包裹下飞出，轻轻地落在他的两根手指之间。

韩立将手中的药丸凑到眼前细细打量，心中刚刚泛起的一丝波澜渐渐平息。

第一次炼制道丹失败，他其实早有心理准备，尤其是他炼制的还是蕴含三大至尊法则之一的时间道丹。

思量间，他的目光明亮起来，嘴角露出一丝笑容。

这炼废的药丸对别的炼丹师来说，只是废物，不过对他来说，此物可大有用处。

韩立两手掐诀，身后金光一闪，真言宝轮浮现，“嗡嗡”旋转起来。

真言宝轮上的三百六十团时间道纹绽放出耀眼金光，其中心空洞之处浮现一只金色竖目，正是真实之眼。

金色竖目表面光芒一闪，缓缓睁开，露出里面的眼球。耀眼的金光从眼球中散发而出，无数奇异的金色符文在眼球上流转，仿佛星空之中无数星辰在闪动。

随着这些符文的转动，真实之眼散发的金光闪烁不已，让人看得眼花缭乱，仿佛万花筒一般。

时间道纹增加至三百六十团后，真实之眼的气象和洞察力，和以前完全不在同一个档次。

韩立闭上眼睛，以真实之眼感知周围的世界，很快，他眉梢一挑。

洞府周围布下的数层禁制，在真实之眼下形同虚设，轻易便被看穿，不仅如此，禁制上的所有灵力流动都清晰地呈现在他眼前。只可惜他周围目前只有这几道禁制，无法展现真实之眼真实的观察能力。

韩立收回了看向周围的视线，真实之眼的洞察力以后总有机会施展，此刻他意不在此。

他将金色瞳孔一转，看向了手中的废丹。

真实之眼上金光一闪，射出一道如有实质的金色光芒，打在废丹之上，融入其中。

废丹上立刻浮现耀眼金光，散发出阵阵时间之力波动。

下一刻，废丹忽地转动起来，表面绿光一闪，一股绿色灵液从里面分离而出。

与此同时，废丹上各色光芒连闪，丹药各处也发生着细小的变化。这些都是绿液和丹药各种材料融合后的变化，虽然此刻呈现的是逆向变化，但也能清楚地看到整个过程。

说起来，韩立之所以有底气尝试炼制道丹，其中很大一个原因便是依仗真实之眼的这种时光回溯的能力。

他目光中浮现一层蓝光，紧紧盯着废丹，不放过任何一点细节。

突然，他目光微微一动。就是在这一步出了差错，导致爆丹。

绿液很快从废丹中分离而出，丹药上的各色光芒也随之暗淡下来，恢复到加入绿液之前的状态。

韩立眼中蓝光闪动，心中一喜。这般逆向查看一遍，他果然如所料一般，发现了自己刚刚失败的原因。

废丹上的变化还在继续，再次浮现一层白光，然后一些白色粉末从中分离而出。

丹药上再次浮现各色光芒，同时发生了一些细微变化。这一步韩立方才并无失误，不过此刻再看一遍，结合此前的经历细细揣摩，对这一步骤的感悟自然更深了。

如此这般，废丹上不时分离出一样样材料，将炼丹的过程逆向展现了一遍。

韩立从头到尾看了一遍，对道丹的炼制更加清楚。

废丹还原了那颗时间晶粒，最后又将时间晶粒的炼制过程逆向呈现了一遍，才彻底结束。

不过关于这一段，他并不在意。

金光闪烁了两下，消散开来，那颗废丹再次浮现。

他现在虽然是真仙境后期修为，但施展一遍真实之眼，他体内的仙灵力还是消耗了大半。

韩立长出一口气，取出一颗丹药服下，闭目炼化药力，同时将道丹的炼制过程在脑海中再次细细回想了一遍。

半个时辰之后，他睁开眼睛，眼中神光一闪，精神大振。

他没有立刻开始炼制，因为新的时间晶粒得过一个月才能炼制出来。

接下来的一个月里，韩立没有做什么，只是不断施展真实之眼，一遍又一遍地观看之前的炼丹过程。

转眼间，一个月的时间过去了。

掌天瓶终于又凝聚出一滴绿液，韩立立刻将其炼成了一颗时间晶粒。然后他又取出了一堆材料，开始第二轮的炼制。

观看了不知多少遍炼丹过程，韩立对前面的炼制步骤烂熟于心，非常顺利而且流畅地完成了前面的步骤，很快到了融合绿色灵液那一步。

他取出一瓶绿色灵液，单手一引，将绿液倒入丹炉之中。

在炙热的丹炉中，绿液精炼了一番后，缩小了大半。

韩立挥手发出一道青光，包裹住绿液，融入了丹药之中。他两手飞快掐诀，绿液逐渐融入丹药之中。丹药上青光一闪，随即安稳地消散开来，没有出现任何问题。

韩立见此情形，心中松了一口气，取过接下来的一样材料，投入了丹炉之中。

可能是之前看过那么多次炼丹过程的缘故，他接下来的炼制很顺利，接连成功将材料融入丹药之中。

转眼间，剩下的材料只有六七样。不过到了此刻，韩立面色变得凝重，额头浮现一层虚汗，各方面似乎再次达到了某种极限。

他咬牙守住心神，挥手取过一样白色灵胶材料，加入丹炉之中。

丹炉内忽地白光一闪，再次响起闷响声。紧接着，一股焦糊的味道缓缓散发出来。

韩立眉头皱起，不过很快便舒展开来。

他闭目休息了片刻，恢复了一下疲惫的心神，然后挥手取出废丹，同时手中掐诀。

“嗡！”

真言宝轮再次浮现，韩立很快施展出真实之眼，看向废丹。

一道金光飞射而出，没入废丹内。废丹上顿时浮现大片金光，开始逆向展现这次的炼丹过程。

韩立凭借真实之眼，很快将这次失败的原因找了出来……

第183章

孤注一掷

一个月后，韩立开始了第三次炼丹。

在此期间，他和之前一样，不停施展真实之眼，观看前面的炼丹过程。真实之眼的时光回溯能力，相当于让他重复炼制了很多次，积累了丰富的经验。

韩立和之前一样，极其顺利地完成了前面所有的步骤，然后取出一份白色灵胶，投入丹炉之中。

这一步的关键他已经了然于胸，他手中掐诀，很快顺利完成。

接着，他取过接下来的一样材料，投入丹炉内。此刻丹药炼制已经接近尾声，只需将剩下的七种材料尽数融入丹药内，便算成功了一大半。

只失败了两次，便有这个成绩，他心中本来颇为高兴。不过仅仅一刻钟后，他便高兴不起来了。

随着“砰”的一声闷响从丹炉内传出，意味着他第三次炼制道丹以失败告终。

韩立脸色一沉，挥手熄灭了炉下的火焰，单手一招取出了里面的废丹。

这次炼丹进步不大，只成功往丹药里面融入了一种新材料，在融入第二种的时候便爆丹了。

炼丹越接近最后阶段，变得越发困难起来。想到这里，韩立不禁皱了皱眉。

有真实之眼在，即便炼丹过程再艰难，只要反复查看，他都有信心能跨越过去。只是准备的炼丹材料只有九份，现在已经用掉了三份，若是用尽剩余六份材料仍旧无法炼制出一颗道丹的话……

他深吸了一口气后，没有再想下去，再次施展真实之眼，看向废丹……

一个月后，韩立开始了第四次炼制。

前面的步骤顺利完成，很快到了之前失败的地方。有了之前反复观察炼制过程的经验，他很快就跨过了这一步，顺利将一块淡金色蜂蜜融入丹药中。

他平静了一下心绪，目光朝着旁边望去，剩下的材料还有五种。

韩立暗中咬了咬牙，取过接下来的一样材料，投入丹炉之中。他神情专注无比，面上浮现一层淡淡青光，两手飞快掐诀，将自己的炼丹之术施展到了极致。

丹炉之内，丹药翻滚，表面闪烁着各色灵光，忽明忽暗。

每加入一种材料，都需要调节新材料和丹药中其他材料之间的关系，令其达到新的平衡，这就好比是往油锅中泼一盆冷水，还要加以控制，不让油花飞溅出来。

韩立两手车轮般掐诀，竭力控制丹药内的各种药力冲突，使其稳定下来。

“砰！”

韩立掐诀的动作顿时一僵，脸色沉了下来。这次竟然一种材料也没能成功融入进去，便失败了。

他默然坐了半晌，取出废丹，施展真实之眼再次看向废丹。

一个月后，第五次炼丹开始。

经过一个月的反复查看，韩立已经明白了之前失败的原因，这次炼丹也和之前一样，顺利跨越了前一次遭遇的难关。

不过，融炼下一种材料的时候，尽管他万般小心，将自己的炼丹之术施展到极致，可惜最后仍然以失败告终。

韩立无奈苦笑了一下，施展真实之眼，查看这次的废丹，查找失败的原因。

一个月后，他再次开始炼制，这才顺利通过上一次的难关。

转眼间，两三个月过去了。

韩立盘膝坐在洞府之中，十指恍如莲花绽放，掐动一个个法诀。

丹炉之内不时传出轻微的噼啪声，各色灵光闪烁，虽然有炉盖相隔，但仍然不时露出来一些。空气中更是弥漫着一股浓郁的药香。

他身旁一种材料也没有，所有材料已经尽数融入了炉内的丹药中。

这几个月来，韩立虽然每次炼制都尽了全力，但是都没能一次便成功，都是失败之后再以真实之眼总结经验，才得以顺利完成。

如此下来，他虽然逐步克服了一步步难关，但是他准备的材料也尽数耗光，现在投入炉内的是最后一份。

而融炼最后一种材料，他之前已经失败了一次，之后用真实之眼反复观察过数次，并在心中暗暗推敲揣摩了不下百遍，若是不出意外的话，这次炼制应该没有问题。

如今他要担心的，反而是之后可能会出现的丹劫。

他如今只有这一份材料，若是无法抵御丹劫，至少在接下来的数百年内，他都没有第二次机会了。

露凝草、天造参等物还算好找，他手中还有一些种子幼苗之类的东西，用绿液继续催熟便可。

但是其他一些非灵草类的材料，就没法以绿液催熟了，必须花仙元石购买。其中有一些材料在外面根本没法轻易买到，尤其是几种主灵材，他是在陶羽的储物法器中找到的，若要自己寻找，不知得花多少时间和精力。

此刻身处黑风海域，自然更加不用说，就算在无常盟中悬赏购买，也根本买不到。所以这次是最后的机会，万万不容有失。

韩立提起全部精神，发出神识探查着丹炉内的一切变化，同时两手掐诀，操控着炼制过程。

丹炉内此刻各种药力激烈冲突，仿佛一锅沸水。即便他已经掌握了这次炼丹的关键之处，也仍然觉得吃力。

时间一点点过去，韩立的心神慢慢进入一种平静的境界，仿佛一汪无波古井。他掐诀的双手变得缓慢起来，一举一动却散发出一股莫名的韵味。

一道道法诀如流水般从他手中飞出，没入丹炉之内。丹炉内原本复杂的情况，在韩立眼中变得简单起来，他操控起来越来越游刃有余。

丹炉内激烈冲突的各种药力忽地缓和了下来，飞快按照丹方所载的步骤往前推进。

韩立脸上露出一丝笑容，他的炼丹之术在不知不觉间往前跨出一大步，突破了瓶颈，进入了一个全新的境界。

韩立轻吸一口气，神情再次变得凝重，手中法诀忽地一变。

“轰轰轰——”

丹炉内的声音越来越响，如雷霆轰鸣一般，却不是丹药爆裂，而是各种元气激荡所致。

里面散发出的各色光芒也越发耀眼，而且渐渐融为一体，化为纯金色。

韩立眼神一亮。他知道，眼前这一幕，正是即将成丹的征兆。

他手中法诀变换更快，丹炉内的金光越来越璀璨，不时凝聚成龙虎、彩霞等形状，散发出的药香也越发浓郁，如兰如麝。

“嗷——”

突然，丹炉内发出的声音骤然一变，仿佛巨兽在咆哮。

“砰”的一声巨响，丹炉内骤然绽放出耀眼无比的金光，炉盖一下被震飞，一团璀璨的金光从炉内飞出，是一颗龙眼大小的金色丹药。

一道道犹如火焰一般的金色霞光从丹药上绽放而出，凝聚成一圈圈金色光波，朝着周围弥散而去。

丹药表面浮现道丹专属的金色道纹，散发出一种玄妙无比的时间法则波动，近乎于天道。而且丹药上的金色道纹，赫然有两团。

韩立见此，眼中闪过一丝惊喜。他没想到炼制出的道丹能达到二品，可能是时间晶粒中的时间之力非常浓郁，也可能是其他原因。不管如何，二品道丹的功效可比一品道丹强得多。

就在此刻，岛屿上方原本晴朗的天空陡然风起云涌，无数金色光点浮现，很快形成一片巨大的金云，翻滚不已。

远远望去，金云一眼看不到尽头，仿佛充斥着整个天空，下方的海面也被映成了金色。

浩大无比的法则波动从金云中散发而出，方圆十几万里内的天地灵气剧烈翻滚。

金云中的法则波动太强大，就算身处百万里外的修士也感到一阵莫名心悸，朝着金云所在处望了过来。

金云剧烈翻滚，越来越浓郁，几次呼吸之间就将整个天空都覆盖了，一丝日光也无法透过。

整个海域虽然被照映成一片明亮金色，但给人一种十分沉重的感觉，仿佛天地都挤压了过来。

洞府之内，韩立感应到了外面的情况，眉头一皱。

虽然在典籍上看到过丹劫的记载，但是没想到威势比他想的还要大。

"轰隆隆！"

金云内一阵轰隆隆巨响，风起云涌，蓦然多出一个巨大的金色旋涡，飞快旋转起来。

旋涡中心冒出一道道耀眼无比的金光，发出"吱吱"的声音。一股仿佛可以碾压一切的恐怖法则波动从旋涡中轰然降临，笼罩了洞府。

"噼啪！"

洞府各处的墙壁上浮现一道道裂纹，韩立的身体也为之一震。

洞府上空金色雷光一闪，蟹道人的身影浮现。他抬头看着半空的金云，瞳孔中隐隐闪过一道道金光，木讷的脸上露出些许表情波动。

就在此刻，半空的金色旋涡猛地一亮，一道刺目的金光从旋涡中飞射而出，朝着下面的洞府而去。

金光中赫然是无数金色符文，正在疯狂闪动，散发出恐怖的时间之力法则波动。这股波动，明显带着强烈的杀伐之感。

蟹道人没有试图阻拦，只是静静地站在原地看着。

就在此时，一道金光一闪，打在了洞府之上，直接没入其中。洞府外面的禁制和石壁没有丝毫破损，那金光直接穿透而入。

洞府之内，韩立感应到外面的情况，心中一惊。丹劫降临的速度之快，远远出乎了他的预料。

他连忙催动法诀，全身金光大放，真言宝轮浮现，无数密密麻麻的金色波纹从宝轮上涌现，包裹住了金色道丹。

同时他张口一喷，七个星环飞射而出，星环滴溜溜一转，彼此连接在一起，形成一个更大的圆环。

正是七曜星环。

耀眼的星光散发而出，形成一层星辰光幕，上面无数星辰图案闪动，仿佛一个缩小版的星空。

一个个拇指大小的星光符文在光幕上跳动，散发出丝丝法则波动。

不等他做出别的反应，洞顶一闪，一道金光迅疾无比地射下，打在了星辰光幕上。

星辰光幕猛地一亮，上面的星辰符文尽数光芒大放，发出阵阵锐啸，试图抵挡住金光。

但是金光一个闪烁，便直接穿过了星辰光幕，准确地劈在了道丹之上。

“轰隆！”

金色道丹在这道金光落下后如遭重创，表面金光狂闪，甚至隐隐有电光闪过。

下一刻，金色道丹散发出的金光猛地一亮，然后飞快暗淡下去。丹药中蕴含里的庞大药力元气剧烈震荡，隐隐有扩散的趋势。

最重要的是道丹上面的那两道金色道纹，也随之剧烈闪动，隐约有种想从道丹上飞出，朝着半空那个金云旋涡飞去的趋势。

韩立见此，心中一沉。

他已经施展出了真言宝轮的迟缓神通，但是半空落下的金光中因为蕴含了时间法则之力，竟丝毫没被真言宝轮影响。

他心中念头急转，同时两手不停掐诀，竭力稳固道丹内剧烈震荡的药力。

一股股时间之力从真言宝轮中涌出，缠住道丹上的金色道纹，死死将其拉住。

只是无论是道丹中的药力震荡，还是金色道纹波动都异常剧烈，想要将其稳固，以此刻他的手段，他觉得十分艰难。

可能是因为道丹中蕴含小瓶凝聚的时间之力，真言宝轮的迟缓效果对其没有什么作用。

金色道丹颤动不已，带动着韩立的身体也颤抖起来。

稳固丹药并不是使力越大越好，而是需要极为精细的操控，所以，纵使他一身深厚无比的仙灵力，也无法为他减轻多少压力。

就在此时，半空中的金云再次翻滚起来，而且比刚才更加剧烈，仿佛无数怒涛席卷，惊天动地，风云变色。

金色旋涡旋转的速度也随之大增，旋涡中心处又浮现道道刺目金光，仿佛金色雷电般闪动。

下一刻，一股更加沉重的压力从旋涡中涌出，朝洞府一压而下。

整个洞府，乃至整座岛屿也微微晃动了一下，洞府墙壁上的裂纹再次变大了几分。

韩立感应到外面的情况，心中一急，十指连动。

真言宝轮的转动速度陡然大增，上面的时间道纹绽放出耀眼光芒，极快地闪动着。

一股浓郁而浩大的金色霞光从宝轮中涌出，霞光隐约呈现出波纹状，其中充满了无数金色符文，散发出强烈的时间之力。

这股时间之力，比之前催动真言宝轮时散发出的时间之力几乎强大了一倍。

韩立手中法诀飞快变换，金色霞光立刻分裂开来，化为数十道，每一道霞光化为一根闪闪发亮的金色光丝。

每一根金色光丝都散发出强烈的时间法则之力，数十根金色光丝飞射而出，缠绕在道丹的金色道纹上。

剧烈颤抖的道纹终于平静了，道丹内狂暴的元气波动也随之缓和了一些。

韩立见此情形，不敢有丝毫松懈，十指飞快掐诀，继续竭力稳固丹药。

同时，他身上青光连闪，一柄柄飞剑飞射而出，正是青竹蜂云剑，在他头顶凝聚成一层圆形剑幕。

随即黑光一亮，重水真轮浮现，迎风暴涨了十余倍，挡在了头顶。

重水真轮飞快旋转，边缘处涌现出无数光芒，发出轰鸣声。

不止如此，韩立身上光芒连闪，一件件宝物相继飞出。

从陶羽那里夺来的银色铃铛、蛇形怪剑、元合五极山以及那两件阴属性仙器，还有以前得到的所有有些威能的宝物，尽数浮现，绽放出各色光芒，挡在了韩立的头顶。

在这数百年里，韩立早已将这些宝物炼化，操控自如。

韩立毫不犹豫地运转体内的所有仙灵力，通过强大的神识之力催动着这些宝物，释放出一层又一层厚厚的光幕，几乎将密室屋顶占满。

霎时间，一股股迥异的法则之力在室内激荡。

韩立刚刚做完这些，头顶就传来“轰隆”一声巨响！

半空的金云旋涡猛地一亮，一道比刚刚粗大了许多的金光从旋涡中飞射而下，朝着洞府打去。

整个空间剧烈颤抖，天地灵气翻滚，掀起飓风，附近海面腾起数十丈高的巨浪。

金光十分刺目，隐约呈现出雷电形状，和之前一样穿透了洞府禁制和顶部，劈在最外面那层星辰光幕上，正是七曜星环幻化而成。

和上一次一样，金光一闪，便轻易穿过了星辰光幕，继续打向第二层由青竹蜂云剑组成的剑网。

一道道锋利无比的剑气斩向那道金光，却对其没有丝毫影响。

金光没有一丝停顿，穿过剑网后，又击在了重水真轮上。

重水真轮也没能阻挡金光，被其一闪穿过。

数层光幕光芒狂闪，法则之力震荡封锁，不过也没能阻挡金光分毫，被其接连穿过。

不过金色光柱下落的速度缓慢了一些，看来这些宝物总归对其有些影响。

然而，韩立见此情形，脸色变得有些难看。他已经尽了全力，祭出如此多的宝物，竟然仍然无法阻拦丹劫……

直到此刻，道丹仍然没有稳固下来，内部仍然狂暴得很。

被第一道丹劫劈中，道丹便已经是这个样子，若是被威力更大的第二道丹劫击中，道丹肯定会彻底散开，之前的所有努力将付诸东流。

没想到，这仙界对道丹的排斥之力竟如此强大！

他心中念头急转，不甘心地低吼一声，继续催动下面的宝物。

“噗噗噗！”

又是数声闷响，金光再次冲破了几道封锁，下落速度变得更慢了。

“咦！”

韩立口中轻咦一声，双目死死盯着那道金光。

金光虽然连续突破了好几件宝物设下的防御，仿佛毫不费力一般，但是他敏锐地感应到，金光比一开始缩小了一些。

他心中一动，看来这丹劫的金光并非不可抵挡，这些宝物总归能发挥一些作用，削弱其威力。

一念及此，韩立身上金光一亮，喷出一口血，化为一团血光，没入剩余的那些宝物之中。

同时他将体内的仙灵力尽数释放，全都注入剩下的宝物之中。

事已至此，只能孤注一掷了！

所有法宝立刻光芒大放，明亮了许多，散发出更加强烈的法则之力。

与此同时，金光丝毫不停，继续向下。

闷响声中，金光一个接一个地穿过剩下的宝物，飞快逼近道丹。

韩立脸色再次一变。

丹劫金光穿过一层层封锁，虽然被削弱了一些，但威力还是很大，这样下去仍然不行。

“噗”的一声轻响，金光再次突破了一件宝物，正是那面黑幡仙器，接着丝毫不停地冲向下一件宝物——元合五极山。

此时此刻，剩下的宝物已经不多。

韩立深吸一口气，体表骤然金光大放，浮现三十五个金色光点，滴溜溜旋转起来。

他打算施展一种激发体内仙窍潜能的秘术，而施展此秘术的代价便是接下来可能要花百年时间来恢复。

突然，嗡嗡的颤鸣声从半空中传来。

韩立抬头看去，脸上露出愕然之色。

只见元合五极山散发出明亮灰光，一股股灰色光波散发开来，形成一个灰色屏障，赫然挡住了金光。

灰光金光交织闪烁，一时不相上下。

韩立嘴巴微张，好一会儿才恢复过来，双手猛地掐诀，硬生生停下了即将启动的秘术，心中又惊又喜，没想到元合五极山竟然能抵挡这丹劫金光！

他看向元合五极山周围的灰光，发现其中散发出的一股股奇异法则之力，正是之前他试图参悟的那股法则之力。

正是这股法则之力抵挡了丹劫的金光。

韩立缓缓点了点头，眼中闪过一丝恍然。

元合五极山本就具有削弱雷劫的作用，他当初正是为了抵挡飞升之劫，才炼制出此宝，想来此丹劫应该是雷劫的一种，所以，元合五极山对丹劫有用，也在情理之中。

看来这元合五极山并非他之前想象的那么简单，恐怕大有来头。

韩立脑海中不禁闪过了陶羽的身影，当初自己炼制的元合五极山虽然威力不错，但那是在灵界，而在仙界，可能连仙器也算不上。

当年陶羽得到元合五极山后，竟然花心思重练此宝，韩立心中其实是有些疑惑的，现在看来，恐怕陶羽一开始便知道此宝能抵挡丹劫，才会花那么大的心力在此宝上。

不过眼下可不是对元合五极山寻根究底的时候。

元合五极山虽然挡住了金光，但丹劫金光的威能实在太大，两色光芒激烈交织中，元合五极山散发出的灰光逐渐暗淡下去。

不过相对的，金光似乎也被削弱了很多，缓缓缩小。

韩立双目一眯，立刻放弃催动其他宝物，专心催动元合五极山。

“叮叮当当！”

一件件宝物失去光芒从半空中坠落，落满了一地，但他连看也没多看一眼。

他为了炼制道丹，耗费了不知多少精力和资源，已经等了太久，今日既然到了最后一步，只要有一线希望，他就绝不会放弃！

第184章

暗流

一时间，半空中灰光与金光交织碰撞，嗡鸣声大响，充斥着狂暴的天地元气之力。

二者似乎难分高下，一时间呈僵持之势。

随着时间推移，无论是元合五极山释放的灰光，还是丹劫的金光，都在不断减弱。

然而韩立见此情形，脸色变得难看起来。

他体内的仙灵力如今已所剩不多，即便以仙元石补充，也无法支撑太久。更麻烦的是，他发现元合五极山虽能抵御金光，但其内蕴含的法则之力随着金光的减弱而被一点一点地消耗，如今已消耗大半，恐怕支撑不了多久。之后须得再蕴养一段时间才能慢慢恢复。

韩立深吸了一口气，单手抓着一块仙元石源源不断地补充着体内的仙元力，另一只手则不断掐动法诀，冲半空中的灰色山峰注入仙元力。

不多时，半空中的灰色山峰突然光芒一闪，散发出的灰光迅速暗淡下去。

显然，元合五极山中蕴含的法则之力终于消耗殆尽，无法再支撑下去，仅仅几次呼吸的工夫，山峰表面的灰光便消失了。

所幸，此刻金光也只剩下一点了。

就在灰光消失的那一刻，金光一闪，击中了道丹。

“轰隆！”

道丹立刻再次剧烈震颤，两道金色道纹狂闪。

韩立此刻体内的仙灵力也已经见底，瞳孔猛地一缩，身后的真言宝轮再次光芒大放，一道耀眼金光从中涌出，再次一闪化为无数金色光丝，迅疾无比地缠住了道丹，将其层层包裹，形成一个拳头大小的金色圆球。

他脸色惨白，体内仙灵力彻底耗尽，再也做不出别的举动。

“轰隆隆！”

金色圆球连连震颤，散发出的光芒狂闪，发出闷响声，仿佛闷雷一般，似乎随时可能爆裂开来。

韩立心中虽急，但此刻已是有心无力。

就在此刻，他身后人影一闪，蟹道人的身影浮现。

蟹道人两手一挥，身上金黄两色光芒大放，两道光柱从其掌心飞射而出，没入韩立体内。

一股精纯的仙灵力顿时涌入韩立空荡的丹田中，韩立心中一喜，两手立刻飞快掐诀。

金色圆球慢慢停顿下来，表面狂闪的金光也逐渐暗淡下去。

韩立见此情形，终于长长地呼出一口气，心中一催。他背后的真言宝轮一闪消失，包裹道丹的金色光丝也消失无踪，露出里面的道丹。

金色道丹经历两度丹劫，看起来比之前似乎更加鲜亮，散发出的时间之力波动也更加强烈一些了。

韩立此刻却顾不得多看，毕竟丹劫虽然看似持续的时间不长，但造成如此大的声势，恐怕已经引起了附近一些修士的注意。

他飞快取出一颗丹药服下，然后翻手取出一个玉盒，将道丹小心翼翼地收了进去，随后冲身后的蟹道人感激地点了点头。

“快些离开，我感觉已经有人朝这里来了。”蟹道人说完，化为一道金光，没入韩立体内。

韩立也立刻挥手发出一道青光，将地上的一众宝物和银色丹炉都收了起来。

然后他放出神识再次在洞府各处飞快扫过，确信洞府内没有什么泄露自己身份的东西，才飞射而出，一闪就到了洞府之外。

此刻漫天金云早已尽数消失，天空再次恢复了清朗，只是附近海域还有些浪涛在翻滚涌动。

韩立一挥手，洞府附近的阵旗阵盘顿时尽数飞射而回，化为一道道光芒没入他的衣袖中。

他手中掐诀，身上金色雷光一闪，正要施展雷光法阵离开此处。

就在此刻，不远处空中一阵波动，一道道青色旋风浮现，发出“呜呜”声。

青色旋风彼此连接，转眼间形成一个青色法阵，一股空间之力在青色法阵中激荡。

韩立见此，眉头一皱。

这青色法阵和他的雷光法阵很相似，不过此人用的是风属性之力和空间之力结合，声势不小。

施展雷光法阵需要一点时间，此刻传送已经有些来不及了，即便自己能走掉，也会被对方察觉。韩立心中念头急转，立刻停下了离开的脚步，转身朝着洞府飞去。

同时他脸上青光一闪，无常盟面具浮现，他瞬间换了一副中年大汉的容貌。

韩立刚刚做完这些，就见不远处的青色法阵中人影一花，一道黑色身影浮现，是一个黑袍男子，身形高瘦，剑眉入鬓，双眼细长，给人一种异常锐利的感觉。

此人身上散发出的气息，赫然是真仙境后期。

韩立停下了脚步，用一种愕然的神色朝那人看了过去。

高瘦男子也朝韩立望去，极快地上下打量了一眼，眉头微皱。

“这位道友，看上去很面生啊。在下妙言，在附近海域修行，刚刚看到此处有异象，所以过来看看，不知道友名讳？”韩立面露笑容，拱手说道，一副自来熟的样子。

虽然他脸上笑容满面，但心中很惊讶，他以前从未在黑风海域见过此人，哪里冒出来的一个真仙境后期的修士？

要知道，黑风海域本土修士中可能达到真仙境后期修为的，只有黑风岛和青羽岛的岛主。

不过这两大势力背后阴影重重，绝不是表面表现的实力那么简单。

高瘦男子目光四下一扫，再次落在了韩立身上，有些生硬地说道："葛羽。"

"原来是葛道友，道友也是发现此处有异象，才前来探查的吗？"韩立笑容不减，继续问道。

葛羽点了点头，然后深深地望着韩立，道："在下察觉到这里的情况后，立刻施展传送法阵赶来，速度已经相当快了，想不到还是慢了妙言道友一步。"

"呵呵，在下洞府就在附近，一感觉到这里的动静，便立刻赶了过来，自然比阁下要快一些。"韩立脸上笑容不变地说道。

"哦，是吗……"葛羽缓缓说道，随即身形一动，朝着下面的洞府飞去。

韩立眼中光芒一闪，也紧随其后飞了下去，装模作样地在洞府各处查看起来。

刚刚他已经将此处的痕迹抹除干净，不用担心会被发现端倪。

两人很快在洞府各处探查了一遍，自然什么也没找到。

"看来我们还是来迟了，这里的人已经提前离开。只是不知那人到底做了什么，竟然引起如此大的异象？莫非这里将有异宝出世，但看起来也不太像啊。"韩立一脸疑惑地说道。

葛羽听闻韩立此话，转头看了他一眼，没有说话。

就在此刻，远处天际浮现数道遁光，闪了几下之后，飞遁到了近处，现出几个修士的身影。

这几人赫然都是真仙修为，不过都是初期境界，他们感应到葛羽和韩立两人的修为，脸色都是一变，站在远处没有靠近。

没过多久，其他方向也光芒连闪，一个接一个的修士飞遁而来。

韩立见此情形，脸上神色未变，心中却是一动。

这些修士绝大多数并非地仙，显然是来自外界的。看来黑风海域如今的形势远比自己想的要复杂，自己离开的这些年，应该有不少真仙进入了这片原本与世隔绝的地方。难道都是为了所谓的猎杀，抑或是某种遗迹出世？

以他之前刚来到仙界时的所见所闻来看，这黑风海域虽然比灵界要好，但资源在整个北寒仙域仍是匮乏至极，甚至连荒澜大陆都比不上。

“看来这里也没有什么东西，在下不想见太多人，这就告辞了。”韩立眉头微皱，然后对葛羽拱了拱手，化为一道长虹朝着远处飞遁而去，瞬间消失在天际。

葛羽看着韩立离开，在原地静立了片刻，然后身上青光一闪，多出一股青色旋风。

青色旋风一转，包裹着他的身体化为一道青色幻影，消失无踪。

附近的其他修士看见二人离开，这才朝着岛屿飞去。

距离岛屿不知多少万里外的海面，到处飘荡着黑色雾气，极为浓郁，天空也一片阴暗。

海面上空一阵波动，数道金色雷光浮现，凝聚成一个雷电法阵，韩立的身影出现在法阵里面。

他将神识散发开来，面色一松。

他离开那岛屿后，很快以雷光法阵传送，在黑风海域兜转了好几次，才来到这里。即便有人暗中追踪他，现在也应该被彻底甩掉了。

他朝着周围望了两眼，身形蓦然一转，飞入了下方海域，很快潜到了海底，盘膝坐了下来。

一阵阵刺痛的感觉从全身各处泛起，是借用蟹道人仙灵力的后果。

他挥手设下两道禁制，取出一颗丹药服下，闭目运起功来。

三天三夜后。

韩立睁开眼睛，站了起来，长出一口气。

体内的不适之感已经彻底消失，而且经历了这次丹劫，他对时间之力又多了一些感悟，对之后服用道丹领悟时间法则，应该会有不少助益。

一念及此，他不由得再次摸了摸储物袋，眼中闪过一丝激动。

片刻后，韩立挥手撤销周围的禁制，迫不及待地飞射而出，朝着洞府方向疾飞而去。

飞至半途，韩立忽然摇了摇头，只觉脑袋没来由地有些沉重。

“怎么回事，莫非还没有完全恢复？”

他喃喃自语一声，正打算闭上双目内视一下，结果他刚催动炼神术，脑海中庞大的神识就剧烈翻滚起来，疯狂涌动。

这一刻，他感觉仿佛有无数小刀，疯狂在脑海中搅动。

这痛楚发生得非常突然，且太剧烈，以韩立的心性竟也忍不住惨呼了一声。

他两手抱头，面容瞬间变得苍白无比。

紧接着，其原本飞遁的身体陡然停了下来，然后仿佛石头一般，从半空坠落而下，直挺挺地落入了海中。

冰凉的海水淹没了韩立的身体，他没有一丝感觉，脑海中的剧痛越来越强烈，渐渐淹没了他的心神，令他的神志变得模糊。

不知不觉间，他的双目泛起一层淡淡的血光。

韩立下意识地想要睁开双眼，却觉得眼前的一切模糊不清，四面八方不时传出一声声嘶喊和怒吼，此起彼伏，时远时近。

这些嘈杂之声传入耳中后，仿佛能直接进入脑海深处，令他全身血液沸腾；胸膛之中有一股压抑许久的怒火，让他几乎无法呼吸，似乎只有将之释放出来，才能平息这种暴躁感。

他双手下意识地疯狂舞动起来，时而挥拳击出，时而举掌横劈，仿佛只有这样，才能平息内心的躁动。

他想放声怒吼，却无法听到怒吼声，耳中能听到的只有越来越响的嘈杂声。他不断挥舞双手，心中那股怒火似乎找到了一个宣泄的口子，随着每一拳的挥出，一点点地流逝。

韩立似乎找到了一个能让自己舒服些的方法，这一刻，他的脑海一片空白。

不知过了多久，随着四周嘈杂声愈演愈烈，他心中的怒火也慢慢平息。渐渐地，他口鼻之中开始充斥着血腥气味。

就在此时，仿佛拨云见日一般，眼前的一切开始变得清晰起来，首先映入其眼帘的，是一片红。

四面八方，入目皆是赤红色。

他仿佛跌入了一片无尽的红色海洋，他身旁到处都是尸体，在一片红色中若隐若现。

就在此时，他的脑海中传来一阵刺痛，眼前的红色逐渐淡去，四周的景物陡然一变。

韩立用力摇了摇头，神志缓缓恢复了过来，他的脑海也随之恢复了清明。

这一刻，他只觉得全身无力，而且浑身上下刺痛无比，仿佛经历了一场激烈的厮杀。

然而当他再次抬头，望向四周时，却发现他自己站在一座海岛之上，四周是波涛汹涌的大海。

韩立微微一怔，觉得自己的记忆似乎有些混乱，他只记得自己离开了那座炼制道丹的小岛，之后发生了什么就不记得了，至于为何会出现在这里，他更是完全不知道。

他深吸了一口气，缓缓闭上双目，尝试回想之前的事情，结果刚动了这个念头，脑海中立刻再次传来一阵剧烈的刺痛。

他连忙停下思维，轻轻甩了甩头，这才舒服了一些。

突然，他似乎想到了什么，转身朝着身后望去。

他所在的岛屿面积颇大，却千疮百孔，支离破碎。

岛屿中央应该是一条颇大的山脉，赫然从中间断开，形成一个几乎横贯岛屿的巨大湖泊，装满了海水。

山脉其他的山峰，有的被生生轰碎，有的打断了一半，一些地方还冒着阵阵烟尘，岛上的树木植被等更是被毁坏殆尽。

韩立看着眼前的景象，眼中闪过一丝惊讶。

此刻他脑海中的痛楚消散了不少，他心念一动，庞大的神识散发了出来，朝着周围扩散开去。

结果这一扫视，他心中再次一惊。

不仅仅是岛屿，就连周边的海底也是千疮百孔，仿佛被犁过一般，出现了一个个巨坑。甚至一些地方的地壳也裂开了，浮现一道道巨大的裂缝，地底岩浆喷涌而出，不过此刻已经凝固。

这个情况不仅仅出现在周围一片区域，韩立用神识扫过的范围内，似乎都经历了一场激烈的大战。

万里内的几座岛屿被摧毁，有的直接陷到海底，有的变得支离破碎，面目全非。

海底横七竖八躺着不少妖兽尸体，这些妖兽实力都不弱，甚至有不少合体期乃至大乘期的妖兽。

这些妖兽死状都极为凄惨，一条身长百丈的大乘期蛟龙甚至断成了几截，龙首面部狰狞，瞳孔深处满是恐惧。

“这是……”韩立见状，目瞪口呆。

突然，一道金色雷光从天而降，落在他身前不远处，雷光消失，现出了一名黄袍中年人的身影，正是蟹道人。

“蟹道友，你可知道这里是怎么回事，刚刚发生了什么？”韩立心中一动，问道。

“韩道友，莫非你完全不记得了？你所看到的这一切，都是你亲手造成的。”蟹道人默然看了韩立半晌，随后开口道。

“我……”韩立闻言一愣，心中突然涌起不祥的预感。

“你飞至半途，突然仿佛发狂了一般，时而入海，时而出海，疯狂破坏着这里的一切。你好像被心魔附体，丧失了神志，任凭我怎么呼唤，你都没有反应。”蟹道人缓缓说道。

“我……发狂……大概持续了多久？”韩立闻言一愣，继而又问道。

“从你突然双目变红坠入海中开始，到你突然清醒，约莫一炷香的时间。”蟹道人略一沉吟后说道。

韩立面色阴晴不定，沉默下来。

经过蟹道人这么一提醒，韩立脑海渐渐清明，回想起了失忆之前的事情。

飞遁途中，他的脑海突然剧痛，很快丧失了神志，然后便什么也不记得了，只记得心中充满杀戮的欲望。

“怎么会？为何会这般？难道是被人暗算……”韩立喃喃自语，眼睛渐渐变得明亮，抬起头来。

“是炼神术……”

以他现在的修为，就算是金仙也不可能如此不着痕迹地暗算他。回想之前的情况，应该是炼神术了。

韩立脸色阴晴不定，迟疑片刻后，缓缓运转炼神术。

他脑海中立刻传来一阵绞痛，他忍不住闷哼一声，连忙停止运转，脑海中的痛楚这才慢慢消退。

韩立眼中光芒一闪，心中顿悟，显然，这一切都是炼神术造成的。

想到这里，他脸色阴沉了下来。

根据当年那个何康仙人所言，修成第三层炼神术后，可保他三四万年内神识无虞，而他早已修成了第三层炼神术，但此刻才过去了一万多年，他的神识为何这么快就出现了危机？

是那个何康说谎？还是别的什么原因导致神识危机提前到来了？

韩立缓缓呼出一口气，恢复了平静。

无论是什么原因，现在问题既然已经出现，最重要的是想出对策，若不解决，自己恐怕将成为对方口中的那种神识混乱的杀戮怪物。

今日所发生的一切，或许只是一个开始，幸亏这里地处偏僻，自己方才发狂的时间尚短，并未引起什么人注意，否则恐怕麻烦就大了。

如今虽然暂时平息下来，但难保自己什么时候不会突然发狂，在无意识的那段时间，自己的处境显然十分危险，而且根据之前初步了解的信息来看，这种发狂的频率会越来越高，持续时间会越来越长，最终自己或许会永远无法醒来。

韩立眼神闪烁，按照之前何康的说法，要想解决炼神术引起的这种问题，只有去修炼第四层的炼神术。

第185章

服丹

韩立在烛龙道时，暗中调查过仙界的炼神术，不过他那时认为神识危机起码也要两三万年后才会出现，加上要做的事情不少，所以只是略微查找了一下，并没有尽心。

根据他目前所了解的情况来看，北寒仙域这里对炼神术的记载很少，已经很久没有出现过炼神术引发的事件，故而炼神术的功法更是鲜有人知。

烛龙道的传功殿中虽然有炼神术的功法，但被列为禁书，除却道主外，其他人都不得翻阅，而且只有前三层的半部功法，他自然没有多理会。

韩立眉头皱起，神色有些沉重。

连烛龙道这样的大宗内也没有炼神术的后半部功法，此刻他身处黑风海域，又到哪里去寻找这门秘术的功法？

韩立在原地站了片刻，一直沉吟不语，蟹道人也没有再多说什么，只是静静地悬浮在他的身前。

半晌后，韩立神色微微一动，似乎想到了什么，一只手一翻转，掌心多出了一张青色虎首面具。

韩立望着手中的面具，沉吟片刻后，再次收了起来。

紧接着，他没有在此多做停留，将蟹道人收起后，整个人化为一道青光，朝着远处电射而去。

数日之后。

韩立洞府上空，一个模糊的身影浮现，正是韩立。

他感应下方一圈，心中稍稍一松。

岛屿附近布置的禁制没有被触动的痕迹，洞府入口处也是一副严严实实的样子，看来他离开的这段时日并没有人来过这里。

韩立身形一个模糊，一闪没入禁制之中，很快进入了洞府之中。

在洞府内各处走动一圈后，便进入了密室。

他缓步走到密室中间，衣袖一抖，密室四周灵光一闪，一层淡黄色光幕若隐若现地浮现，将整间密室包裹了起来。

韩立这才神色木然地取出青色虎首面具戴在脸上，拿出阵盘，打开无常盟的交易界面，正要发布任务，突然，他动作一停。

虽说想凭借面具在无常盟内找到一个人几乎不可能，但他用这个虎首面具已经有很长一段时间了，继续使用下去未必保险，最好还是找个机会再换一个面具为好。

韩立这般想着，很快发布了一个寻找炼神术后半部功法的任务。

由于炼神术在仙界属于禁术，故而他只是比较隐晦地描述了该功法的特点。提及该功法对于加强神识有不小的作用，并未直接说出功法的名字。

不过，修炼过炼神术或者知道此秘术的人，一眼便能看出他所说的便是炼神术了。

至于报酬，韩立给得极高，并称若是不满意，可以面谈。

做完这些，他将青色虎首面具收了起来，微微叹了一口气。

如今他的处境，只能先设法求助无常盟，看看能否有办法解决，若是实在不行，恐怕他只能冒险离开黑风海域了。

说起来，无常盟在他刚刚加入时，确实给了他不少惊喜，不过随着他修为的提升，他需要解决的问题也随之发生了变化，无常盟不再像以前那样有求必应了。

就比如之前他寻找炼制道丹的几样辅助材料，也是花了极长时间才有结果。希望这次别再让他失望了。

他摇了摇头，不再想这些，闭目专心运转炼神术。脑海中的庞大神识之力缓缓转动起来，由快而慢。

随着神识运转，韩立脑海泛起一种清凉之感，没有丝毫不适，先前的神识突变，仿佛是一场梦。

他心中微松，看来神识已经恢复正常了，虽然不知下一次爆发会在何时，但短时间内应该没问题。

一念及此，韩立翻手取出一只青色玉盒，盒上贴了几张淡金色符箓。

虽然有符箓封印，但仍然有丝丝法则波动从盒内散发而出。盒内所盛放之物，正是自己费尽千辛万苦才炼制出来的那颗时间道丹。

他看着玉盒，轻呼了一口气后，将玉盒放在一旁，闭上了双目，一副准备养精蓄锐的样子。

当三日后，他睁开眼睛时，无论是仙灵力还是神魂之力，都已处于巅峰状态，心情也平静了下来。

他衣袖一扬，一道金色雷光一闪而出，蟹道人浮现。

“蟹兄，此地虽然隐蔽，但以防万一，又要麻烦你为我护法了。”韩立缓缓说道。

蟹道人这次没有说话，只是默默地点了点头，接着身上雷光一闪，消失在空中。

韩立见此情形，单手一挥。

密室大门上青色光芒闪烁，凝聚成一层厚厚的符文光幕，一闪而灭。

做完这些后，他才再次拿起地上的玉盒，揭掉了上面的符箓。盒盖自动开启，露出里面的金色道丹。

韩立用手指轻轻捏起道丹，又细细打量了两眼后，才猛地一仰头，将丹药服了下去。

下一刻，他眉头一蹙，脸上浮现一丝略显痛楚的神色，同时身上金色光芒大放。

“刺啦！”

真言宝轮在金光中浮现，绽放出耀眼的金色霞光，滴溜溜旋转起来。

宝轮之上，三百六十团时间道纹尽数变得明亮起来，同样飞快旋转，散发出远超平日的光芒。

与此同时，韩立身上金光一闪，一道金色道纹浮现，正是道丹上的道纹。

几次呼吸之后，他身上再次金光一闪，第二道金色道纹出现。两道道纹都绽放出耀眼的金色光芒，交相辉映，将韩立的身体映照成了淡金色。

道纹散发出的金色光芒中，有无数金色符文在翻滚，一股无法言喻的法则之力在其中荡漾。韩立整个人便沐浴在这片金色符文所化的区域之中，双目紧闭，双手不断在身前掐动法诀。

转眼间，五年时间过去了。

韩立洞府所在的整座岛屿仍被禁制笼罩，遥望之下，仿佛消失了一般，除非亲自触碰，否则根本无法察觉到岛屿的具体位置。

这一日清晨，岛屿附近原本平静的海面突然泛起一阵波浪，由远及近。

接着“哗啦”一声，一头白色海兽探出半个身子，朝这里缓缓游过来。此兽通体洁白，仿佛白玉雕刻而成，正是先前与韩立有过一面之缘的那头猪豚兽。

从它身上散发的气息来看，它已经彻底稳固了化神期的修为，身下八只洁白兽腿散发出淡淡白光，仿佛两排船桨一般不停滑动，使它往前迅疾无比地游去。

此兽上次得到韩立相助，突破到了化神期，这些年一直在洞府闭关。前不久，它稳固了修为后，便立刻出关，想要再见那位神通广大的人类修士一面。

猪豚兽虽然不是什么厉害妖兽，但天生有一些异能，对于各种灵气波动颇为敏感，且喜欢收集矿石灵材，藏在巢穴之中。

它这次可是把过往许多年收集的东西都带来了，它的想法很简单，便是希望能再次从那个人类修士手中得到一些好处。

很快，猪豚兽便绕着岛屿转了一圈，它发现岛屿消失了，眼前还有一层无形屏障阻挡它靠近。这屏障十分柔韧，但又给人坚不可摧的感觉。

它两只眼睛滴溜溜一转，并没觉得意外，它知道这肯定是那位人类修士布下的某种神秘手段，自然不会去轻易触犯。不过如此一来，它就见不到那人了。

猪豚兽朝着岛屿方向看了两眼，尾巴一甩，准备离开。

就在此刻，一股庞大的气息波动浮现，笼罩了附近的海域。

这股气息极为可怕，给猪豚兽一种浩瀚的感觉，仿佛是天地的气息。它全身颤抖，动弹不得，发自心底地感觉到一阵战栗。

与此同时，附近的天地灵气也忽然翻滚起来，形成一个又一个金色灵气旋涡。

这些旋涡有大有小，大的有亩许，小的跟拳头差不多。不过无论大小，旋涡中都出现了无数金色符文，闪烁着耀眼的金色灵光。

一时间，整个海面到处都是金色旋涡，乍一看仿佛一片金色灵云，和之前丹劫时出现的景象差不多，不过没有丹劫时那种沉重之感。

无数金色旋涡闪烁，看起来既炫目又美丽。

强大的法则之力波动随着这些金色旋涡的旋转，朝四面八方扩散而去。

金色旋涡翻滚了一阵，忽地如潮水般尽数朝一处汇聚而去。

转眼间，所有金光旋涡消失无踪，一根数十里长的巨大金色光丝浮现，横在半空中。

光丝看起来晶莹剔透，仿佛活物般轻轻甩动。无数大大小小的金色符文在光丝上面跳跃，发出响彻天地的呼啸声，仿佛山呼海啸一般，庞大的时间法则之力从光丝上散发而出。

虽然只有一根光丝，但感觉其威势比之前的无数金色旋涡更加浩大。

光丝好像一条巨龙在半空游弋，蕴含无穷无尽的力量，它游到哪里，哪里的空气便震荡波动起来。

突然，光丝一个波动，周围的金光和符文飞快黯淡下去，巨大的呼啸声也逐渐消失。

霎时间，光丝周围的所有金光符文尽数消失，只剩下一根金色光丝，静静地悬浮在半空之中。

光丝此刻更加晶莹剔透，散发出的时间之力也更加强烈。而且和之前不同，这次散发出的时间之力毫无混乱之感，反而给人一种极为玄奥、契合天地的感觉。

晶莹光丝和先前一样，也在轻轻摆动。只是这次光丝摆到哪里，哪里的空气便仿佛被冻结一般，彻底停滞了。

这种感觉和真言宝轮的迟滞效果很相似，不过似乎又存在某种不同。

就在此刻，下方洞府内一道金光闪过。

半空的光丝忽地缩小，朝着下面的洞府而去，一闪没入其中。

附近海域的所有异象尽数消失，天空又恢复了平静。

那头猪豚兽也恢复了自由，呆呆地朝着岛屿方向望了一阵，接着心中猛地一惊，连忙一头钻入海中，朝着珊瑚岛拼命游去。

这异象虽然颇为诡异，但影响范围和声势与当年那次丹劫相比要小得多，并没有引起附近修士的注意。

与此同时，仙界某处空间。

这里到处飘荡着金色云团，一团接一团，大小不一，层层叠叠，充满了整个空间，使这里看起来金光璀璨。

这些金云上下浮沉，有的还在不断变化形状，看起来似人非人，似物非物，给人一种非常神奇的感觉。

一团金云上耸立了一块万丈高的巨大金色石碑，散发出一阵阵金色光芒，流转不停。

石碑之上是一行行金色图案，看起来似乎是文字，又好像是符文，密密麻麻，几乎布满了整块石碑。

这些金色图案有大有小，有亮有暗，一般而言，大的都比较明亮。最大的有房屋那么大，散发出强烈的金光，最小的只有拳头大小，散发出的金光很暗淡。

金色图案有的静止不动，有的却在不停闪烁，散发出阵阵强烈的时间法则之力。

突然，石碑之上金光大放，同时发出巨大的锐啸，直冲云霄。

石碑底部一处空白地方灵光一闪，浮现一行新的金色文字，大概碗口大小，也散发出淡淡金光，轻轻闪烁着。

石碑散发出的耀眼金光持续了片刻，很快暗淡下去，一切又恢复了之前的样子。

巨碑前方某处突然一阵波动，点点金光浮现，并凝聚成一双金色巨目，巨目眼珠一转，朝着石碑方向望去。

“哦，又多了一个参悟出时间法则之人……”一个模糊的声音响起，听不出是男是女，也听不出任何情绪波动。这声音在空间内回荡了一会儿，很快消散。

那金色巨目似乎只是随意看了一眼，下一刻，便一闪化为点点金光消失不见了。

洞府密室之内，韩立身上包裹着浓郁的金光，真言宝轮在他身后缓缓旋转。他的头顶悬浮着一根尺许长的金色晶丝，犹如一条灵蛇般在空中缓缓游动。

虽然缩小了很多，但晶丝散发出的时间之力丝毫未减，充斥着整间密室，使室内的一切都发生了某种特别的变化。

可以说，除了韩立和他身上的金光，密室内的一切都处于看似静止的状态。

韩立缓缓睁开眼睛，看着头顶的金色晶丝，眼中闪过一丝兴奋之色。

这次他参悟时间法则，过程颇为曲折，单单是炼化道丹，就花了他数年时间。之后借助道丹之力，冲击领悟时间法则，又花了几年。

这期间数度遭遇意外，好在他准备得比较充分，身上又有很多珍贵丹药。

而且他之前又通过真言宝轮尝试了数次领悟，虽然未能成功，但积累了不少经验，故而对于参悟过程中的一些瓶颈，最后都有惊无险地化解了，这才借助道丹之力，顺利掌握了时间法则。

而自从他掌控了时间法则后，一切都变得不一样了，他感觉到自己对时间这种神秘的力量多了一丝特别的感悟，对《真言化轮经》的理解也发生了一些改变。

最明显的，自然是在唤出真言宝轮，身处金色空间之中，似乎更加游刃有余了。而在他感悟出时间法则的瞬间，甚至隐约感应到了整个世界时光流逝的一丝痕迹。

良久之后，韩立的心情才慢慢平静下来。他看着金色晶丝，目光闪烁了几下。

接着，他手中掐诀一点，金色晶丝表面光芒一闪，开始收缩。

密室内顿时恢复了正常。

韩立手中法诀一变，金色晶丝顿时连连变化，时而拉长，时而缩小，有时还打成一个结，完全随着韩立的心意在变化。

金色晶丝的形态发生变化，散发出的时间之力也会随之改变。

见此情形，韩立脸上露出了感兴趣的表情。看来这时间晶丝远比他想的玄妙，一时半会儿无法彻底参透。

他淡淡一笑。时间他有的是，以后慢慢参悟就是。

韩立手中法诀一变，准备收起金色晶丝，毕竟施展和维持此物对体内仙灵力的消耗可不小。

就在此刻，他眉毛忽地一挑，想起了一件事，动作停了下来。

韩立翻手一挥，掌心出现一个绿色小瓶，正是掌天瓶。

这些年他不知探查了此瓶多少次，都没有什么结果，此刻他已经领悟了时间之力，还凝聚出了这时间晶丝，不知能否探查出掌天瓶的秘密？

一念及此，韩立深吸了一口气，正要手中掐诀，催动金色晶丝。

就在此刻，异变突生！

掌天瓶骤然光芒大放，散发出耀眼绿光，然后从他手中飞射而出，悬浮在半空中。

与此同时，韩立身后的真言宝轮也是光芒一亮，急速运转。

只听“嗖”的一声，金色晶丝骤然变得笔直，接着飞射而出，一闪而逝，没入了真言宝轮内。

“嗡！”

真言宝轮光芒大放，比平时明亮了十倍，所有时间道纹尽数绽放。宝轮中央金光汇聚，很快凝聚成真实之眼。

真实之眼还没有睁开，不过上面金光耀眼，无数金色符文在周围闪烁，恍如活物一般在蠕动。

韩立脸色微变，但他只是站在原地，并没有什么举动。

刚刚他便察觉，此刻无论是掌天瓶，还是真言宝轮，甚至是那根时间晶丝都已经脱离了他的掌控，就和以前一样。

韩立心中惊讶的同时，内心深处也有些期盼。

掌天瓶以前便发生过数次异变，每一次都带给他不小的惊喜，却不知此刻再次异变，会发生什么？

在他思量间，掌天瓶和真言宝轮遥相呼应，散发出的光芒同时越来越亮，一股股强大无比的波动扩散开来，整个洞府都震颤起来。

就在此刻，真实之眼猛地睁开，一根晶丝从里面飞射而出，正是时间晶丝。

晶丝一闪，没入了掌天瓶内。

“嗡”的一声，掌天瓶表面绿光大放，飞快变大，转眼就化为磨盘大小。

瓶壁上浮现无数绿色符文，在上面飞快游动，闪烁不定，好像夜空的星辰一般。

这些绿色符文忽地一闪，从瓶壁上飞射而出，汇聚到瓶身内，凝聚成一团绿云，翻滚不已。

绿云之中，隐约浮现一个旋涡形状的图案。一股特殊的气息波动从绿云中散发而出，这股气息并不强烈，掌天瓶附近的空间却剧烈波动，泛起肉眼可见的波纹。

韩立眉梢一挑，瞳孔微微收缩。

就在此刻，掌天瓶散发出的光芒一闪，里面的那团绿云化为一道粗大绿色光柱，直接没入了空中，将空间撕裂。

"轰隆隆！"

无数晶光从撕裂的空中浮现，凝聚成先前出现过的晶壁。

韩立眉头微皱，眼中闪过一丝失望。这晶壁他已经见识过了，确实威力不凡，也有不少妙用。不过他这次对掌天瓶颇有期待，本以为此瓶会展现出别的神通，没想到还是这面晶壁。

但紧接着，他心中一动。

晶壁虽然还是之前那面晶壁，但是上面出现了一个绿色旋涡图案，正是先前瓶身内出现的那个。

"轰隆隆！"

晶壁波动颤抖着，上面无数晶光流动，不时有景物飞快闪过。

晶壁上的绿色旋涡突然闪烁起来，晶壁上的流光悉数被其吞噬，旋涡则飞快变大。

一开始只有脸盆大小，几个呼吸之间，已经化为房屋般大小，飞快转动。

"轰隆！"

一股庞大而奇特的吸力陡然从旋涡中散发而出，笼罩了韩立的身体。

韩立脸色一变。

这一刻，他只觉身体完全不受这股吸力影响，但是他脑海中的神魂毫无抵抗之力，尽数飞射而出，一闪没入了其中。

还没等他做什么，韩立便觉脑海中一阵刺痛，接着眼前一黑，失去了意识。

不知过了多久，也许是一瞬间，也好像是一万年，韩立的意识才慢慢恢复，缓缓睁开眼睛。

他眼前是一个破旧的屋顶，横梁上挂满了蜘蛛网，屋顶破了几个大洞，露出外面的天空。耳边似乎还有什么声音，时远时近，断断续续。

韩立全身剧痛，动一下手指都很困难。他艰难地转头朝着旁边望去，很快看清了自己此刻的处境。

他正躺在一张床上，周围好像是一座破旧的庙宇，至于耳边的声音，是一个看起来颇为壮实的黄衣少年发出的。少年浓眉大眼，肤色微微呈现出淡金之色，正跪在床边，低头哭泣。

看到这个情况，韩立整个人一愣。

这是哪里？他不是在洞府内探查掌天瓶吗？为何会来到这个陌生的地方？

第186章

因果缘

韩立正要竭力回想，突然，他只觉脑海一震，接着一阵头痛袭来，他不由自主地双手抱头，口中也发出一声闷哼。

所幸，这种刺痛眨眼就消失了。

他刚刚松了一口气，下一刻却神色一滞，眼中闪过一丝错愕。

就在方才，一段陌生杂乱的记忆突然浮现在他的脑海。这些记忆并不完整，似乎是一个个片段。

床边那个少年却听到了韩立口中发出的声音，猛地抬头，脸上兀自挂着泪水，眼中却透出惊喜，颤声道：“师……师父，您醒了？”

“师父？”韩立听到少年所言，心中一怔。

他可不记得自己什么时候收过这么一个徒弟，但对方的容貌不知为何给他一种莫名的熟悉感。

“师父，我就知道您福泽深厚，一定不会出事的！我从真大师那里求来了两朵龙胆花，已经熬成了药，我这就去给您端过来。”少年用袖子抹去脸上的泪水，忙站起身来，快步朝着外面走去。

韩立木然地望着少年离开，下意识地低头朝着自己的身体望去。

这一看不要紧，他顿时心中一怔，脸上露出了愕然之色。

他的身体竟然枯槁无比，身上穿着一件青色道袍，两只手也干枯黝黑，仿佛两根老树干。

“这是怎么回事，我怎么一下子苍老了这么多？还有，这里究竟是什么地方，那少年又是谁？”韩立心中顿时闪过一连串疑问。

百思不得其解，他只得暂时作罢。

此刻，他体内的痛楚减轻了很多，双手撑着床沿，勉强坐了起来。

韩立略一沉吟，连忙催动神念，探查起体内的情况来。

结果一扫过后，他眉头紧蹙起来。

首先他可以肯定，这副苍老的身体绝不是自己的，只是自己的神魂不知为何附在了这副身体上。

此外，这副身体内的五脏六腑受了极重的伤，尤其还中了一种剧毒。

若是以韩立的修为，受这点伤自然不算什么，但是这副身体的法力只有筑基后期，根本无法压制内伤和剧毒。

换句话说，这副身体已经没有多少生机，死去不过是时间问题罢了。

韩立苦笑一声，深吸了一口气后，屈指一弹，催动起体内不多的法力来。

“刺啦！”

半空中出现点点水珠，并汇聚至他手指所指的空处，形成了一面直径尺许的水镜，里面现出一名花白胡子的老道。

韩立了然一笑，挥手驱散了水镜，皱眉陷入了思考。

自己施展的时间法则之丝与真言宝轮以及掌天瓶之间似乎产生了某种联系，然后自己的神魂不知怎么被晶壁上的旋涡吸走，之后就到了这里。

“难道是陷入了某种幻术之中……”韩立喃喃自语，原本提着的心，倒也放下了几分。

他抬头朝着周围望去，眼前的一切都无比真实，根本没有丝毫幻境的痕迹。

“不是幻术，那这究竟是什么？”

韩立心念转动，随即又查看起脑海中多出的那些记忆片段来，尝试将其梳理一番。

很快，他便将这些记忆尽数查看了一遍，眼中流露出一丝明悟。

这些记忆片段正是这个花白胡子老道的。老道名唤凌云子，刚刚那个黄衣少年则是他唯一的徒儿，名叫李元究。

凌云子因为发现一株灵草，而被打成重伤，虽然逃了出来，但由于元气大损而油尽灯枯，并于不久前殒命了。

而韩立的神魂不知怎么附在了这具刚死去的尸体上，使其活了过来，所以，李元究才误以为师父复活了。

“咦！”

韩立面色突然一怔，朝着左前方望去。

那里的空中赫然浮现一个模糊的淡金色圆轮，几乎淡不可见，若不是他恰好抬头看向那里，一时还发现不了。

那淡金色圆轮正是他的真言宝轮，上面的三百六十团时间道纹正在轻轻闪烁。

片刻之后，就已经有二十几团时间道纹暗淡下去，而且随着时间推移，每过一次呼吸的时间，宝轮上的时间道纹便有一团暗淡下去，和之前施展晶壁神通时的情况一样。

韩立心中念头急转，似乎隐约想到了什么，却又模糊不清。

就在此刻，一阵脚步声传来，李元究快步走了进来，他小心翼翼地端着一个瓷碗，里面盛着大半碗黑色液体，散发出一股馨香药味。

“师父，您先喝了这碗药。”李元究走到床前，将药碗递了过来。

韩立看了那碗药一眼，感觉药里蕴含着一股不弱的灵气波动，显然里面所用的药材价值不菲。

“放在那里吧，我等会再喝。”韩立冲李元究说了一句，随后缓缓站了起来。

“师父，您身上有伤，还是卧床好好休息吧。”李元究一惊，急忙说道。

“我的身体，自己清楚，你不用担心。”韩立一摆手说道。

又过了一会儿，韩立对这副身体渐渐适应了，行动已经没有什么问题。他稍微活动了一下身体，迈步朝着外面走去。

李元究愣在那里，隐隐觉得师父的举止有些奇怪，但也不敢多问，放下药碗后，急忙追了出去。

韩立走出破庙，目光四下一扫，发现这座庙宇建在一处山顶，出去之后，入眼是连绵的群山，一片苍翠，风景倒是极佳。

只是此处是荒野，山中不时响起虎啸猿啼之声，天地灵气也很稀薄。

韩立定了定神后，将神识散发开来，探查周围的情况。

他如今这副身体内的法力虽然稀薄，但他自己庞大的神识不知为何似乎保留了不少，很快他的神识就弥漫了方圆数千里。

他眉头略微一皱，周围数千里内，都是一座座山脉，无法确认此地的位置。

“师父，您没事吧？”李元究追了出来，站在韩立身后不远处。

“元究，此处是什么地方？”韩立微一沉吟，开口问道。

“师……师父，这里是木兰山脉啊，我们不是一直在这里修炼吗？您怎么会这么问？”李元究疑惑地说道。

“我现在脑海中的记忆有些混乱，可能是受伤所致。”韩立眉梢微挑，说道。

“啊！”少年闻言，脸色一变。

“不用担心，这并无大碍。我且问你，这木兰山脉属于哪块大陆，位于哪处仙域？”韩立继续问道。

“木兰山脉属于木荆大陆，位于金源仙域。”李元究闻言，面色一松，说道。

“金源仙域……”韩立心中一动，这个名字他倒是从未听过，不过他肯定此处是在北寒仙域之外。他的神魂竟然来到了如此远的地方。

韩立心中震动，眼神闪烁不定。

他抬头朝着左上方望去，那个真言宝轮的虚影此刻也随着他来到了外面，上面的时间道纹，已经熄灭了近百团。

“师父，您还是好好休息一下，先养好伤，我们日后再找那些贼子报仇！”李元究眼睛微红，咬牙说道。

凌云子原本是木兰山脉一个名为铁兽门的宗门修士，还是铁兽门一位长老之子，可惜他天赋平庸，修炼这么多年也没能结丹，在宗门内一直被排挤。

李元究则是凌云子一次外出捡回来的一名弃婴，凌云子将其养大，收为了弟子。

凌云子知道自己资质不好，便将各种修炼资源都给了李元究，可惜李元究的天资也很平凡，修炼多年，仍在炼气期徘徊。

两人虽然是师徒，但感情和父子没什么区别。

凌云子的父亲在世时，凌云子师徒二人虽然不被人待见，处境好歹还过得去，但是数年前，凌云子的父亲和强敌争斗，意外殒命。

自那以后，凌云子和李元究在宗门内的地位一落千丈，各种修炼资源被收回，最后甚至被赶出了宗门。两人沦为散修，这些年一直相依为命。

李元究天赋差劲，修炼却极为刻苦，前些日子他终于修炼到炼气期巅峰，正要突破筑基期。

他们师徒二人前往一处险地，寻找一种对突破境界大有帮助的灵草。他们苦苦寻找了月余，终于找到了此物，并且费尽周折，才斩杀了守护灵草的妖兽，凌云子还因此受了不轻的伤。

就在此刻，一群铁兽门的修士赶到，领头之人正是另一位长老之子，当年在宗门内便事事和凌云子作对。那些人二话不说，便抢走了灵药。

凌云子试图阻止，被打成重伤，若非他身上带着一张影遁符，他和李元究二人恐怕当场就被斩杀了。

韩立脑海中残留的凌云子的记忆虽然不多，但也大致知道了师徒二人的境况，心中叹了口气，缓缓说道：“你现在修为不够，不要妄图以卵击石。”

“是。”李元究神色一黯，低头应道。

韩立看了李元究一眼，放出神识在其体内扫过，眼神微动。

李元究竟然和他一样，是五行缺金的四灵根，难怪修炼进度这般慢，不过其神识颇为强大，和当年的自己很像。

不知是巧合，还是冥冥之中的某种安排?

“元究，为师这些年没怎么帮到你，连累你跟着我流浪，如今为师时日无多，决定传授你一门秘术，你日后好好修炼，不要辜负为师对你的期望。”韩立心中念头转动，突然开口道。

“师傅，您不会有事的。元究不要什么秘术，只要您能好好活着！”李元究闻言大惊，连忙摆手道。

“元究，我辈修士修行大道，本属逆天之举，如今为师命数已尽，天不可容，无法强求。若你真想他日修为有成能助为师扬眉吐气，那就好好听着。”韩立面色一沉，厉声道。

李元究闻言，还想再说些什么。

韩立却不等其说话，一挥手，一股灵光从他手中飞射而出，一闪而逝，没入了少年的脑海之中。

那团灵光在李元究脑海中“砰”的一声，碎裂开来，化为了无数密密麻麻的文字，在其头顶盘旋。

开头的三个大字灵光闪耀，赫然是大衍诀。

李元究眼睛一睁，随即身子僵直，脸上一片茫然之色，不多时便一翻白眼昏了过去，倒在地上。

“你师父的身体我暂时借用一下，你我也算有缘，这大衍诀就算是给你的报酬吧。”他说完此话，挥手发出一道白光，托起了李元究的身体，正要将其送入破庙。

“咦，这身体……”他喃喃自语道。

刚刚没仔细看，这李元究的身体竟然也有些不凡，是一种颇为奇特的灵体，不过似乎还没有觉醒。

韩立再次放出神识仔细探查，看向李元究的目光更加明亮起来。

“罢了，难得碰到和我如此相像之人，再帮你一把，顺便了结一段因果吧。”他挥手打出一道灵光，没入李元究体内。

灵光在李元究脑海中一分为二，一道灵光再次“砰”的一声，碎裂开来，化为无数小字，赫然是一门功法。开头的四个大字灵光闪耀，正是“托天魔功”。

此功法是韩立当年在人界时从蛮胡子那里学来的，当日他承诺为蛮胡子寻找一个传人，免得托天魔功失传，不过之后他一直没有找到合适人选，加上忙于突破化神期，倒是将此事搁置了，导致这么多年过去了也没能兑现这个诺言。

这李元究的灵体资质，正适合修炼《托天魔功》。

另一道灵光一闪，化为一个微不可察的光点，隐匿了起来。

这光点之中是另一门功法，正是他在灵界时主修的《梵圣真魔功》，和《托天魔功》一脉相承。只是必须等李元究日后修炼到化神期，这个封印才会自动解开，再次助其一臂之力。

不过修仙之途叵测难料，即便是有自己这两部功法相助，李元究在寿元将尽前一路修行突破，并且安然无恙地修至化神期的可能性，其实也微乎其微，更何况李元究的资质并不怎么好。

只是这些，都不是韩立能管得了的了。

他看着李元究，心中有些感叹。自己和这少年不过一面之缘，却由于对方对师父一片赤诚，自己就……

他摇了摇头，单手一挥，将李元究的身体送入破庙中。

韩立转头朝着远处望去，手中掐诀，强大的神识之力散发开来，朝着周围扩散而去。

附近数十里内的天地灵气一阵波动，尽数汇聚而来，化为一团白云。

这是他以前学过的一个秘术，能够以神识之力强行驱动天地灵气。此术对神念消耗很大，但凌云子的法力太浅薄，而且身上也没有储物法器，应该是在之前争斗中丢失了，韩立若不用此秘术，飞行都做不到。

韩立身体一晃，飘身飞了上去。

白云翻滚，化为一道白光飞射而出，朝着远处迅疾无比地飞去，身下的群山飞快倒退。

现在最重要的是探查清楚这里的情况，自己阴差阳错地被带至这里，冥冥之中应该有什么缘由吧。

思量间，他眼睛不断朝着下方扫视，同时将神识也散发开来，感应着周围的情况。

半晌后，韩立眉头微皱。

下方的一座座山峰看起来很平常，丝毫没有特别之处。飞了一会儿，也并无特别的发现和收获。

他抬头看向左前方，那真言宝轮的虚影一直紧随他身旁，上面的时间道纹此刻已经熄灭了近半。

韩立眉头微皱，手中掐诀，身下白云灵光一闪，飞遁速度立刻加快了许多。

又飞了片刻，他忽地轻咦一声，停了下来，朝着下方一处隐秘山谷落去。

山谷最深处的一处山壁上，生长着一朵紫色巨花，花朵有磨盘大小，花瓣肥厚，呈现紫红色，看起来艳丽无比。

花瓣之中还有一些淡红色的如触手一般的东西，顶端是一颗颗拳头大小的晶莹水珠，不知是何物，散发出浓郁的甘甜香气。

白光一闪，云团在紫色巨花前停了下来。

韩立看向紫色巨花，眼中闪过一丝惊奇之色。

此花内蕴灵光，显然是一株灵草，而且散发出的气息，和他的那株血晶藕很相似。

紫色巨花迎风而立，轻轻随风飘动。

韩立屈指一弹，一道劲风打在紫色巨花之上。

紫色巨花猛地一震，花瓣中那些如触手一般的东西立刻电射而出，突然变长，交织化为一张大网，闪电般朝着韩立当头罩下。

韩立眉梢一挑，以他的修为自然不会中招。

云团光芒一闪，闪电般朝着后面倒飞而出，让巨花的触手扑了个空。

这些触手凌空挥舞，花瓣蠕动，好像一张大嘴，张开想要吃人的样子。

挥舞了一阵，这些触手飞快缩了回去，没入花瓣之中。

紫色花瓣也停止动弹，化为了先前的样子。

韩立见此，眉梢一挑，若有所思。

此花虽然奇特，但也只是一株颇为罕见的灵草而已。他没有在这里多停留，很快飞出山谷，继续朝着前面飞去。

韩立脸上很快露出惊讶之色，前面山脉中那种紫色巨花竟然越来越多，不时便能看到一两株。

他心中疑惑，却没有再停下来探查，而是手中加速掐诀，使飞遁速度又提升了不少。

从宝轮虚影上的道纹来看，时间似乎不多了。

又飞了一会儿，韩立神色忽地一变，露出惊喜之色，他在一个山坳前停了下来。

山坳之中赫然耸立着一座座建筑，各处灵光闪烁，布下了许多禁制，还有遁光飞驰而过，看起来是一处宗门所在。

韩立眉梢一挑，从凌云子的记忆中得知，这个宗门不是别的地方，正是铁兽门。

他心中念头转动，口中念念有词，两手掐诀。

"嗡！"

韩立的神识散发而出，化为一圈圈无形波纹，包裹住身体，周围的天地灵气也汇聚而来。

他的身上灵光一起，身形化为透明状，然后朝着下方飞射而去，很快落在了宗门一处广场上。

他一边翻找凌云子的记忆，一边转首朝着右手边一座山峰望去。山峰上耸立着一座青色阁楼，周围灵光闪耀，几乎是所有建筑中最为明亮的。

那里便是铁兽门的藏典阁，里面收藏了各种功法典籍，是韩立目前最需要的。

他身形一晃，朝着那里飞射而去，很快落在了阁楼之前。

韩立放出神识在阁楼周围的禁制上一扫，眉头一皱。

这禁制并不算高明，若是他真身在此，无论是悄悄潜入，还是破解禁制都轻而易举。只可惜此刻他体内的法力实在太稀薄，神识倒是强大，可对破解禁制没有什么大用。

就在此刻，远处光芒闪动，伴随着一阵破空声，一道遁光从远处飞射而来，落在藏典阁前。

遁光敛去，现出了一个披头散发的中年男子，结丹初期修为。此人五官还算端正，只是眉毛高高吊着，给人一种傲慢之感。

第187章

虚实难辨

韩立隐身在一旁，看见此景，心中微微一动。

不过等他看清来人容貌，身体忽地莫名一颤，一股极重的怨念从心里不可遏制地涌出。

这披发男子不是别人，正是前些时日将凌云子打成重伤的那个人。

凌云子老道虽然已经殒命，但躯体看到此人后，体内残留的意念仍然对其充满了仇恨。

“放心吧，我借用你的身体，自然会给你了结一些心愿。”韩立目光冰冷地扫了披发男子一眼，冷笑一声。

披发男子猛地一个激灵，浑身泛起一股寒意，急忙朝着周围望去。

然而周围空空荡荡，什么也没有。他似乎还不放心，又放出神识来回扫了数遍，依旧没有任何发现。

“真是活见鬼了！”

他眉头皱起，嘟囔了一句，然后手一抬，射出一道青色符箓，打在禁制上，傲慢地说道：“快打开禁制，我奉掌门之命，来取一件东西！”

禁制之中出现一个灰发老者，眼中流露出厌恶之色，不过很快就消失了。他脸上露出温和的笑容，说道：“原来是王执事，请稍等，我这便打开禁制。”

说着，灰发老者取出一块令牌，发出一道光芒。

禁制光幕顿时光芒闪烁，响起一阵轰鸣声，随之缓缓出现一道裂缝。

“就不能快一些，真是磨磨蹭蹭！”

披发男子哼了一声，看也不看灰发老者一眼，就朝着里面而去。

灰发老者脸色一沉，随即很快舒展开来，手中令牌一挥。

禁制光幕上灵光一闪，恢复如初。

谁也没有注意到，在裂缝消失的瞬间，一个透明人影也飞了进去。那个透明人影自然便是附在凌云子身上的韩立了。

他随着披发男子通过禁制光幕后，并没有继续跟上去，而是站在原地抬头望向眼前的阁楼，同时放出神识感应周围，眼中流露出一丝喜色。

而披发男子将灰发老者远远地抛下，快步走到了阁楼门口，正打算推门而入。

就在此时，韩立蓦然一转头，瞳孔一缩，目光落在了披发男子身上，同时眉心浮现一层晶光。

“唰！”

一道晶莹的小剑虚影从他眉心处飞射而出，一晃之下，竟如瞬移般跨过数百丈远出现在披发男子身后，一个闪动直接没入了披发男子的脑海之中。

整个过程前后不过一次呼吸的工夫，且无声无息，丝毫声响都未发出。

披发男子刚刚抬起的右脚一顿，接着双目猛地鼓起来，身体毫无征兆地往前扑倒，“扑通”一声砸在了地上。

“王执事，你怎么了？”

灰发老者见此，微微一怔，快步上前扶起了披发男子。

结果下一刻，灰发老者便脸色大变。

披发男子已经没有了呼吸，他的身上也感应不到一丝一毫的生机。

灰发老者定了定神后，双眼朝着周围望去，同时将神识散发开来，顷刻间便将禁制光幕内的区域扫了一遍。

结果禁制光幕丝毫无恙，而以他的修为，自然不可能看穿韩立的隐匿之术。

“来人！快来人！”灰发老者面色阴晴不定，旋即高呼起来。

藏典阁内一阵骚动，数名修士从里面鱼贯而出，看到眼前这一幕后，纷纷大惊失色，乱成了一团。

韩立没有理会这些人，淡定自若地从这些人中间飘然穿过，走进了藏典阁之中，同时再次将神识释放了出来。

藏典阁分为三层，下面两层摆放的都是寻常杂书、人文地理、图鉴游记等等。这些东西价值不大，所以前两层无人看守，也没有设禁制。

第三层存放的则是功法典籍，整个楼层被一道颇为精妙的禁制笼罩着。

韩立对那些功法典籍自然没有丝毫兴趣，当即在一二层的典籍中飞快地翻阅起来。

屋内的人因为外面的变故，都跑了出去，他自然更无所顾忌。

先前他之所以选择在门口杀了那披发男子，就是出于这方面的考虑。

他飞快翻看一本本典籍，很快就掌握了关于木荆大陆的情况。不过，这些情况对他走出现在的境遇，并没有什么帮助。

韩立抬头朝左前方看了一眼，真言宝轮虚影上的时间道纹只剩下差不多四分之一了。

他眼睛一闪，虽然不知道在所有时间道纹全部熄灭后会发生什么，但以他以往的经验，自然也大致猜到了一些。不过他现在可没心思管这些。

韩立很快收回目光，继续飞快查阅典籍。

半晌后，他的动作忽地一顿。他手中正捧着一本略微泛黄的书册，看起来已经有些年头。

这本书是一位喜好游历大陆的修士记录的见闻手札，其中一幅图引起了韩立的注意。

图中画的是一个秃头无眉的金色小人，头上长着两根长长的金色触须，身上有金色倒钩般的尖刺，看起来颇为狰狞。这个模样和他以前拥有的噬金虫王颇有几分相似。

“……今游历至金焱山脉附近，偶遇惊天争斗，万里山脉被毁，天崩地裂，恐乃仙人厮杀，为避殃及，急忙远遁躲避，侥幸逃脱。此虫乃交手二仙之一，惜吾见识浅陋，不识其来历……”图后面是那位修士的注解。

韩立看到这里，眼睛一亮。这金虫显然不是他以前的那只噬金虫王，或许是另一只？

说起来，他当年初入北寒仙域，遭遇陶羽便遗失了那只噬金虫王，至今未能找回来，对于此事他事后费了不少心思，可惜没能找到什么有用的线索，想不到在这里竟然看到了有关噬金虫的记载。

韩立将此事记下后，继续朝后面飞快翻阅，但这篇手札接下来记载的都是其他的传闻逸事，再没有关于噬金虫的内容了。

他心中不由得有些失望，但并没有停歇，而是拿起另一本讲述灵草的典籍翻阅起来。

他翻看了几页，手上动作一顿，目光停在了某一页。

这是一朵紫色的花，鲜艳夺目，正是他先前在山脉中看到的紫色巨花。

“噬灵花，以异香吸引活物，噬其血肉为食，内蕴气血药力，可用来炼制丹药，效果斐然。然此花蕴含一种诡异尸毒，必须以秘术驱除毒素方可入药，此法颇耗修为，殊为不易……”

韩立看到这里，顿时恍然。

难怪那些紫色巨花明明看起来灵气盎然，药力颇强，却可以开遍山野而无人采摘。

他还要继续翻阅典籍，头顶忽地传来一阵嗡鸣。

韩立抬头望去，眉头一皱。

他头顶真言宝轮虚影上的时间道纹，此刻已经尽数暗淡，宝轮虚影陡然光芒大放，变成实体，并且飞快转动，发出阵阵呼啸声。

韩立朝着外面望去，眼中流露出惊奇之色。

传入他耳中的呼啸声十分明显，但是外面的人似乎一点也听不到。

因为真言宝轮虽然飞快转动，威势惊人，但是并没有对周围造成丝毫影响，甚至没有在空气中掀起一丝风声。

突然，一点黑光在真言宝轮中心处浮现，并且迅速变大，转眼间就将真言宝轮染成了黑色。

“呜呜呜！”

随着真言宝轮的转动，一个黑色旋涡浮现，和先前晶壁上的一模一样。

这一切说来话长，但其实是发生在刹那间的事情。

还没等韩立做出什么反应，一股强大的吸力从旋涡中喷涌而出，笼罩了他的身体。

“嗖！”

韩立只觉神魂一阵刺痛，接着便没入了黑色旋涡之中。

他最后看到的一幕，是凌云子的肉身在失去秘术笼罩后，显现了出来，随即猛地一颤，就此崩溃开来，化为了无数光点，消散在半空之中。

这让韩立心中一惊。但下一刻，他便觉眼前一黑，意识模糊了。

不知过了多久，韩立才逐渐清醒，缓缓睁开了眼睛。

映入他眼帘的，赫然正是之前的那面晶壁，上面的黑色旋涡闪了几下，随之消失无踪。

然后晶壁轻颤了两下，也飞快消散开来，前方的空间也随之恢复如初。

“回来了……”韩立看着熟悉的洞府，眼中闪过一丝莫名的复杂之色，有些欣喜，也有些失望。

欣喜的是自己总算平安归来，失望的则是和前几次不同，这次掌天瓶展现异能，他却没能得到什么实质性的收获。

他对此自然不甘心，当即闭上双目，将之前的离奇经历飞快地在脑海中过了一遍，试图从中找出一些线索。

良久之后，韩立睁开双目，摇了摇头，这次经历的缘由，他终究是想不明白，便没有再多费心思。

他轻叹了一口气后，手中一掐诀，身上浮现一层金光，真言宝轮在他背后浮现。

如他所料，真言宝轮上的三百六十团时间道纹，此刻尽数变得暗淡无比，和当年施展晶壁神通后一模一样。

一根金色晶丝缠绕在真言宝轮之上，正是时间法则晶丝，不过此刻也变得很暗淡。

韩立面色一松，单手一招，将时间法则之丝收入了体内。

就在此时，前方空中泛起波动，蟹道人的身形浮现。

“恭喜韩道友，终于得悟时间法则。”蟹道人拱手说道。

“此番能够借一颗二品道丹得悟成功，不过是侥幸而已。时间法则作为三大至尊法则之一，博涵玄妙，我是些微寸进不值一提。对了，刚刚这里发生之事，你都看到了吧？”韩立笑了笑，话锋一转说道。

“刚刚发生之事？莫不是指你方才唤出晶壁后，出现了片刻失神之事？难道这有什么问题吗？”蟹道人有些木然地问道。

韩立微微一怔，没有多说什么，他摸了摸下巴，陷入了思考。

从蟹道人的回答来看，自己的神魂被吸入晶壁，穿梭到金源仙域并附在他人身上后所经历的那三百六十息时间，对于自己肉身所处的现实世界来说，似乎只过了片刻。

那金源仙域究竟是否真的存在？是否真的有铁兽门这个宗门？以及自己附身的凌云子，看到的李元究，究竟是否真实存在？还是说，这些都只是自己的臆想？

若是假的，自己斩杀披发男子的整个过程却很真实，就如同现实世界中一般无二。

韩立眉头微微蹙起，发现此事越发扑朔迷离。

良久之后，他摇头苦笑。

此事太诡异，他如今参详不明白，只能等日后有机会再说了。

韩立轻呼一口气，不再费神想这些。

他既然已经成功领悟了一丝时间法则，对他来说，接下来最重要的就是修炼炼神术，还有突破金仙了。

他翻手取出无常盟面具，催动法诀，唤出了任务界面。

他之前发布的寻觅炼神术的任务，仍旧没有人回应。他叹了一口气，将面具收了起来，面色平静。

毕竟寻找后半部功法之事，得靠机缘，唯一值得庆幸的是，至少在短期内，自己应该不会彻底陷入疯狂。

如今自己距离突破金仙，还差一个仙窍，若能成功，就能增强自己在仙界的存活能力，也能大大增加自己寻得此功法的概率。

只是如何突破仙窍，韩立还没有什么头绪。

之前领悟时间法则之后，他尝试以时间之力冲击仙窍，寻求突破口，但最后一个仙窍一直毫无动静。

韩立沉思片刻之后，翻手取出一块青灰色石板，正是记载了《大周天星元功》的那块石板。

他在盟中发布的寻找《大周天星元功》后续功法的任务，同样无人回应。

他看着手中的石板，片刻之后，突然站了起来，朝着外面走去。

就在方才，他下定决心，干脆修炼一下《大周天星元功》，或许对冲击最后一个仙窍有启发。

退一步来说，《小北斗星元功》对肉身之力的增幅，他至今记在心里，威力极为惊人，《大周天星元功》既然是其完整功法，威力应该不会让他失望。

韩立将掌天瓶交给巨猿傀儡，命令其继续用绿液浇灌药园内的灵草，自己则飞出了洞府，来到小岛中央的一座山峰上。

此处是岛屿的最高处，从这里望去，周围一切尽收眼底。

韩立点了点头，单手一挥。

一道青色剑气飞射而出，将山顶削去一小截，露出了一个平整的石台。

他两手一挥，一样样材料浮现，全都散发出一股股星光之力，显然，这些都是星辰材料。

这些东西大多是在陶羽的那个黑衣胖子护卫身上得来的，此人修炼的是星辰神通，又有真仙境后期修为，身上各种星辰材料极多。

韩立张口一喷，一团青色火焰飞射而出，笼罩了山头。

山峰的岩石很快被烧得通红，软化了下来。

他手中掐诀，各种材料飞射而出，落入青色火焰中，很快便被炼化，最后融入山峰内。

原本平平无奇的山峰，很快变得明亮闪耀起来，散发出阵阵光芒。

转眼间，四五日的时间过去。

山峰顶部完全变了一个样子，此刻好像一个巨大的石台，通体泛蓝，闪耀着阵阵星光。

石台上铭刻了一道道符文，隐隐呈现出各种星辰图案，形成一个复杂的大阵。此处的一切，和当初境元观的聚星台很相似，不过比聚星台更加宏大壮观。

石台上的法阵是韩立根据当初聚星台上的聚星法阵，再配合他这些年领悟的一些星辰法阵设计而成。

那黑衣胖子的储物法器中有一些很精妙的星辰法阵，还有一些星辰方面的功法和秘术，韩立前些年为了祭炼七曜星环，研究过这些东西一段时间。

石台上的法阵中融入了一套七曜星光阵，接引星光之力的效果，想必比境元观的聚星台要好得多。

最重要的是，这个七曜星光阵和七曜星环息息相关，施展此法阵时，可用七曜星环辅助，增加法阵的效果。

韩立落在石台上，放出神识在周围扫过，满意地点了点头。他盘膝在地上坐了下来，闭上眼睛，继续参悟手中的青灰色石板。

时间一点点过去，转眼就到了夜晚。

黑沉沉的夜空之中，无数星辰浮现，闪烁着阵阵星光。

韩立睁开眼睛，朝着半空望去，点了点头。

他单手一挥，八块天蓝色晶石浮现，这些晶石散发出的气息，和浣星石很相似。

此物名为天星石，和浣星石一样，都蕴含着极为精纯的星光之力的晶石，而且天星石中的星光之力，比浣星石多得多，是催动星辰法阵最好的灵石。

天星石也是从那黑衣胖子的储物法器中得到的，只可惜数量不多，恐怕使用不了多长时间。

不过不要紧，韩立已经在无常盟中发布了购买天星石的任务，天星石虽然珍贵，但并不像道丹材料那么罕见，相信很快就能找到。

八块天星石准确地嵌在法阵的八个凹槽内，一道道蓝色光芒从凹槽内浮现，迅速沿着台上的阵纹蔓延。

蓝光流过的地方，阵纹顿时散发出耀眼光芒。

很快，所有阵纹都亮了起来，耀眼无比的蓝色星光从石台上散发而出。

整个石台变得晶莹剔透，蓝光中浮现一个个星辰图案，围绕着石台缓缓转动，看起来极为美丽。

半空之中的星光猛地一亮，然后无数星光如雨般落下，形成一道粗大无比的光柱，朝着石台轰然汇聚而来，赫然将石台笼罩。

如此庞大的星光之力，比当初聚星台召唤而来的星光起码多了十倍。

韩立暗暗点头，自己设计的星光接引法阵，果然没让他失望。只是这样的星光之力，对如今的他来说，还是不够。

他略一沉吟后，两手再次掐诀，口中念念有词。

蓝光连闪，七个蓝色星环从他身上飞射而出，悬在了头顶，正是七曜星环。

“嗡嗡嗡！”

七个星环一出，石台上的法阵顿时蓝光大放，浮现七个硕大的蓝色光点，每一个都有磨盘大小，其中无数符文闪烁，耀眼夺目。

七个蓝色光点，看似稀疏，实则内含玄妙，隐约组成一个法阵的模样。

七曜星环此刻光芒也陡然一盛，从半空飞射而下，落在石台上的七个光点之中。

“轰隆隆！”

整个石台散发出的蓝光顿时大盛，上面的法阵急速运转，半空垂落的星光之柱再次明亮了数倍，散发出阵阵波动。

一道道星光之力如同瀑布般落下，发出巨大的声音。

韩立见此，微微颔首，随后闭上了眼睛，缓缓运转起《大周天星元功》。此功法中也有前七个玄窍的修炼之法，而且比《小北斗星元功》要复杂不少，也更加玄妙。

只听“轰”的一声闷响，半空垂落的星光之柱缓缓一分为七，化为七道小些的光柱，没入他的身体。

光柱缩小，里面的星光变得更加密集，几乎凝成实质。

韩立身上立刻浮现七个蓝色光点，正是之前打通的七处玄窍所在，七道星光之柱赫然落在这七处地方。

磅礴的星光之力，滚滚涌入这七处玄窍内。

韩立眉头一皱，脸上露出痛苦之色，他体内已经被打通的玄窍再次传出撕裂般的痛楚，好像无数钢针在里面乱刺。

他深吸一口气，闭上了眼睛，眉宇很快又舒展开来。这种程度的痛楚，他还能承受得住。

他手中法诀一变，半空落下的星光之力更加密集明亮，如潮水般涌入他的体内。

无数淡蓝色的薄雾浮现，将石台笼罩，韩立也被星光之力笼罩，看起来有些模糊不清。

时间一点点过去，转眼一夜过去了。

东方的天空逐渐明亮，天上的星辰纷纷隐匿，垂落的星光之力也随之消失。

韩立的身影显现，衣衫上隐现血迹，脸色有些发白。

他睁开眼睛，神情间虽然略显疲惫，但眼中神采奕奕，看起来很兴奋。

如今，他胸腹处七个蓝色玄窍光点不停闪烁，看起来比之前大了一圈。

蓝光闪烁之间，他的身体表面浮现一层晶膜，正是真极之膜，比之前也明亮厚实了一些。

之前修炼的《小北斗星元功》是简化版，并不完整，如今修炼《大周天星元功》后，他体内已经打通的玄窍再次扩大，肉身之力也再次增加。

韩立握紧手掌，感受着身体的变化，目光闪动。

虽然才修炼了一晚，但是他的真极之躯已经有了些许改变。若是将十八玄窍尽数修成，他的肉身之力恐怕会再次大增。

韩立缓缓呼出了一口气，平复激动的心绪，取出了一颗疗伤丹药服下，闭目运功起来。

柔和青光笼罩他的身体，形成一个青色光球，缓缓转动。

一天时间很快过去，夜幕降临。

青色光球一闪消失，现出了韩立的身影，他身上再无一丝伤痕，气色也恢复如初。

他睁开眼睛，看了夜空星辰一眼，微微一笑，有些迫不及待地启动法阵。

“嗡嗡！”

石台上的法阵开始运转，很快接下一道道星光，笼罩了他的身体。

韩立当即运转功法，将所有星光之力尽数吸收。

第188章

交易

转眼，一年多的时间过去了。

韩立依照《大周天星元功》所载，将前七个玄窍全都重练了一遍。

石台之上，他盘膝而坐，身上蓝光闪烁。

七个蓝色光点比之前明亮了许多，肉身之力也比之前增加了不少，体表的真极之膜也变厚了，看起来更加晶莹璀璨。

韩立感受着身上的变化，脸上露出一丝兴奋之色。

肉身之力增加固然可喜，不过让他兴奋的却不是这个。这一年多时间内，随着玄窍扩大，他意外发现，和玄窍重叠的仙窍竟然也变大了不少，而且更加坚韧了，对于天地灵力的吞吐也比先前大了不少。

这个收获让他又惊又喜。毕竟他从未听说过仙窍被打通后，还能二次变化的，想不到《大周天星元功》能给他带来这样的惊喜。

韩立深吸了一口气，让心神平静下来。

《大周天星元功》这才开了个头，而且前面七个玄窍因为修炼过，所以才能这般快速地练成，剩下的十一个玄窍，恐怕就没有这么容易了。

韩立吐出一口气，再次掐诀闭上了双目。

“嗡！”

石台上的法阵再次运转起来，接收大片星光，汇成数条璀璨星河，在韩立周身盘旋，点点星光之力纷纷融入了他的体内。

时间飞快流逝，转眼间五年时间过去了。

小岛所处的平静海域之中，突然响起一阵震彻天地的长啸。

下一刻，一道闪着蓝光的人影从岛屿中冲天而起，在半空之中如游龙一般来回飞驰。

这啸声一波比一波宏大，一波比一波高昂，其中充满欢畅淋漓之意。

一时间，以小岛为中心的千里范围内，空气嗡嗡震颤，海面掀起阵阵波涛，半空中的朵朵白云也被震得不断后退。

半晌后，长啸声一顿，半空中的蓝色身影也随之停了下来，现出了韩立的身影。

此刻的他，全身上下被一层蓝色光膜所包裹，这光膜晶莹厚实，附在肌肤表面，与他当年修成真极之躯后出现的真极之膜颇为相似。

不过如今，与其说是真极之膜，不如说是真极之铠更为恰当。

一道道如有灵性的蓝色流光在光膜上不停流转，隐约呈现出万千星辰闪烁的样子，显得神秘无比。

此外，韩立的胸腹处有十八个蓝色光点在闪烁，交相辉映。

经过五年苦修，他终于修成了《大周天星元功》的前半部功法。

说起来，能如此快修成此功法，有些出乎他的预料。

结合之前的种种情况，他原以为修炼此功法需要花费相当长一段时间，最少数十年，然而他一练之下，发现以为会有瓶颈之处，竟然犹如水到渠成般一一突破，轻易将一个个玄窍也练成了。

这些玄窍的位置，和他打通的仙窍一一重合。

他事后回想，可能是因为他已经事先打通了仙窍，所以再修炼玄窍时就容易了很多，才能在这么短的时间内练成《大周天星元功》。

这么一来，韩立原本担心会不够用的天星石，现在反而还剩下了一些。

令他更为振奋的是，这些和玄窍重合的仙窍，也尽数扩大了不少，变得更加坚固。

就在此时，韩立低喝一声，一拳朝着下方海面击出。

"轰隆！"

一股巨大的拳劲呼啸而出，轰击在海面上。

海面赫然多出一个黑乎乎的大洞，呈现拳头的形状，附近的海水自动退开。

拳劲丝毫不停，穿透了海水直接轰在海底。

"轰隆隆！"

海底地面剧烈晃动，被击出了一个大洞，黑黝黝不知有多深，隐约能看到洞深处露出些许红光。

韩立击出的拳头蓦然张开，化为掌刀，向前挥去。

"哧哧哧！"

海水再次朝着两旁退去，现出一条巨大的通道。

海底地面也被气劲劈中，发出"轰隆隆"的巨响，出现一道巨大深痕，同样黑乎乎深不见底。

韩立见此情形，缓缓收回了手掌，满意地点了点头。

这《大周天星元功》果然不俗，虽然他只修成了半部，但他的肉身之力再次大增。他刚刚只施展了三成力道，若是使出全力，此刻海底地面恐怕早已被他打穿了。

韩立收起手中法诀，将身上的蓝光散去，体表的真极之膜也随之消失不见。

接着，他身形一晃，朝着岛上飞去，很快落在了石台上。

韩立挥手打出一道青光，罩住整个石台。

伴随着一声闷响，石台赫然从峰顶脱离，自身却没有受到任何损伤。

韩立口中念念有词，青光连闪，石台飞快缩小，被他收了起来。

《大周天星元功》虽然已经练成，但这个石台是他花了很多心思才炼制而成的，自然不能随意丢弃，以后说不准还能用到。

做完这些，韩立才转身朝着洞府飞去，很快来到了卧房，显得有些疲累。

这些时日，他晚上修炼《大周天星元功》，白天疗伤，已经很久没有正经休息过了。

所幸修炼颇有成效，使得他原本绷紧的神经也略微放松了几分，如今一停下来，疲累感顿时如潮水般涌来。

韩立如此想着，直挺挺地倒在了床上，呼呼大睡起来。

一天一夜后，韩立才醒了过来，精神抖擞地走出卧房。

韩立先去检查了一下药园，见各种灵草长势良好，没有什么异样。

巨猿傀儡按照韩立的吩咐，将大部分绿液都浇在了母豆上，母豆此刻已经长大了不少，想来用不了多久，便能收获了。

韩立心中念头转动，在洞府各处转了一圈后，来到密室坐下，开始盘算接下来的修炼计划。

该做的事情，他基本已经做完，接下来便是寻找《炼神术》的功法和突破金仙境界。只是，他此刻身处黑风海域，不论是寻找《炼神术》后半部功法，还是收集突破金仙境界的方法，都不容易。

韩立如此想着，不由得起了离开黑风海域的念头。

如今数百年过去，北寒仙宫追缉他的风声想必已经缓和了很多，而且他此刻的实力比当年和陶羽大战时，进步极大。以他此刻的实力，即便蟹道人不出手，他也有把握能对付陶羽。

这个念头一出现，便不可遏制地在他心中蔓延。这些年他在黑风海域闭关苦修，虽说进步很大，但也异常苦闷。

韩立考虑再三，最后还是摇了摇头，将离开的念头暂时打住，决定还是先观望一段时间，起码等调查清楚外面的情况再说。

他翻手取出无常盟面具，唤出任务界面，例行公事一般想查看一下自己先前发布的任务的进展。

结果这一看，让韩立眼睛一亮，他脸上难得露出了喜色。他发布的寻找《炼神术》功法的任务，竟然有人应答了。

韩立立刻掐诀一点，任务文字上便浮现一道青光，闪烁不定。

一刻钟左右，任务界面微微波动，一道青光从中飞射而出，里面凝聚出一个灰色人影。

那人全身包裹在一件灰色斗篷下，脸上戴着一个青色猫脸面具，上面写着“十六”的字样。从面具后面射出一道锐利的视线，那人似乎在打量韩立。

看了好一会儿，那人才面无表情地收回了目光。

“这位道友，在下有礼了。”韩立见此，拱手说道。

“不必客气。”灰色人影淡淡开口，声音有些嘶哑。

“道友既然接了我的任务，想必已经猜到我想要什么了吧？”韩立试探地问道。

“道友不必遮掩，无常盟中经常会出现这种不便明说的任务，道友想要的不就是《炼神术》的后半部功法嘛。”灰色人影笑了一声，缓缓说道。

韩立眉梢一挑，随即也笑了起来，道：“既然道友如此爽快，我便开门见山了，道友手上可有后续功法？”

“我既然敢接你的任务，自然是有的。”灰色人影淡淡说道。

“那我们今日可否进行交易？至于报酬的事情，道友放心，绝不会让你失望。”韩立闻言，立刻说道。

“呵呵，阁下给出的报酬虽然丰厚，但《炼神术》的后半部功法何等珍贵，道友想用这些东西便换到，未免太异想天开了吧。”灰色人影轻笑了一声，说道。

韩立闻言眉头一皱，沉默了一下，说道：“道友此话何意？”

“阁下如果真的想拿到《炼神术》功法，就在一个月后到这个地方来，我们当面谈吧。”灰色人影再次笑了一声，说了一个位置。然后他不等韩立回话，便单手一抬，终止了传信。

灰光一闪，灰色人影消失无踪。

韩立见此情形，眉头紧锁，慢慢取下了面具。

片刻后，他翻手取出一块黑风海域的地图玉简，目光落在一个边缘位置。那里正是灰色人影所说的地方，是黑风海域真正的边陲之地。

韩立看着地图玉简，默然无语，目光却在不断闪烁，不知在想些什么。

坐了半日，韩立蓦然抬起头，眼神坚定，似乎做出了决定。他将地图玉简收起后，站了起来，朝着外面走去，很快来到药园内。

韩立目光在药园内缓缓扫过，突然单手一抬，手中法诀变化，一道道青光射出。

药园各处的禁制光芒一亮，然后轰然解体，阵旗阵盘等物从园内各处飞射而出，飞向他的手中。

顷刻之间，药园内的禁制尽数消失。

韩立手中的动作不停，手中发出一道道青光，将药园内各处的灵草连同下面的灵土一起收了起来。

那株母豆也不例外，被他小心地收了起来。

很快，偌大一片药园变得空荡荡。

他收完了药园内的灵药，转身朝着别处走去，将洞府内的一切东西都收了起来。

小半个时辰之后，韩立的身影就出现在小岛上空。

他单手一挥，岛屿周围的空中灵光狂闪，一层层禁制交替浮现，然后纷纷解除，化为一套套阵旗阵盘，飞入了他的衣袖之中。

他在这座小岛上修炼了数百年，虽然中间没有出现什么意外，但是这些年他因为修炼、炼制晶粒等事，弄出的动静实在不小，继续住在这里已经不太保险，必须换一个住处。

韩立最后看了岛屿一眼，正要飞遁离开。

就在此时，一阵吼声从下方海域传来，浪花翻滚，一只白色妖兽浮在水面上，冲着半空中又吼了几声。

韩立眉梢一挑，不禁哑然一笑。

这妖兽竟然有些眼熟，正是那只与自己有几分渊源的猪豚兽。

韩立身形一晃，落在了猪豚兽附近的海面上空。

猪豚兽见此，立刻摇着尾巴游了过来，尾巴拍打着水面，溅起一片片水花。

“怎么，你是知道我要走了，来为我送行吗？”韩立轻抚猪豚兽光滑的脑袋，脸上露出一丝笑容。

猪豚兽口中发出低沉的叫声，用脑袋轻轻蹭着韩立的手心。

韩立微微一笑，翻手取出一颗湛清丹药，扔了过去。

猪豚兽眼睛一亮，张口接住丹药，咽了下去。

“小东西，多谢你当年送我的墨钰晶，对我帮助不小。你我也算有缘，这颗丹药算是我送你的临别礼物吧。”韩立缓缓说道。

猪豚兽闻言，愣住了，似乎有些不舍。

韩立又拍了拍猪豚兽的脑袋，然后化为一道青光，一闪便到了远处天际，随即消失无踪。

猪豚兽愣愣地望着韩立飞遁的方向。看了良久，它眼中渐渐流露出坚定的神色，身体一摆，潜入了海中。

一个月后，黑风海域一处边陲海域。

一座直径只有十几里的小海岛上空青光一闪，现出一个青袍男子，男子脸上戴着青色虎首面具，正是韩立。

这次是和无常盟的人接触，他便没有幻化容貌，直接以面具见人。

他目光四下一扫，身影一晃落在了岛屿上。

此处已经是黑风海域真正的边陲之地，清朗的天空浮现丝丝黑云，仿佛一层黑色雾气一般，遮住了阳光。这些黑云并非寻常乌云，散发出丝丝阴冷气息。

韩立朝着半空的黑云看了几眼，很快收回目光，盘膝坐了下来，身上很快浮现淡淡青光。

此处正是那个灰色人影约定的地方。

其实早在两日之前，韩立便已经秘密来到了这里，这两日来，他已经将附近海域彻底探查了一遍。

被人邀请到这种地方，所谈及的又是不容于这个世界的禁术，他自然不敢大意。

时间一点点过去，转眼又过了大半日。

盘膝而坐的韩立忽地眉梢一动，睁开了眼睛，站了起来，朝某个方向望去。

顺着他的目光可以看到，在极远处的天际浮现一点灰光，正迅疾无比地朝着这里飞驰而来，一闪过后，便出现在海岛上空。

灰光一敛，一个灰色人影浮现，落了下来。

此人身穿一件灰色长袍，脸上戴着一个青色猫脸面具，上面写着“十六”的字样。此人正是当日和自己传信的灰色人影，看身形应该是个中年男子。

韩立上下打量来人两眼，对方同样在打量韩立。

“阁下便是貉十一道友吧，在下狸十六，来得有些迟了，抱歉。”猫脸男子两手抱拳，有些歉意地说道。

“无妨，我也是刚到不久。”韩立拱手还了一礼，说道。

“那就好，若是让道友在此等了许久，那就是在下的不是了。”狸十六呵呵一笑，说道。

“这些小事不说也罢，既然道友已经到了，我们还是直接谈正事吧。”韩立眉头微皱，淡淡提议道。

对方的言行举止，和当日传信交流时大不相同，也不知对方葫芦里卖的什么药。

“这是当然。不过这里不是说话的地方，貉十一道友请随我来。”狸十六点了点头，然后整个人化为一道灰影，朝着前方飞遁而去。

韩立稍微犹豫了一下，随即也化为一道青光，跟了上去。

狸十六径直往前飞遁，这一飞就是半日。

韩立见狸十六并不说话，只得一边与其保持一段距离跟在后方，一边放出神识时刻关注着周围的风吹草动。

越往前飞，天空中的黑云越发浓郁，到了最后天地之间到处都充斥着黑云，散发出骇人的阴寒之气。

下方海水也被黑云中的阴气侵染，呈漆黑色，散发出阵阵刺骨寒气。

这寒气极为厉害，就是化神期、合体期的修士在此，恐怕也抵挡不住，一时三刻便会冻成冰块。

韩立朝着周围望去，眉头皱起。

二人又往前飞了一会儿，狸十六身上灰光闪耀，丝毫没有停下的意思。

韩立的眉毛越皱越紧，身上忽地青光一闪，停了下来。

狸十六感应到韩立的情况，也停下了遁光，问道："貉十一道友，为何突然停下？"

"狸十六道友，我们已经飞了许久，阁下究竟要去什么地方还请先言明为好，在下可没有被人随意带着到处乱走的习惯。"韩立淡淡地说道。

"貉十一道友莫急，就快到了。此事事关仙界禁术，干系太大。此处虽然是黑风海域的边陲之地，但也大意不得，万一被人察觉我们身怀此术，整个黑风海域恐怕再无我们容身之地，我们还是到了安全的地方再谈吧。"狸十六有些凝重地说道。

"哼！这些推托虚言，狸十六道友就不必说了，这种地方哪有人影，道友还是实话实说为好，否则请恕在下不能奉陪。"韩立冷哼一声，说道。

韩立的话已经有些不客气，不过狸十六听了，并没有生气，而是考虑了片刻，点头道："貉十一道友的担忧，在下自然能够体会。好吧，那我便实话实说，道友想要的《炼神术》功法，并不在在下手中，此物在在下一位好友身上，他此刻正在前方等着貉十一道友。"

“在贵友身上……”韩立闻言一怔。

“正是，就像我刚刚说的，此术干系太大，我那位朋友不愿意亲自出面处理此事，所以才委托我和道友见面。”狸十六说道。

韩立听完，默然无语，似乎在考虑什么。

“在下绝无一句虚言，貉十一道友若是不信，我也没有办法，交易只能就此作罢了。”狸十六两手一拍，有些无奈地说道。

韩立依旧没有理会狸十六，神色阴晴不定，心中瞬间转过无数念头。

狸十六站在那里，也没有开口催促。

“好吧，既然如此，我便随你前去。不过那地方在何处，还有多远，还请狸十六道友说清楚。”半晌过后，韩立蓦然抬头说道。

“不远了，以我们的遁速，一个时辰后定能赶到。”狸十六听闻，脸色一松，笑道。

韩立将狸十六的神情变化看在眼里，心中顿时一动。

两人商量好后，立刻出发，继续往前飞去。

飞了小半个时辰，一阵轰鸣声音从前面传来，而且越往前，轰鸣声越响亮。

韩立见此，眼中闪过一丝惊讶。

又飞了片刻，两人遁光一停。

前方海域赫然浮现一股股漆黑阴风，有大有小，大的恍如巨型龙卷风柱，小的只有房屋大小。

无数黑色阴风滚滚翻涌，连天接地，将前方天空尽数占满，发出鬼哭狼嚎的声音。

韩立听到这些声音，一阵头晕目眩，身体竟然随着这些声音舞动起来。

他心中一惊，急忙运转功法，这才稳住心神，眉头却是微微一皱。他的神识之力，比起寻常金仙也不遑多让，按理说这些阴风中的鬼哭勾魂之声虽然强大，但应该无法影响到他才对。

思量间，韩立默默运转脑海中的神识之力，面具下的脸色忽然一变。虽然很微弱，但是他在神识之力中感觉到了一丝不稳定的波动。

“难道炼神术又要反噬……”韩立心中咯噔一下。

“貉十一道友是第一次见到这落魄惊风吗？此风具有惊魂落魄的威能，威力极强。若是没有防备，就连我们这些真仙修士也无法在其中支撑太久。”狸十六看了韩立一眼，说道。

“怎么？狸十六道友的意思是我们还要进入这些阴风的里面？”韩立暗暗呼出一口气，平复心绪，问道。

“不错。不过貉十一道友放心，我们不会深入落魄惊风，而且我也有所准备，足以应付这些阴风。”狸十六点了点头，说道。

韩立闻言，没有说话，似乎在等着对方展示其所谓的“准备”。

第189章

加入轮回殿

狸十六也不再多说什么，单手一抬，手中蓦然多了一颗黑色圆珠，圆珠鸡蛋大小，表面散发出一圈圈黑光，隐约有无数影子在其中闪动，看起来很玄妙，不知是什么宝物。

他口中诵念晦涩的咒语，黑色圆珠散发出的黑光顿时一盛，扩散到了周围十几丈，将两人笼罩在里面。

韩立只觉周围的鬼哭狼嚎之声骤然大减，冰冷刺骨的寒气也被隔绝了大半，心中微微一动。

“没想到阁下还有此等可以隔绝落魄惊风的异宝。”韩立不由得多看了黑色圆珠一眼，说道。

“只是有些定风驱寒的神通，不值一提。走吧。”狸十六随意地说道，似乎不太想过多谈论这黑色圆珠。

说完此话，他身形一动，飞入了前方的漫天阴风中。

韩立身上青光一闪，紧紧跟了上去。

往前没多远，周围的漫天阴风愈发猛烈，朝二人铺天盖地地袭来。

不过，黑色圆珠散发出的黑色光圈在阴风之中岿然不动，阴风只要一触碰光圈立刻减弱了大半，最多只能使光圈表面泛起些许涟漪。

以两人的神通，自然轻易就抵挡了这些威力大减的落魄惊风，飞快前进。

随着两人愈发深入，周围落魄惊风的威能持续提升，鬼哭声也随之大盛，好像万千恶鬼的惊悚尖鸣一般，让人心惊肉跳。

“狸十六道友可知道这些落魄惊风的来历？在下感觉此风好像是从幽冥

地狱吹来的一般，若是没有道友手中的宝物，在下根本不敢如此深入。”韩立打量着周围的黑色阴风，说道。

“呵呵，貉十一道友太抬举在下了。这落魄惊风存在于此已不知多少年，在下岂会知道其来历？不过黑风海域倒是有一个传言，说此地和传说中的阴冥界相连，这些落魄惊风便是从中泄漏出来的。”狸十六呵呵一笑，话锋一转说道。

“哦，莫非真有所谓的阴冥界？”韩立闻言，随意地问道。

“所谓阴冥界，不过是一个传说，谁也不知它是否真的存在，姑且听之吧。”狸十六摇了摇头，笑道。

“据说这落魄惊风范围极广，想横穿几乎不可能，所以黑风海域和外界只能依靠黑风岛的传送阵往来。也不知若是修为达到金仙境，是否有望可以穿越。”韩立若有所思地说道。

“据我所知，黑风海域中曾经也有一些修士试图横穿落魄惊风，不过从未有人成功。多年前，有一位金仙前辈试图横穿这无边阴风，结果被困其中数十年之久，最后还是退了回来。据其所述，最深处的落魄惊风威力极大，金仙的神魂也承受不住。”狸十六摇了摇头道。

“连金仙修士也无法横穿过去，想不到这落魄惊风如此厉害……”韩立喃喃说道，眼睛微闪。

他领悟了时间法则后，实力大增，加之有蟹道人在身边，他之前确实动过若是被人发现真实身份，便强行飞入这落魄惊风，横穿到外面的想法。

现在看来，这个事情恐怕没自己想的那么简单。

“若非如此，这里也不会有天堑之称了。或许只有太乙玉仙那等大能才能飞越这落魄惊风吧，不过，这北寒仙域里是否有太乙玉仙还是两说之事。”狸十六轻叹了口气，说道。

韩立缓缓点头，心中念头转动，没有再说话。

两人都沉默下来，又往前飞了一段不短的距离。

不知为何，在相当长一段距离里，周围的落魄惊风并没有增强的趋势，似乎变得稳定了。

就在韩立心中暗暗揣测之时，狸十六飞遁的身形一顿，突然停了下来。

“到了？”韩立也停住遁光，问道。

狸十六点了点头，神色凝重地朝着周围望了几眼，然后手中掐诀。

黑色圆珠散发出的黑光顿时变得更亮，包裹着两人的身体，朝着下方海面飞去，一闪没入其中。

此处海水已经彻底变成漆黑色，散发出极重的阴寒气息，冰冷刺骨。即便有黑色圆珠隔绝，仍然让人感觉有些难受。

韩立单手一挥，随手抓过来一团黑色海水。

海水中散发出浓郁无比的阴气，和普通阴属性真水相差无几，只是其中的元气杂乱，无法使用。

二人很快沉入海底，狸十六轻车熟路地带着韩立在海底转了一圈，来到一处海沟内。

他翻手取出一块黑色玉牌，口中念念有词。

黑色玉牌上顿时浮现大片黑光，朝着海底照射而去。

“轰隆隆！”

海底地面顿时晃动起来，缓缓冒出了五根黑色石柱，每一根石柱都有水缸那般粗，上面铭刻了无数阵纹符文，散发出黝黑的光芒。

韩立见此，负手站在一旁，眼睛微微眯起。

狸十六继续诵念咒语，五根石柱上的黑色幽光顿时越来越亮，彼此连在一起，形成一个直径十几丈的黑色光团，缓缓转动。

黑色光团转动越来越快，然后忽地一闪，发出“咔咔”的声音，浮现一个漆黑圆形的空间通道，不知通往何处。

韩立脸上露出诧异之色，这黑色通道看起来是类似乌蒙岛秘境那样的一处空间。

他心念一动，放出神识朝着里面探查而去，不过刚刚进入便被一股柔和的力量毫不客气地挡了回来。

“此处便是我先前说的地方。貉十一道友，请。”狸十六侧身伸手，做出一个恭请的动作。

韩立点了点头，没有丝毫迟疑，飞了进去。

狸十六见此，眼中闪过一丝诧异，也跟了上去。

韩立面上虽然平静，但是心中很无奈。

按照他一贯小心的行事风格，这种不知底细的地方，无论如何都不会轻易踏入。但为了炼神术，即便此处风险未知，他也只能硬着头皮钻进去了，毕竟他已经到了此处，难道还能打退堂鼓不成?

当然，他之所以如此胆大，还是有所凭仗的。除了自己掌握的时间法则和真言宝轮外，还有蟹道人这具金仙级别的傀儡，只要发现任何异样，他都能在极短的时间内发动雷霆一击，制服狸十六，然后夺珠而逃。

韩立一踏入空间通道，身体立刻被一股力量包裹，眼前景色飞快变幻起来。他心中一凛，立刻缓缓运转体内的仙灵力。

所幸的是，韩立担心的情况并未出现。

很快，他眼前一花，出现在一个空间内。

此处空间不大，方圆只有数十里，到处生长着茂盛的植被，看起来和乌蒙岛的那处秘境空间有些相似。

秘境中央耸立着一座黑色山峰，有数千丈高，上面有几个山洞入口，看起来里面有洞府。

整个秘境不知被布下了什么禁制，他的神识丝毫不能散发出体外。

韩立目光朝着周围扫去，同时体内仙灵力流转，体表亮起金色雷光，迅疾无比一闪而逝。

下一刻，他眼中闪过一丝不易觉察的喜色。

他刚刚悄悄尝试沟通了先前设置在黑风海域的那处传送雷阵，和其联系还在，他随时可以传送离开此处。

前些日子他离开洞府后，特意赶去了那处传送雷阵那里查看，那处雷阵并无异常，显然这些年来并没有人发现。

他将雷阵又重新调整加固了一遍，有了这个逃生手段做后盾，他才感觉安全了一些。

就在此时，韩立身旁人影一闪，狸十六的身影浮现。

“貉十一道友请，那位朋友就在前面等你。”狸十六说完，也没等韩立回复，便当先朝着黑色山峰飞去。

韩立身形一动，跟了上去。两人很快来到一个山洞的入口前，直接飞了进去。

沿着通道走了一段距离，前方出现一个大厅。

厅内摆设很简单，只有一张青石方桌、几把石椅，唯一有些特别的是厅内摆放着一面黑色屏风，屏风上面黑光闪烁，不时凝聚成各种图案。

一名身穿红袍的高大男子背对着二人，负手站在黑色屏风前。

韩立看着红袍男子，脚步略微一缓，这个背影给他一种很熟悉的感觉。

红袍男子听到脚步声，转身看了过来。

韩立微微一怔，红袍男子脸上带着一个赤色龙首面具，上面写着数字“三”。

此人不是别人，正是蛟三。

“貉十一道友，这位是蛟三道友，他才是真正接下你发布的任务之人。”狸十六冲韩立说道。

蛟三打量了韩立两眼，在一把石椅上坐了下来，然后手一伸，说道：“貉十一道友，请坐。”

韩立心中念头转动，在蛟三对面坐了下来。

“二位慢慢聊，我就不打扰了。”狸十六朝蛟三拱手行了一礼后，转身朝着外面走去。

韩立看着狸十六离开的背影，眼中流露出一丝诧异。

就在此时，蛟三缓缓开口道："貉十一道友，不必管他，你所关心之事，我自会解释。"

"那好，我就不兜圈子了，蛟三道友身上可有炼神术的后半部功法？"韩立心中一动，开门见山地说道。

狸十六先前虽然说蛟三是他的好友，但从二人此刻表现出来的情况看，倒更像是上下级的关系。

"自然。"蛟三笑了一声，单手一挥。

只见他掌心波光微闪，浮现一块灰色玉简，玉简飞射而出，落在了韩立身前。

韩立下意识接过灰色玉简，面露诧异之色地朝着蛟三望去。

蛟三单手一伸，做出一个恭请的动作。

韩立心中念头转动，将玉简贴在额头。

此处的禁制使他的神识无法蔓延出体外，他只得这般做，勉强驱动神识，没入玉简之中。

玉简之中赫然是一门法诀，但他只能看到开头几行文字，后面的内容被禁制笼罩，看不清楚。

从这开头的几行文字，韩立立刻判断出，玉简内的这门法诀正是他梦寐以求的炼神术后半部功法！

韩立用神识将开头的这几行文字来回扫了数遍，随后小心翼翼地朝笼罩着后面内容的禁制上扫去，随后很快将神识退出了玉简。

虽然他并不清楚这禁制究竟是什么，但以他这么多年来对各种禁制的研究，可以感觉得出，这层禁制绝不简单。若他一旦动了想要将之强行破开的念头，恐怕还没等他破解，玉简便会自行崩坏，且自己的神念也会受到不小的波及和损伤。

韩立单手一挥，将灰色玉简送回蛟三身旁，道："蛟三道友，既然大家都是明白人，就请有话直说吧。你要什么条件，才肯将此功法相让？”

蛟三将玉简放在身旁的石桌上，问道：“貉十一道友，在谈论此事之前，我有另外一件事想请教阁下。”

“道友但说无妨。”韩立微微一怔，说道。

“不知道友对这炼神术，了解多少？”蛟三平静地问道。

蛟三的这个问题倒是出乎韩立的预料，他愣了一下，略一沉吟后道：“据我所知，炼神术是仙界禁术，虽然能增强神识之力，但修炼此术之人大多会变得疯魔嗜杀，为祸苍生，所以被各大仙域所不容。为了避免导致仙界大乱，各仙宫都严禁任何人修炼此术。”

“哦，只有这些吗？”蛟三缓缓地问道。

“我知道的大致就只有这些了。怎么，我说的有什么不对吗？”韩立想了想，问道。

“这些都是炼神术最基本的认知，若我没猜错的话，貉十一道友的炼神术已经练到了第三层，不知是何人所授？当时那人莫非没有和你细说炼神术的事情？”蛟三摇了摇头，又问道。

“我是在机缘巧合下，偶然得到了炼神术的上半部法诀，当时并不知此术有如此多禁忌，便自己摸索着修炼至今。”韩立脑海中浮现灵界那个何康仙人的身影，但他自然不会说出此事，如此回答道。

他这样说也不算说谎，当年那个何康确实没有和他说什么炼神术的事情，只是传授了他炼神术的第三层法诀而已。

“道友没有任何人指点，单靠自己摸索便将炼神术修炼到了如今的境界！”蛟三听闻，身体一震，眼中射出两道光。

“有什么问题吗？”韩立皱眉问道。

“没有，道友当真是奇才，在下佩服。”蛟三再次打量韩立两眼，轻呼一口气，一字一顿地说道。

“过奖，只是机缘巧合罢了。”韩立淡淡说道。

“既然道友对炼神术所知不多，那我便从头说起吧，否则后面的事情不太好谈。”蛟三又说道。

“洗耳恭听。”韩立目光闪动，眼中流露出一丝好奇。

对于炼神术的渊源，他确实很感兴趣。

“貉十一道友刚刚说的那些，基本都是事实。炼神术虽然有极大的弊端，但威力也非常大，在仙界曾经十分有名。此术之所以被列为禁术，除却修炼难度大，大多数修炼者最后会变得发疯嗜血外，还有一个更重要的原因，那就是炼神术是从轮回殿中流传出去的功法。”蛟三缓缓说道，在提及“轮回殿”三个字时，他的语气明显加重了。

“轮回殿！”韩立吃了一惊。

“哦，看来貉十一道友知道轮回殿，那就好说了。”蛟三有些意外，随即笑着说道。

“不敢，我也只是听说过一些关于轮回殿的事情，蛟三道友请继续吧。”韩立摆了摆手，说道。

“道友既然听说过轮回殿，应该也知道此殿和各大仙宫是敌对关系。如今但凡修炼炼神术之人，或多或少都和轮回殿有些关系，所以才会被各大仙宫严令追杀。”蛟三点了点头，继续说道。

“没错，在下确实有所耳闻。”韩立听闻这些，缓缓点头，脑海中不禁闪过了烛龙道第一道主百里炎，以及呼言老道的身影。

“传闻中，炼神术是轮回殿的开山祖师所创，在仙界一直是轮回殿中人的标志。不过很多万年前因为一些缘故，这门功法的前半部流传了出来，后半部功法还在轮回殿，且只有轮回殿才有。而且因为前半部功法流传出去了，所以轮回殿对后半部功法看管得极严，非轮回殿中人一律不得借阅。”蛟三缓缓说道，满含深意地看着韩立。

韩立和蛟三对视了一眼，问道：“蛟三道友手持炼神术，莫非是轮回殿中人？”

“不错。”蛟三点头说道。

韩立挑了挑眉，有些惊讶。他很清楚，蛟三是无常盟中的重要人物，想不到此人竟然还是轮回殿之人。虽然各大宗派中人加入无常盟是平常之事，但最多和他一样，成为一名普通成员罢了。可蛟三身居无常盟高位，同时又是轮回殿中人，这就有些耐人寻味了。

“貉十一道友，你想要炼神术的后半部功法，若说艰难，确实很难，但若说容易，也非常容易。”蛟三继续说道。

“你是说……”韩立微微一怔。

“没错，只要阁下愿意加入我轮回殿，这块玉简我立刻双手奉上。”蛟三直接说道。

韩立手指轻轻地点在茶几上，陷入了思考。

蛟三没有出言催促，静静坐在一旁。

突然，一阵脚步声传来，只见一个侍从走了过来，他手中托着一个托盘，上面放了两杯灵茶。

茶杯晶莹剔透，不知是用何种材质所制，杯中的灵茶也极为不凡，虽然没有茶香散发出来，但茶杯中不时飘出丝丝白色雾气，凝聚成几只仙鹤的形状，围绕着茶杯盘旋一周后，才慢慢消散。

“呵呵，貉十一道友来了许久也没有给你上茶，真是失礼。这是我们轮回殿内特有的白雾灵茶，相当不错，请品尝。”蛟三看了托盘上的灵茶一眼，笑着开口道。

侍从将茶杯放在二人身旁，很快退了下去。

韩立心中想着事情，并未在意灵茶，听到蛟三此话，目光才转向身旁茶杯，脸上露出诧异之色。

这些白色雾气可不是寻常水气，而是极其浓郁的仙灵气，竟然能够自动凝形，这等灵茶实在非同寻常。

韩立眼光波动，这一杯灵茶蕴含的仙灵力，大概抵得上他修炼一个月。

如此灵茶，堪称仙品。

不过他没有在陌生之地随意饮用茶水的习惯，虽然颇为心动，但他并没有动茶杯。

蛟三看到韩立如此谨慎，笑了一声，自顾自端起茶杯品尝起来。

韩立默默坐在一旁，面上看着平静，内心却是波涛翻滚。

烛龙道的事情，在他心中留下了极深的印象，第一道主百里炎的修为已臻半步太乙，在烛龙道地位何等崇高，但只因为其是轮回殿之人，便被大多数金仙道主背叛，惨遭北寒仙宫追杀。

呼言老道显然也和轮回殿有关系，为了维护百里炎，他如今生死不明。

韩立对轮回殿这个神秘的组织知道得不多，但北寒仙宫，乃至那个所谓的“天庭”都十分敌视这个组织，他可是非常清楚的。

他虽然因为陶羽之事，被北寒仙宫的人追杀，但他打心底里不愿意就这么加入轮回殿，彻底站到各个仙宫的对立面。

这对于如今实力并不怎么强大的他而言，无异于自找麻烦。

但是，他若不加入轮回殿，便无法得到炼神术的后半部功法，就要面临陷入癫狂的风险。

韩立陷入沉思，良久没有说话。

蛟三见韩立很久没说话，眸光微闪，放下茶杯，说道：“道友可是在担心加入我轮回殿后，便要直接与北寒仙宫为敌？”

“不错。”韩立也不避讳，直接说道。

“哈哈，貉十一道友想必久居黑风海域，对外面的世界并不太了解吧？北寒仙宫虽然势力庞大，但并不能独霸天下，能够与之抗衡的势力并非只有我轮回殿一家，只是不到关键时刻，他们没有站出来罢了。况且，我轮回殿在暗，北寒仙宫在明，北寒仙宫想要找到我们，也不是易事。”蛟三呵呵一笑道。

“阁下说了这么多，可有什么凭证？总不见得因为阁下一席话，我就完全相信你吧！”韩立郑重地问道。

“我这些话是否属实，道友日后总会得知。更何况，你已经炼成三层炼神术，一旦被仙宫察觉，就会被当做轮回殿之人处置。据我观察，道友恐怕前不久才经历过一次反噬危机吧，若是不能及时修炼后半部的炼神术，恐怕下一次……”蛟三大有深意地说道。

韩立闻言，心中一震。他已经竭力收敛脑海中的神识之力，想不到还是被对方察觉到了神识的异样。

韩立继续用手指敲击着茶几，脑中的各种念头转个不停，眼神变得坚定起来。

第190章

轮回之子

蛟三见此，知道韩立渐渐被自己说动，继续道：“貉十一道友，并非我自夸，我们轮回殿底蕴深厚，势力本就不在北寒仙宫之下，殿内各种丹药材料、秘术功法应有尽有，对道友的修炼绝对有帮助。而且我们邀请貉十一道友加入轮回殿，并非让你当轮回殿的小成员，而是想让阁下担任轮回殿的轮回之子。”

“轮回之子？何为轮回之子？”韩立微微一怔，问道。

“你可以将之认为是轮回殿的核心成员，而且这个并非是想当便能当上的，不仅要有过人之处，还要有特别的潜力。其实归根到底就是一句话，需要被轮回殿选中。”蛟三没有过多解释，只是缓缓地说道。

“在下不过是一名寻常散修，不仅没什么过人之处，似乎也没什么潜力可言。”韩立闻言心中一动，面上神色未变地说道。

“貉十一道友不必如此谦虚，你可是一位道丹师，论潜力，比起任何修炼天才也不遑多让吧。”蛟三呵呵一笑，说道。

韩立闻言，猛地站了起来，死死地盯着蛟三，目光冷厉如刀。

蛟三面带微笑，平静地面对着韩立的目光，毫不避让。

两人对视良久，蛟三的神色始终淡定。

不知过了多久，韩立目光中的锐利之色才慢慢收敛，开口问道：“你们是如何知道此事的？”

“道友的露凝草正是从我手中换取的，而且你在无常盟发布了不少任务，我们只要稍微调查一下，不难猜到你是要炼制道丹。”蛟三笑着解释。

韩立默然无语。

蛟三见此，继续说道："前不久发生在黑风海域的那次浩大丹劫，也是道友引起的吧？如此多的因素结合起来，若是还猜不出道友的身份，那在下也太无能了。"

"上次那个葛羽，是你们轮回殿的人吧？"韩立略一沉吟后，问道。

"没错，当时他便察觉到了道友的道丹师身份，只是并未言明而已。"蛟三点头承认道。

"呵呵，轮回殿果然神通广大，我当时还以为瞒过去了呢。"韩立眼中流露出一丝自嘲之色，说道。

他口中这般说，心中却是一松。看来轮回殿只查到了自己在炼制道丹，并不知道其他的事情，这样他就放心了。

至于道丹师的身份曝光，对他来说，倒是没有什么。

"其实道友不必如此介怀，因为葛羽精通一种探查秘术，所以才能有所察觉，若是当时换了其他人，大概是无法识破道友的。不过如此一来，道友今日恐怕也无法得到炼神术的功法了，由此可见，貉十一道友和我轮回殿是真的有缘。"蛟三笑着说道。

"你们轮回殿的情况，我如今也算是大致了解了。不过对于内部的具体情况，我还不是很清楚，不知蛟三道友能否为在下介绍一下？"韩立重新坐了下来，沉吟片刻后说道。

"当然可以，轮回殿和其他宗门不同，我们没有固定的势力区域，是个相对比较松散的组织，并不会限制成员待在某个地方。此外，各成员间是用特殊的传信宝物联系，对道友这样习惯了自由的散修来说，算是相当方便了。"蛟三闻言，含笑说道。

"哦，这听起来倒是和无常盟颇为相似。"韩立摸了摸下巴，说道。

蛟三闻言，目光微微闪动。

"蛟三道友，怎么了？"韩立有些奇怪地问道。

"没什么，道友不是外人，我也不隐瞒什么了。"蛟三笑了笑，说道。

"愿闻其详。"韩立说着，眼中闪过一丝若有所思之色。

"在仙界各大仙域，很多大势力虽然本身实力强大，但对于细小的方面往往无法兼顾，所以会允许一些中小型势力依附。我们轮回殿也一样，无常盟，其实可以算是我们轮回殿的一个下属组织。我这么说，道友明白了吧？"蛟三顿了一下，继续说道。

"原来如此。"韩立听闻此话，愕然抬头，半晌后才慢慢说道。

经蛟三这么一说，之前不少疑团便可以想通了，难怪蛟三身为无常盟高层，又是轮回殿成员，原来二者归根到底同属一支。

"轮回殿和无常盟的关系，无常盟中几乎无人知晓，即便在轮回殿中，也只有作为核心成员的轮回之子才知道。毕竟我们轮回殿和天庭是死敌，此事若是外泄，无常盟也会遭到天庭的追剿，貉十一道友切记要保密，万万不可将其泄露出去。"蛟三郑重其事地嘱咐道。

"蛟三道友请放心，事关重大，在下明白其中利害。"韩立眼中流露出一丝复杂之色，点头答应道，心中却是叹了一口气。

蛟三将如此重要的事情告知自己，看起来是对自己信任，实则是逼迫他。知道了轮回殿如此大的秘密，若是自己不答应加入，今日恐怕无法安然离开此地了。

"为了方便行事，轮回殿之人在外行事，都会戴着无常盟的面具。成员之间以面具联系、交易，行事基本和无常盟一样。"蛟三指了指自己脸上的面具，说道。

"轮回殿成员应该和无常盟成员一样，需要付出一些东西吧？"韩立略一沉吟后，开口问道。

"不错。轮回殿成员每隔千年便需要完成一次任务。当然，这个任务也可以不做，但需要付出和任务内容同等价值的仙元石或者其他资源物品。"蛟三点了点头，答道。

“这么说来，无常盟的高阶成员未必是轮回殿之人，而轮回殿之人包括轮回之子，则一般都拥有无常盟的高阶成员身份吧？”韩立若有所思地说道。

“道友可以这么认为。关于轮回殿之事，我能告诉你的大致就是这些了。”蛟三最后说了一句，便没有再开口，端起茶杯慢慢品起茶来。

“既然蛟三道友如此诚心邀请，又告知了我这么多轮回殿的事情，在下若是再推辞，未免有些太不识趣了。我答应加入轮回殿。”韩立低头沉吟片刻后，抬起头说道。

“好！我果然没有看错人。其实说起来，做散修虽然自由自在，但修炼到后面，对资源的要求越来越高，此途终究有局限。道友加入我们轮回殿，绝对是明智的选择。”蛟三闻言，放下手中的茶杯，说道。

“蛟三道友过奖了，日后我们便同是轮回殿之人，还请多多关照。”韩立颔首笑道。

“没问题，道友往后有什么不明白的地方，尽管问我。你是道丹师，我巴结还来不及呢。”蛟三呵呵笑道。

韩立淡淡一笑，冲对方拱了拱手。他同意加入轮回殿之后，二人之间的关系一下拉近了许多。

蛟三一挥手，取出一张新的赤色狮首面具，上面写着数字“五”，交给韩立，道：“这个是道友的新面具，从今日起，你便使用新的代号‘龙五’吧，至于‘貉十一’，道友可以选择保留。”

韩立点了点头，接过了赤色狮首面具，上下打量了一眼。他正想要换掉青色牛首面具，如此一来，倒是正好。

他挥手掐诀，一道青光没入狮首面具内，却没有任何反应，他顿时一愣。

“这赤色面具和一般的无常盟面具不同，必须用轮回殿的独门法诀才能催动。”蛟三说着，单手一扬，一块玉简飞向了韩立。

韩立单手接过玉简，朝额头上一贴。

片刻后，他口中念念有词，挥手打出一道法诀。

狮首面具上顿时浮现一层红光，凝聚成一层红色光幕。

韩立见此，没有继续催动，手中法诀一变，驱散了光幕。

“此面具表面看起来没什么特别，实则乃轮回殿特制，除了拥有无常盟高阶面具的一切神通外，还有一个妙用，那就是可以遮掩炼神术的气息。虽然不能完全遮掩，但只要小心一些，便不会被天庭的那些巡查使者感知到。”蛟三又补充道。

韩立闻言眼睛一亮，又看了手中的赤色面具一眼，这才将其收了起来，随后抬头看向蛟三。

蛟三似乎明白韩立的意思，站了起来，拿起桌子旁的那块灰色玉简，口中念念有词，同时挥手打出几道法诀。

灰色玉简表面浮现一层灰光，其中还夹杂着点点黑光，看起来很玄妙。

下一刻，灰光一闪，随即消散开来。

韩立见此，眼中闪过一丝激动。

“按照我们轮回殿的规矩，加入之人可以免费得到一层炼神术的口诀，这玉简中的便是炼神术第四层的口诀。至于后续功法，则需要你另外兑换。”蛟三将灰色玉简递给韩立，说道。

韩立接过灰色玉简，心中苦笑一声。

他先前还以为这灰色玉简内有炼神术后半部的全部法诀，没想到只有第四层，轮回殿可真会做生意。不过对现在的他来说，第四层炼神术口诀已经够用了。

韩立将灰色玉简贴在额头，将神识没入其中。

灰色玉简内的禁制果然已经消除，玄奥的口诀清晰地出现在他眼前。

韩立抑制心中的激动，飞快浏览起来。

口诀不长，只有数千字，他很快便看完了，而且牢牢地记在了脑海中。

韩立深吸了一口气，闭上眼睛，站在原地一动不动。

蛟三见此，在一旁垂手站立，目光在韩立身上上下打量，没有出声打扰。

韩立站了一刻钟，这才睁开眼睛，长出了一口气。

炼神术的问题一直是压在他心中的大石头，如今这块大石终于被移开，他整个人顿觉轻松不少。

“龙五道友，你既已成为轮回之子，还有一事必须知晓。”蛟三见韩立睁开眼睛，便单手一扬，打出一道黄光，朝韩立飞去。

韩立单手接住，发现又是一块玉简，他看了蛟三一眼，将玉简朝额头上一贴。

半晌后，他将玉简取下，单手掐诀，口中念念有词。

下一刻，一面红色光壁在他身前凝聚而成。

韩立目光一扫过后，没有迟疑地伸出了一根手指，对着界面角落一个小小石碑状的图案点去。

“噗”的一声轻响，一道柔和的白光从石碑图案上射出，在半空凝聚成一道丈许高的白色石碑虚影。

石碑顶端用古体金篆文写着“地榜”两个大字，下面是一行行金色小字，记录着一些功法、秘术和丹方。

这些功法、丹方后面还有一些银色小字的注解，最后面还有一个个数字，似乎是标价。

韩立看了两眼，眼中闪过一丝惊喜。

“山岳炼体诀，土属性玄仙功法，以山岳之精华淬炼肉身……可修至金仙境。一百五十点！”

“太虚灵目，修至大成境界，能洞察天地，无所不窥。两百点！”

“元灵丹丹方……”

“道友现在看到的，是轮回殿地榜，只对轮回之子开放。上面的这些功法和秘术都是宗门多年苦心收集得来的，价值几何就不用我多说了。至于后面标注的数字是兑换所需贡献点，道友每完成一件轮回殿的任务，都可以得到一些贡献点。”蛟三缓缓地解释道。

“原来如此，看来加入轮回殿好处可不少。这些东西任何一样拿到外面，恐怕都会有人为此争破头。不过如今这些对于在下而言，都只能看看。”韩立点点头道。

“非也。新加入的轮回之子除了可以得到一层炼神术的口诀外，还可以得到一百贡献点作为鼓励。道友可以慢慢挑选，也可以攒着以后再换。”蛟三说着，翻手取出一块赤色玉牌，对着韩立身前的石碑虚影一点。

一道红光从玉牌中飞射而出，一闪而逝，没入了石碑之中。

石碑底部光芒一闪，浮现一团闪烁的光芒，里面现出一行小字，写着“一百”的字样。

“那在下就却之不恭了。”韩立心中一喜，向蛟三道谢了一声，随后继续在地榜上浏览起来。

他看着地榜上令人眼花缭乱的各式宝物描述，有些眼热，这一百贡献点来得太及时了。

突然，韩立眼睛一亮。

石碑上，果然有炼神术的口诀，从第一层到第七层都有，每一层除了简单的寥寥几句介绍外，还在后面都标注了所需的贡献点。

或许是由于早已流传在外的缘故，前三层功法口诀所需贡献点并不多，但是从第四层开始，所需贡献点突然猛增。其中，第四层口诀需要两千点贡献点，而第五层口诀，更是需要一万点。

韩立眉头微微一皱，随即又舒展开来。

虽然他还没看任务报酬，但与其他宝物所需的贡献点比起来，这一万贡献点应该算是一个天文数字，想要攒齐显然不是什么容易之事。

当然这也无可厚非，如今整个北寒仙域，能够得到此功法口诀之处绝不会太多，自己有望接触到的机会，那就更少了。

既然已经有了第四层的功法口诀，短时间内倒也可以解他的燃眉之急了，至于后面的功法口诀，大不了慢慢积累贡献点就是。

韩立一念及此，摇了摇头后，继续往下浏览。

半晌后，他突然神色一怔，目光落在了石碑虚影某处的一行小字上。

“金魂丹丹方，此丹不是蟹道人先前提过之物吗……”韩立心中暗道，继续看向金魂丹后面的说明。

只看了两眼，他的眼睛立刻亮了起来。

金魂丹的效用不是精进修为，也不是疗伤解毒，而是具有稳固神魂，重塑精魄之能。最关键的是，据说此丹可以辅助真仙境后期修士突破瓶颈，提升修至金仙境的概率。

韩立深吸了一口气，目光微微闪动。

这些年他为了突破至金仙境，前前后后翻看了不少典籍。突破至金仙境，首先便要打通三十六仙窍，渡过天人三衰，使体内的仙灵力发生蜕变。

其次，便是神魂，要从普通神魂，蜕变成金仙神魂。神魂蜕变虽比不上打通仙窍和渡天人三衰那般艰难，但也绝不容易。

他目光一转，看向金魂丹丹方的价码，心中一动。

金魂丹丹方的价码并不高，正好是一百点。

“道友似乎对这金魂丹丹方，很感兴趣？”蛟三见此，开口问道。

“蛟三道友可知，为何此丹价值不菲，丹方却只要一百贡献点吗？”韩立没有回答蛟三的问题，如此问道。

“道友有所不知，这金魂丹虽然对进阶金仙助益匪浅，但炼制此丹需要用一只完整的金仙元婴作为主材料。此物何等珍贵，根本可遇不可求！在下提醒道友一句，在轮回殿中，赚取贡献点非常困难，这一百贡献点还是省着些用为好，道友莫要一时冲动便用掉了。”蛟三出言提醒道。

韩立闻言，若有所思地点了点头。

炼制金魂丹需要用到金仙元婴之事，蟹道人先前便和他说过，要找到一只完整的金仙元婴，对别的真仙境修士来说，确实是千难万难，但对他而言，一点都不难，因为他身上有一只现成的。

韩立将剩下的条目飞快地浏览了一遍，最后还是将目光落在了金魂丹丹方上。

韩立伸出一根手指，朝着金魂丹丹方点去。

“龙五道友……”蛟三眉头微皱，忍不住出声。

“多谢道友提醒，不过在下已经决定了，这一百点贡献点就换此丹方了。”韩立感激地朝着蛟三点了点头，语气坚定地说道。

“换什么是道友自己的事情。根据规定，从这地榜中换取的所有物品，绝不可外传，哪怕是至亲之人也不行，违者必遭重罚。”蛟三淡淡地说道。

“多谢告知。”韩立点了点头道。

他随即掐诀点在金魂丹丹方上，下面的贡献点立刻减少了一百点，界面中央的传送旋涡光芒连闪。

片刻之后，旋涡中波动一起，一块白色玉简浮现。

韩立拿过白色玉简，贴在额头之上，神识探入其中。

片刻之后，他拿下白色玉简，神情平静，心中却暗喜不已。

金魂丹丹方中，除了主材料金仙元婴外，其他的材料都不算珍贵，想要找齐应该不难。

“龙五道友，虽说你刚加入轮回殿，理应有一个适应期，但是眼下有个很重要的任务，需要你立刻帮忙完成。”蛟三忽然开口说道，神情看起来很凝重。

“无妨，蛟三道友直说便是，是什么任务？”韩立眼中现出一丝惊讶之色，随后颔首道。

“这个任务对道友来说并没有危险，只是一个炼丹任务。”蛟三笑道。

“炼丹任务……”韩立听闻此话，心中一松。只是炼丹的话，确实没有什么危险。

“这个任务完成之后，龙五道友往后千年便可以自由活动，而且完成了这个任务，可以得到五十贡献点。”蛟三说着，翻手取出一块玉简，递给了韩立。

韩立没有伸手接玉简，而是沉吟了一下后，问道：“道丹师虽然稀少，但轮回殿中应该也有吧，为何要让我一个新人做这个任务？”

“我们原本的确是有一位道丹师，只是他近些年有其他要事在身，所以此事只能拜托龙五道友了。”蛟三解释道。

韩立闻言，看了蛟三一眼，心中瞬间转过无数念头。

“实不相瞒，此事虽是轮回殿的任务，但和我也有一些关系，所以，还请龙五道友千万帮忙。”蛟三犹豫了一下，再次开口说道，语气中带着一丝恳求。

“在下此番能够加入轮回殿，多亏蛟三道友引荐，如今此事既然关乎道友，在下岂能坐视不理。这个任务我接下了。”韩立听闻此话，展颜一笑道。

“那就多谢道友了，这个人情我记下了。”蛟三见此，眼中透出一丝喜色，拱手道。

“蛟三道友不必如此客气，你我往后同属一支，理应互相扶持。”韩立摆了摆手，说道。

其实能让蛟三欠自己一个人情，也是他答应接下此任务的一个目的。

韩立心中如此盘算着，这才接过玉简，贴在了额头。神识一扫之下，他的眼神微微一变。

玉简中确实是一个丹方，却并不是寻常丹药，似乎是一个道丹丹方。要说是道丹，却又有所不同，其炼制过程相对简单一些，似乎去掉了一些步骤，又替换了一些辅助材料，显得有些不伦不类。而从其主材料是一种阴属性材料来看，此丹应该是某种阴属性的道丹。

“如何？龙五道友，能够炼制出来吗？”蛟三见韩立将玉简从额头上取下，立刻出言问道。

“这丹方我以前从没接触过，不过炼制过程并不算太复杂，以我的炼丹之术，应该可以炼制出来。”韩立思考了一下，说道。

“好，好！能炼制出来就好。龙五道友这次真是帮了我的大忙。”蛟三闻言一喜，连说了两个好。

第191章

软禁

“虽说我有把握炼出此丹，但也有一个条件必须提前言明。”韩立话锋一转，又冲蛟三说道。

“哦，龙五道友有话但说无妨。若有其他条件，可以一并提出来，我自会尽量满足。”蛟三闻言，沉声说道。

“蛟三道友放心，在下并非要提什么非分的要求。只是炼制一种完全陌生的丹药，即便是炼丹造诣再高的人，也需要大量材料练习才行，这一点想必道友应该清楚吧。”韩立缓缓说道。

“关于材料之事，道友完全不必担心，此事我早有考虑。这是三十份材料，你只管全力摸索尝试。”蛟三闻言，神色一松，立即翻手取出了一枚储物戒指，递了过去。

“看来是在下多虑了。”韩立微微一笑，接过了戒指，看也不看便直接收了起来。这里神识无法离体，不便探查，但想来不会有什么问题。

此外，他心中对轮回殿的财大气粗也有了一番新的认识，毕竟炼制此丹的材料或许不像之前道丹那般珍稀难寻，但也绝非凡品，三十份材料，换成仙元石也是一笔天文数字了。

“正所谓灵材易得，丹师难求。道友只用考虑如何在十年内成功炼制出此丹即可，材料之事无需费心，若是这些不够，我自会设法帮你凑齐。”蛟三笑了笑，补充道。

“十年……恕我直言，十年时间太短，在下实在没有十足的把握。”韩立闻言面色微变，有些为难地说道。

“最多十五年。此事事关重大，还请道友多多费心。事成之后，轮回殿自不会亏待你。”蛟三一摆手，神色凝重地说道。

“既然道友话说到这份上了，在下一定会尽力而为。但正所谓谋事在人，成事在天，在下毕竟刚刚成为道丹师不久，道友也要早做其他打算才好。”韩立略一沉吟后，如此说道。

蛟三闻言，只是看着韩立，没有说话。

“时间紧迫，在下就不在此耽搁，先行告辞了。”韩立见此，两手一抱拳，说道。

“道友要离开？”蛟三开口道。

“不错。在下这就返回洞府研究此丹方，若有什么需要再和道友联系。”韩立点了点头道。

“不必如此麻烦。这里炼丹室及丹炉一应俱全，道友在这里安心炼丹便是，若有什么需要，也方便给你送过来。”蛟三说道。

“这恐怕不妥吧，在下还是习惯在自己的洞府内炼丹。”韩立闻言，眉头一皱。

“实不相瞒，如今黑风海域可不怎么安全。若是丹成之日再次引发丹劫，道友未必还能如之前那般全身而退了。”蛟三干咳一声，大有深意地冲韩立说道。

“可是……”韩立仍有些犹豫。

还没等他说完，蛟三就一摆手，冷冰冰地说道：“如果道友没有其他问题的话，我这便带道友去炼丹室，相信道友一定会满意的。”

韩立闻言，只得有些无奈地点了点头。

“好！道友请随我来。”蛟三说着，转身朝外面走去。

韩立望着蛟三的背影，心中苦笑，抬步跟了上去。

两人很快走出山洞，蛟三直接祭出了一艘飞车，载着二人朝着山峰边缘飞去，片刻后在一座高耸入云的山峰的半山腰处落下。

这片空地颇大，周围都是郁郁葱葱的参天古树，不远处有一道瀑布飞流直下，环境倒是颇为清幽。

前方的山壁上有一个洞口，大门紧闭，门上附着一层青光，青光上面隐约有一道道符文在不停流转，给此处平添了几分神秘感。

蛟三直接上前几步，取出了一块青色令牌，朝前方微微一晃，一道青光飞射而出，一闪没入了大门内。

青光飞快消退，大门随之缓缓打开。

“龙五道友，接下来的时间，你就安心在此处炼丹，我保证绝不会有人来打扰。”蛟三转身冲韩立说道。

“有劳了。”韩立点了点头，走入了洞府。

下一刻，他眉毛微微一挑，外面空间中那种限制神识的禁制，顿时消失无踪，他的神识已经可以自由散发出来，但也只能在洞府范围内，无法蔓延到外面。

一眼望去，整座洞府虽然不大，但丹房、密室、药园一应俱全，收拾得也非常干净，可谓一尘不染。

“这座洞府不错。”韩立收回目光，转身冲蛟三说道。

“道友满意就好。有事可以随时联系我，此事就拜托了。”蛟三说完，便转身离开了洞府。

他刚踏出洞府，大门便立刻关了起来。

韩立的目光在大门上扫了几遍，随即轻叹了一口气，看来自己是被对方软禁了。

他在洞府各处走了一圈，同时手指连动。

一道道光芒飞射而出，一杆杆阵旗，还有阵盘，错落有致地落在了洞府各处，并不时有一层层颜色各异的光幕一闪而逝。

小半个时辰后，韩立才来到洞府一间密室内，盘膝坐下。

他先是取下了脸上的青色面具，然后将赤色狮首面具取出，并戴在了脸上，催动法诀。

面具表面红光一闪，紧接着散发出一股柔和的波动，很快蔓延到了身体各处。

韩立心中一动。

就在方才，他感觉自己全身的气息被完美掩盖了，比起先前的青色面具，这赤色面具上的禁制更加精妙。

最关键的是，他脑海中由于修炼炼神术而产生的特殊神念波动，也被这股柔和的波动遮掩了。

“看来蛟三没有说谎，这轮回殿还真有几分底蕴。”韩立心中一松，喃喃自语道。

自从来到仙界后，每次和其他人近距离接触，尤其是修为比他高的人，他都提心吊胆，尽可能地控制神念波动，避免被他人发现自己修炼过炼神术，所幸到现在为止，他还没有遇到巡查使者。

如今有了这赤色面具，即便是遇到修炼过特殊监查秘术的巡查使者，他也不害怕了，只是不知道，是否能瞒过更高阶的监查仙使。

韩立目光闪动，缓缓摇了摇头，手中一掐诀，赤色面具上顿时浮现一层红光，在他身前凝聚成一片赤红色的任务界面虚影。

他手中掐诀，接连发布了几个任务，都是寻找炼制金魂丹所需的材料。

做完这些后，他一挥手散去了眼前的赤芒，翻手取出记载着炼神术第四层功法口诀的灰色玉简来。

虽然炼丹任务以十五年为限，但他并没有立刻开始炼丹的打算。

十五年的时间对其他天丹师来说，的确很紧张，这也是他之前在蛟三面前表现得很为难的用意，其实对他来说，不算什么大问题。

由于经历了晶壁事件，真言宝轮上的时间道纹到如今只恢复了几团，但只要恢复到十八团，便可满足他对炼丹关键过程精确控制的要求了。

而这类似道丹的丹药，炼制过程比此前的时间道丹要简单不少，有真言宝轮这一杀手锏做后盾以及充足的材料练习，他自可高枕无忧了。

所以对他来说，现在自然是先修炼炼神术，解决神识隐患最重要了。

一念及此，韩立放出神识没入玉简内，再次将炼神术第四层功法口诀仔细查看了一遍，然后盘膝坐好，缓缓按照口诀修炼起来。

同一时刻，蛟三正在距离韩立不知多少里的一条黑色通道内缓步前行，目光闪烁不定，不知在想些什么。

这条通道并不长，很快便到了尽头，一扇三丈高的黑石大门出现在他的面前。

蛟三单手一挥，打出一道法诀，黑石大门缓缓打开，露出宽敞的大厅。

大厅中央，站着一个身披黑色斗篷的人。斗篷袖口处，绣着一个十字图案，散发出黑光。

听到脚步声，那人转过身，是一名中年男子，长相普通，脸上有一道极长极深的疤痕，从左侧额角到右侧眼睛上方，再延伸至下方脸颊，看起来有些狰狞。

“你来这里做什么？”蛟三冷声问道。

“我来这里自然是有事找你。放心，没人发现我的行踪。”疤面男子摆了摆手，说道。

“事情有眉目了？”蛟三神色一动，问道。

“如你先前所料，果然是在红月岛底下。不过由于黑风岛的缘故，我们的人一时半会儿还无法接近。”疤面男子缓缓说道。

“黑风岛？就凭他们那些人，能挡得住我们？”蛟三声音微沉。

“若是黑风岛之人中有金仙境修士呢？”疤面男子嘿嘿一声，说道。

“难道是……”蛟三眼中光芒一闪。

“根据我目前所了解的情况来看，应该正如你所想的那样。”疤面男子点了点头，说道。

“我不管你用什么手段，务必在虚元丹炼成前，摸清红月岛所有的情况。”蛟三目光一沉，异常坚定地道。

“即便你不说，我也会如此做的。我来这里主要想确认一件事，听说你打算将炼制虚元丹的任务交给一个刚刚加入轮回殿的新人？”疤面男子忽然话锋一转，面无表情地问道。

“没错。此人如今叫龙五。”蛟三没有迟疑，直接点头道。

“哦，你给了这个龙五多少时间？”疤面男子眉头微蹙，又问道。

“十五年。”蛟三平静地答道。

“恕我直言，即便是西门大师，恐怕也无法保证在十五年内成功炼制出虚元丹。”疤面男子大有深意地说道。

“正所谓远水救不了近火，如今西门大师并不在此仙域，而留给我们的时间已不足二十年。难道我们还有别的选择吗？”蛟三反问道。

“此事毕竟事关重大，此人刚刚加入本殿，你难道真的放心？”疤面男子一滞，随后又问道。

“所以我并未让他离开。”蛟三缓缓说道。

“若是此人在期限内无法完成任务怎么办？”疤面男子仍担忧地问道。

“这些年发生的事情已经够多了，身处北寒仙域的轮回之子本就不多，烛龙道一役更是让我们元气大伤。倘若此事能成，那我们之前所付出的一切也算值得了。所以此事只许成功，不许失败。”蛟三沉默半晌，异常坚定地说道。

“看来你对此人很有信心，莫非你早就派人在暗中观察他？”疤面男子看了蛟三一眼，问道。

“此人我也是刚刚接触，先前并不认得。”蛟三摇了摇头。

“那你……”疤面男子眉头紧蹙。

“你放心，此事的一切后果都由我来承担。言归正传，你只需做好你的分内之事，打探清楚红月岛的事情便可。”蛟三打断了对方的话，话锋一转吩咐道。

“好！既然你如此有把握，那我就不多说了。”疤面男子看了蛟三一眼，说道。

“该问的你都问了，此地不宜久留，你还是先回去吧。这些年我们就不要再见面了。”蛟三语气有些冷淡地说道。

“好，那我就告辞了。”疤面男子说着，身上突然浮现一道黑光，朝着周围扩散而去。

疤面男子身形一动，便融入了黑光中，消失不见。

蛟三静坐了片刻，随后站起身，朝着韩立洞府的方向望去。

时光流逝，转眼间十年过去了。

幽静的洞府之内，韩立盘膝而坐，一动不动，好像一尊石像。

他的脑袋被一团明亮的晶光笼罩，使得他的脸庞看起来有些模糊不清。那团晶光柔和似水，轻轻流转，给人几分赏心悦目之感。

突然，韩立的眼皮微微一动，随后睁开了眼睛。

环绕在他脑袋附近的晶光一闪，顿时尽数没入了他的眉心，消失不见。

韩立长出了一口气，眼中闪过一丝欣喜。这十年里他日夜不停地苦修第四层炼神术，终于略有小成。

虽然他的神识之力并没有提升多少，但其中潜藏的隐患应该已经得到了控制，他脑海中庞大的神识之力的运转重新变得流畅自然，再无一丝紊乱。

下一刻，他眼中喜色消失，取而代之的是些许疑惑。

根据典籍记载，这第四层炼神术远比前三层要玄奥精深，修炼难度是前三层功法的十倍以上，哪怕只是想达到小成，也起码需要修炼数十年，乃至上百年时间。

所以他本来没有打算将第四层炼神术一口气修炼至小成，只想平复一下神识中的隐患便停手，毕竟他还要完成炼丹的任务，时间并不充裕。

但出乎他意料的是，他修炼这第四层炼神术竟颇为顺利，几乎没有遇到什么瓶颈，以至于短短十年，他便达到了小成。

他心中念头飞快转动，想找到其中缘由，却百思不得其解。

如今看来，只能暂且将之归结于天赋，或许是自己如今的体质十分适合修炼此类秘术吧。

当年修炼《大衍诀》如此，如今修炼这炼神术也是如此。

不管是何原因，他如今都必须停止修炼，眼下只剩下不过五年时间，炼丹之事必须尽快启动。

一念及此，韩立单手一翻，取出了一枚储物戒指，正是十年前蛟三给他的那枚。

他二话不说，放出神识探入其中，按照丹方的记载，将里面的三十份炼丹材料确认了一遍，保证没有错漏。

就在韩立打算取出材料开始尝试炼丹之时，他的面色微微一变，口中轻咦了一声。

他手指一动，一份材料出现在他身前。

韩立没有多看其他材料，目光落在一块拳头大小的黑色晶体上。

此物通体漆黑发亮，散发出幽光，似乎能将周围的光线尽数吸收进去一般，同时一股强烈的法则之力波动从中散发而出。

这黑色晶体正是蛟三所给的炼制虚元丹的主材料，名叫黑髓晶。

韩立伸手拿起这块黑髓晶，顿觉五指传来一阵刺痛。

黑髓晶散发出的法则之力，带有强烈的腐蚀性，以他玄仙之体直接接触，也有些无法承受。

思量间，韩立手掌表面灵光闪动，立刻浮现一层青光，顿时隔绝了黑髓晶的法则之力。

接着他另一只手一动，掌心多出了一块黑色石头，正是墨钰晶。

两物看起来很相似，散发出的气息性质也几乎一模一样，只是黑髓晶散发出的气息比墨钰晶强大了许多倍。

看来墨钰晶和黑髓晶之间应该有些关联，当年蛟三曾经向自己打听墨钰晶的下落，莫非是为了这些黑髓晶？但在黑风海域，墨钰晶极为稀少，蛟三又是从何处得到了这么多黑髓晶呢？

韩立心中念头转动，很快他摇了摇头，不再费神想这些。管他为什么，此刻他的任务只是炼出虚元丹而已。他将墨钰晶收起，又取出记载丹方的玉简朝额头上贴去。

转眼间便过了半个月。

韩立仍保持着闭目盘膝而坐的姿态，在他周围赫然摆放着一堆堆的灵材，每一堆看起来都一般无二，细数之下，有三十堆之多。

突然，他双目一睁，二话不说，衣袖一抖，一道银光飞出，落在了他身前的空地上，银光闪动，接着，一座银色丹炉便出现在他面前。

他张口一吐，一道银焰直接落在了丹炉底部，熊熊燃烧起来。

不一会，丹炉内变得炙热起来。

韩立见此，微微点了点头，随后单手一扬，他身前一堆材料中的某一样灵材飞了起来，直接落入了丹炉之内。

与此同时，他身上浮现一道耀眼金光，在他背后凝聚成一个金色圆轮。

一根晶丝从他指尖飞出，一闪缠绕在圆轮上，散发出强烈的时间法则气息，正是那根时间晶丝。

晶丝看起来明亮了些许，但是距离全盛时期还差得远。

真言宝轮上面的三百六十团时间道纹，此刻只有十八团处于明亮状态，其余的时间道纹全都暗淡无光。

韩立见此，心中微动。

看来时间晶丝和真言宝轮息息相关，恐怕只有等宝轮上的所有时间道纹尽数变得明亮，这时间晶丝才会恢复如初。

他心中这般想着，手中催动法诀。

“嗡！”

一圈金色波纹从真言宝轮中涌出，朝着周围扩散而去，笼罩了丹炉，丹炉内的时间顿时变慢。

因为此刻宝轮上只有十八团时间道纹亮起，所以令时间变慢的效果有限。不过对炼丹而言，应该够了。

就在韩立摸索炼丹之时，又到了黑风岛百年一度的传送阵开启之日。

黑风城内的街道商铺，看起来比先前萧条了。

除了城池中央的繁华街道，其他地方显得有些冷清，街道上看不到多少行人，很多商铺也是门可罗雀。

这些年来，黑风海域连连发生异动，或是出现惊天海啸，或是火山喷发，或是狂风暴雨。

不少岛屿毁于天灾，伤亡无数，一时之间整个黑风海域人心惶惶，甚至有流言说黑风海域即将毁灭。连一直争斗不休的黑风岛和青羽岛，也因为这些天灾停止了争斗。

黑风岛虽然没有被这些天灾波及，但黑风城内的生意大受影响，一向极受关注的传送阵开启，竟然也没有多少人前来观看。

塔内的传送阵此刻正在运转，散发出耀眼光芒。

两个身影站在传送阵附近，其中一个头戴羽冠的锦袍中年男子，正是黑风岛岛主陆均。

他看向传送阵，神情隐隐有几分激动的样子。

另一人身穿白袍，剑眉方脸，正是当年率领一群人来黑风岛的冯姓男子。他也看向传送阵，却显得平静许多。

突然，传送阵光芒大放，散发出一道冲天光柱，引得传送塔也轻轻震颤起来。

光柱闪烁了片刻，便很快消失。

传送阵中出现了一群人，人数并不多，只有二十余个，却隐隐分成了人数相当的两派，彼此之间保持着一段距离。

其中一派大多身穿白袍，袍上面绣着金色云纹。当先之人面孔方正，细眼高鼻，嘴唇上方有两缕细长银须，此人正是北寒仙宫的宫主，萧晋寒。

在萧晋寒身后，站着四五名同样身穿北寒仙宫服饰之人，之前在烛龙道现身的副宫主雪莺和金仙卢越等人赫然在列。

除此之外，还有三名身穿烛龙道服饰的修士，正是以欧阳奎山为首的三名金仙道主。

第192章

各方势力

另一派皆身穿蓝袍，为首之人看着挺和善，双眸隐隐泛着蓝光，正是苍流宫大宫主洛青海。

洛青海身旁站着一个二十出头的青年男子，容貌极为清秀。

这些人，似乎大半都在烛龙道一役中出现过。

陆均满脸激动之色，上前一步，行了一礼，说道：“黑风岛岛主陆均，恭迎萧宫主大驾光临，还有洛宫主和诸位前辈道友，此次莅临我们黑风岛，黑风岛真是蓬荜生辉。”

陆均身旁那名冯姓男子也上前一步，朝着萧晋寒恭敬地行了一礼。

萧晋寒冲陆均二人微微点了点头，然后率先走出传送阵。

“陆岛主真是太客气了，不必多礼。”洛青海冲陆均回了礼，也带着身后一行人走了出来。

陆均和冯姓男子见此，赶忙走到一旁站定，仿佛两个侍从一般。塔内黑风岛其他人更是大气也不敢出，低头站到一旁。

“这里便是黑风海域吗？天地灵气虽然稀薄了一点，但感觉还不错。”洛青海走到传送塔内的一个窗户前，向外面望去，随意地说道。

“没想到烛龙道一别没几年，又能与洛道友一起来黑风海域，真是巧得很哪。”萧晋寒看了洛青海一眼，淡淡地说道。

“呵呵，洛某也没想到会在观澜城再次见到萧宫主。不知北寒仙宫这般兴师动众来这偏僻海域，所为何事呀？若有需要用到我苍流宫的地方，可千万莫要和洛某客气，包括洛某在内，苍流宫所有人听凭差遣。”洛青海双眸蓝光微闪，笑眯眯地说道。

“洛道友又何必明知故问？苍流宫现在的势头可是如日中天，今非昔比，不仅有五极宫主坐镇上阿大陆，苍流七子更是威名远播。就连道友身边这位小友的资质也如此不凡，着实让我羡慕不已。我北寒仙宫何德何能，可以差遣苍流宫？”萧晋寒冷笑一声，朝洛青海身后看去，目光在那个清秀男子身上停留了一下，缓缓说道。

“对了，这是小徒南柯梦，修为尚浅，让萧宫主见笑了。梦儿，还不快见过萧宫主。萧宫主如今可是北寒仙域第一人，若能得他指点一二，你必将一生获益。”洛青海笑容不减，冲身后的清秀男子吩咐道。

“晚辈南柯梦，见过萧宫主。”清秀男子柳叶一般的双眉微微一蹙，神情似乎有些不自然，但还是上前一步，拱手行礼道。

萧晋寒见此，面无表情地微微点头，没有说话。

“说起来，那处地方此番降临黑风海域，以萧宫主之能，想必早已查清楚入口在何处了吧？”洛青海挥手让南柯梦退至身后，话锋一转问道。

“洛道友太抬举我们北寒仙宫了。关于此事，我们也是刚刚才得到消息。”萧晋寒哼了一声，淡淡说道。

“是吗？如果连萧宫主都没找到那地方的话，伏凌宗的那些人此刻应该也还没有找到，这么说来，我们苍流宫还有机会，可以跟在你们两家后面捡些便宜。”洛青海眨了眨眼睛，哈哈一笑说道。

“你是说，伏凌宗早已有人来了？”萧晋寒盯着洛青海，一字字问道。

“这个洛某就不清楚了，只是听到了一些风声而已。哦，对了，我还听说，伏凌宗那位大长老似乎已经出关了。”洛青海神色如常地说道。

“洛道友的消息果然灵通。”萧晋寒双目一眯，说道。

“萧宫主过奖了，若说消息灵通，整个北寒仙域谁能和北寒仙宫相提并论？当年百里炎隐藏在烛龙道那么深，不还是被你们给找到了。”洛青海哈哈一笑，瞥了萧晋寒身后的欧阳奎山三人一眼，意味深长地说道。

欧阳奎山三人身体一僵，眼中流露出一丝尴尬之色。

萧晋寒听闻，面色也是一沉。

“看来陆岛主还有要事向萧宫主禀报，我等就不在此打扰了，就此告辞。”洛青海看了陆均一眼，笑着说道。

“洛宫主说笑了，两位难得莅临我黑风海域，都是在下的贵客……”陆均显然没有想到洛青海会这么说，微微一怔，而后有些尴尬地说道。

“洛道友，那就请便吧，相信不久后，我们还会再见的。”萧晋寒声音一冷，面无表情地打断了陆均的话。

洛青海微微一笑，朝萧晋寒拱了拱手后，带着苍流宫诸人朝着外面飞去，很快就出了传送塔。一行人并没有在黑风城逗留，径直朝着城门口而去，很快消失在了天际。

萧晋寒望着苍流宫一行人飞遁的方向，眼神闪烁，不知在想些什么。

“宫主，这个洛青海似乎知道很多事情。”雪莺走了过来，低声说道。

“哼！此人是出了名的老狐狸，明里暗里安排的耳目多着呢。”萧晋寒冷声说道。

“那您觉得，冥寒仙府入口的位置，他是否已经打探到了？”雪莺有些迟疑地问道。

“这个说不准，不过就算让他打探到也没什么。洛青海我倒是不在意，他虽然狡猾多端，但实力不如我，关键是轮回殿和伏凌宗。”萧晋寒眼中寒光一闪，缓缓说道。

“轮回殿是我们仙宫的大敌，自然不用多说。至于伏凌宗……您是指大长老封天都？”雪莺眼睛一闪，问道。

“没错。放眼整个北寒仙域，能让我放在眼里的就只有两个人，百里炎如今已不足为虑，只剩下这封天都了。”萧晋寒冷冷说道。

雪莺不知该说些什么，只好沉默地站在一旁。

萧晋寒站立了片刻，突然转身看向一旁的陆均和冯姓男子，吩咐道：

“你们两个过来，将收集到的所有情况给我好好说一遍。”

与此同时，黑风海域周边无尽的落魄惊风之中，一艘灰色的巨型飞舟正在往前飞驰。

此舟长约二三十丈，通体用一种灰色骨质材料所制成，看起来有些老旧，某些地方甚至裂开了，船身上刻着一些模糊不清的花纹。

周围无穷无尽的阴风呼啸着刮来，使得骨舟上下起伏，若隐若现。

这骨舟就如同一艘怒涛中的小船，破破烂烂，随时会被碾碎撕裂，但若仔细观察，就会发现当这些阴风席卷至舟身时，舟上的那些模糊花纹会立刻浮现一层灰色幽光。

阴风一碰到这层灰色幽光，便立刻从两旁滑开。

而落魄惊风中那些鬼哭狼嚎的勾魂之音，一碰到这灰色幽光，也被抵挡在外面，丝毫无法侵入骨舟内。

这也是任凭周围落魄惊风如何威势惊人，灰色骨舟却能在其中畅通无阻的原因所在。

在骨舟船头，盘膝坐着一名身形枯瘦的中年男子。

此人脸颊深陷，面容干枯，全身肌肤青紫发黑，看起来好像僵尸一般。其身上还缠绕着一条条青黑色的锁链，不时轻轻甩动，发出“哗哗”的响声，看起来更加诡异。

僵尸男子朝着前方望去，眼中隐约浮现两团绿焰，好像鬼火一般。他身下的船体上赫然铭刻着一道道清晰的灰色阵纹，这些阵纹凝聚成一个复杂的法阵，一道道灰色纹路从法阵中散发而出，蔓延到骨舟各处。

就在此时，一个人从骨舟内走了出来，走到僵尸男子身旁。

此人身穿灰色锦袍，面容有些削瘦，看起来三四十岁的样子，眉眼细长，给人一种阴冷之感。

而且此人左眼紧闭，上面有一道深深的疤痕，看起来似乎是遭受过极大的伤害。

“师兄，还能支撑得住吗？”独目男子轻声问道。

“无妨。”僵尸男子淡淡地答道。

“这次多亏了师兄这艘以辟邪奇兽骸骨制造的飞舟，否则我们将无法横渡这落魄惊风。”独目男子面色一松，咧嘴笑道。

“落魄惊风虽然威力强大，但想要强行横渡，方法还是有的，不足为奇。”僵尸男子淡淡说道。

“能说出此话的，整个北寒仙域恐怕不超过三个人，师弟虽然是伏凌宗宗主，但也不敢如此夸口啊。”独目男子呵呵笑道。

僵尸男子眼中闪过一丝傲然之色。

“此次取宝师弟必会竭尽所能，助师兄完成最后一步，成就太乙玉仙。”独目男子肃然说道。

“好，有劳师弟了。”僵尸男子轻呼一口气，点头道。

“师兄说哪里话。”独目男子连忙摆手道。

“对了，这些时日事情太多，我没来得及询问，已经这么多年过去，杀害方磐和重銮的贼子还没有查到吗？”僵尸男子眼中寒光闪烁，问道。

“杀害方师侄和重师侄的是一个名叫厉飞雨的修士，此人本是散修，数百年前加入烛龙道。没等我们动身去找此人，烛龙道便发生了百里炎之事，据说那小子也被牵连其中，如今下落不明。仙宫已对其下了追杀令，但据我所知，至今仍未将其擒获。”独目男子摇了摇头，如此说道。

“厉飞雨……”僵尸男子眉头一皱，喃喃自语。

“师兄请放心，等此间之事结束，我定会加派人手，将这小子抓回来，任师兄处置。”独目男子连忙说道。

“我赐予方磐和重銮的隔元法链恐怕是落于此人手中了，此物一定要抢回来。”僵尸男子沉默了片刻后，才沉声说道。

“是！”独目男子应道。

僵尸男子点了点头，随即闭上了眼睛。

独目男子见此，朝着船舱内走去，那里似乎还坐着不少人。

黑风海域的另一边，落魄惊风之中有一团数十丈大小的金光正飞驰前进。

金光耀眼无比，隐约能看到其中是一只身形庞大的金色甲虫，甲虫通体金黄，体表浮现道道紫色纹路，看起来有些狰狞。

金光之中夹杂着刺目晶丝，散发出寒光，看起来锋利无比。

金色甲虫嘴巴大张，释放出一股吞噬之力，将呼啸而至的阴风尽数吞噬。

在金色甲虫身上，端坐着一名身穿银袍的女子。

此女子看起来二十八九岁的样子，一副异族人装扮，头戴银冠，耳上垂着一对银色耳环，赤着双足，脚踝上戴着两个银色圆环，上面点缀着几个铃铛。

女子容貌美丽，眼神却极冷，仿佛化不开的万年寒冰。

周围落魄惊风中的勾魂之音铺天盖地袭来，对女子似乎一点作用也没有。

银袍女子见金色甲虫吞噬阴风十分轻松，缓缓颔首，露出一丝喜色，喃喃自语道："不错，不枉我花了这么多心血。"

"吱吱吱……"

突然，金色甲虫发出一阵尖叫，巨大的身躯猛地晃动起来，带动身上的银袍女子也是一阵乱晃。

银袍女子面色一沉，急忙念出咒语，十指连连掐动。

一道道法诀从她手中飞射而出，悉数没入了金色甲虫体内。

金色甲虫身子猛地一颤，体表顿时浮现无数银丝，凝聚成一根粗大的银色锁链，深深没入体内。

锁链猛地晃动，金色甲虫顿时发出一声惨叫般的尖鸣，很快老实了下来。

银袍女子见此，这才收起了手中的法诀，粗大银色锁链也随之消失无踪。

"奇怪，明明已经施展了囚神术，为何还如此躁动？"银袍女子眉毛微皱，喃喃自语。

片刻之后，她摇了摇头，道："算了，等此事过后再说吧。"

银袍女子手中掐诀，身上突然银光大放，而后缓缓没入身下的金色甲虫体内。

金色甲虫的身躯一震，散发出的金光顿时明亮了倍许，身躯骤然化为一团巨大的金色幻影，飞驰的速度也随之加快了不少。

转眼间，近五年时间过去。

轮回殿秘境仍然安静如往昔，山峰内部的大厅之中，两名男子相对而坐，正是疤面男子和蛟三。

疤面男子脸色看起来有些阴沉，蛟三脸上带着面具，看不到表情，不过从其眼神来看，并不轻松。

"说说吧，如今外面情况如何了？"蛟三开口问道。

"萧晋寒已于数年前来了黑风海域，苍流宫和伏凌宗也一样，且皆由宗主带领。尤其是伏凌宗，据说其大长老封天很可能也来了。"疤面男子有些担忧地说道。

"看来他们这次阵势不小。"蛟三冷笑一声，说道。

"现在的形势已经有些出乎我们的预料，以防万一，我们是否要向上面请示一下？"疤面男子提议道。

"不必，北寒仙宫、苍流宫、伏凌宗心思各异，并非一条心，我们大可因势利导，让他们相互争斗，趁机完成自己的任务。"蛟三摇了摇头说道。

"若一切顺利，自然是好，就怕他们三家在背地里达成协议，联手对付我们，那事情就麻烦了。"疤面男子皱眉说道。

"北寒仙宫借着对付百里炎之机，掌控了烛龙道，苍流宫和伏凌宗将这些都看在眼中，所以他们与北寒仙宫合作的可能性极小。就算他们真的合作，我也有应对之策，计划照常进行就好。"蛟三缓缓说道。

"既然蛟三道友早有打算，那我就放心了。"疤面男子面色一松，点了点头说道。

“红月岛的情况，探查清楚了吗？”蛟三又问道。

“你放心，已经全部探查清楚了，绝不会耽误大事。”疤面男子说道。

“那就好。”蛟三颔首说道。

“我这里的一切都已就绪，如今只差虚元丹了。你给的十五年期限就快到了，那个龙五丹药炼制得如何了？”疤面男子话锋一转，问道。

蛟三闻言，目光一沉，没有说话。

“此人果然不堪大用，如今时间可不多了，现在我们该怎么办？”疤面男子面色有些难看，皱眉问道。

“事已至此，只能采取另一种替代方案了，只是如此一来，成功概率会降低不少。”蛟三目光微冷，开口说道。

“也只好如此了。此人有负我等厚望，届时应立即取消其轮回之子的资格，加上此人知道我们这么多秘密，必须……”疤面男子也叹了一口气，冷声说道。

结果他话还没说完，四周猛地一震，地动山摇。

两人所在的大厅也随之晃动，一阵阵巨大的轰鸣声从外面传来。

两人脸色一变，对视一眼，立刻朝着外面飞遁而去，一闪便出现在山腹外面。

只见秘境原本晴朗的天空，此刻风云变色，一片片黑压压的乌云不知从何处冒出，剧烈翻滚。

一道道黑色闪电在乌云中乱蹿，发出震耳欲聋的轰鸣声，整个天空仿佛一锅沸水。

“莫非……”蛟三见此，眼中闪过一丝惊喜之色。

疤面男子先是一惊，随即也露出喜色。

整个秘境内的天地灵气波动起来，然后潮水般朝着乌云汇聚处而去。

乌云飞快朝着周围扩散开来，并且开始转动，黑云中心缓缓浮现一个黑色旋涡，正对着韩立的洞府。

又有几名修士从秘境各处飞出，都是真仙境修士，其中一人正是之前带韩立来此的狸十六。

“快，启动禁咒！”蛟三对狸十六等人大喝了一声，同时两手掐诀。

“是！”

狸十六等人立刻答应一声，遁光一起，朝着秘境各处飞射而去。

蛟三口中念念有词，耀眼的金色光芒从他身上散发而出，并且朝着半空飞射而出，形成一道巨大的金色光柱。

无数金色符文在光柱上闪烁，一股股巨大力量的波动从中散发而出，引得附近的空间也颤动不已。

疤面男子被这股波动一冲击，身躯也随之一晃，眼中流露出一丝诧异。

他身形一闪，朝着旁边飞出数十丈，目光朝着蛟三望去。

“轰隆隆！”

秘境其他地方也浮现八道金色光柱。总共九道金色光柱冲天而起，没入秘境上空。

秘境各处猛地一亮，浮现大片金光，金光如水波一般一圈圈朝着周围弥散，转眼间形成了一个巨大的金色光阵，覆盖整个秘境天空。

阵阵梵音从金色光阵中传出，让人听闻之后，身心空明，沉醉其中。

半空的黑云被金色光阵笼罩，仿佛受到了限制一般，停止变大。

黑云中散发出的庞大法则气息，也被金光所禁锢，只在秘境范围内回荡，没有传递到外面。

蛟三见此，面色一松。

黑云虽然被禁锢，但周围的天地灵气并不受金色光阵的影响，继续朝着黑云汇聚而去。

随着时间的推移，半空中的黑云越来越浓郁。一股股强大的法则波动从黑云中散发而出，朝着周围的金色光阵冲击而去。

金色光阵颤抖不已，靠近黑云最近的区域，直接崩溃开来。

蛟三顿时一惊，两手交换掐诀，一道道法诀飞射而出，他周围的金色光柱立刻光芒一盛，其他几根光柱也猛地一亮，更强烈的金光没入半空的金色光阵中。

崩溃的金色光阵猛地一亮，无数金色符文浮现，很快再次凝聚出光阵，而且比之前更加明亮。

黑云散发出的波动越来越强烈，附近的光阵支撑了一会，再次被冲垮，但在蛟三等人的施法之下，光阵立刻再生。

如此这般不断崩溃，再生，金色光阵虽然震颤不已，但始终牢牢将黑云禁锢在秘境内。

（本册完）

（《凡人修仙之仙界篇》第8册即将上市，敬请期待！）